Grete Hartwig-Manschinger

RENDEZVOUS IN MANHATTAN

Amerikanischer Roman

Herausgegeben und
mit einem Nachwort von
Vojin Saša Vukadinović

das vergessene buch

Rendezvous in Manhattan erschien erstmals 1948
im Verlag Rudolf Cerny, Wien.

Das Foto von Grete Hartwig-Manschinger stammt aus den Greta Hartwig Manschinger and Kurt Manschinger (Ashley Vernon) Papers, 1912–1995, die in den German and Jewish Intellectual Émigré Collections an der University of Albany, SUNY in den USA aufbewahrt werden.

Dank an Albert C. Eibl, Kevin Mitrega, Jodi Boyle
und Ioannis Politis.

1. Auflage 2021
Das vergessene Buch | www.dvb-verlag.at

Printed in Germany

FSC
www.fsc.org
MIX
Papier aus verantwortungsvollen Quellen
FSC® C083411

Umschlaggestaltung: Leandra Eibl, Wien
Satz: Kevin Mitrega, Schriftloesung
Druck und Bindung: CPI books, Leck

ISBN 978-3-903244-19-1

Grete Hartwig-Manschinger, April 1948

I.

Als die Nacht über Manhattan herunter sank, brachte auch sie keine Kühlung. Da lag die langgestreckte Insel mit ihrem Häusermeer, aus dessen Poren die tagsüber aufgespeicherte Hitze ungebrochen strömte. Nicht einmal an den Ufern der sie einsäumenden Gewässer konnten die erschöpften Menschen Linderung finden. Zu hunderttausenden flüchteten sie wohl an den Hudson, den East River, den Harlem-Fluß und den Hafen, dankbar für die geringste Brise, die über die feuchten Körper strich. In den Wohnungen war es unerträglich in solcher Sommernacht. Und doch mußte man schließlich nach Hause gehen, denn der normale New Yorker mußte ja in der Früh in die Arbeit. Sogar die Liebespaare, die auf dem Strande von Coney Island promenierten, mußten einmal nach Hause.

In den Straßen saßen die Leute auf den Stufen der Häuser, auf den Feuerleitern, im offenen Hausflur, auf den Fensterbrettern. In dem Proletarierviertel um die Mercer Street spielte sich in solchen Tagen und Nächten das ganze Privatleben auf der Straße ab. Männer spielten Karten, Burschen trainierten für Baseball, junge Mädchen drehten sich die Locken, Halbwüchsige horchten auf biologische Geheimnisse, Schulkinder machten Aufgaben, Mütter stillten ihre Säuglinge, all das inmitten von Geschrei, Streit, Gelächter, Flirt und Kameraderie. Nicht vor Mitternacht wurde die Straße leer. Auch dann bot sich durch die offenen beleuchteten Fenster das Privatleben dar. Dazu brüllten die Radioapparate, wurden Ehekämpfe ausgetragen, die nächste Generation erzogen und dem gedrängten Beisammensein allerhand Ventile geöffnet. Endlich wurde es ruhig; auch in der Scarlatti-Wohnung.

Edna konnte nicht schlafen; es war zu heiß. Die Feuchtigkeit der Luft lag wie ein Gewicht auf Kehle und Brust. Obwohl alle Fenster und Türen offen standen, wollte kein erlösender Luftzug entstehen.

Edna schlug das Leintuch zurück. Nun zog sie sich auch noch das Nachthemd aus. Je weniger man an hatte, desto besser. Auch Mona lag nackt. Die Bogenlampe Ecke Mercer und Spring Street warf Licht auf ihren schmächtigen Kinderkörper. Vielleicht schlief sie. Vor einer kurzen Weile war sie in die Küche gegangen, um zu trinken. Auch Edna hatte Durst, doch zweifelte sie daran, daß die warme, schale Flüssigkeit, die aus der halbzerbrochenen Pipe kam, auch helfen würde. Am besten war es, ruhig zu liegen. Die geringste Bewegung würde nur noch mehr Schweiß auf die Stirne treiben. Es war nicht Schweiß allein. Es war ein klebriges Gemisch von Transpiration und der von außen kommenden Feuchtigkeit. Es war der neunte Tag einer Hitzewelle, und das Wetterbüro meldete bedauernd, daß keine Aussicht auf Erleichterung war. New York kochte. Es war Mitte Juli. Dieses Wetter konnte unter Umständen bis Oktober andauern. Oh, es war nicht auszudenken. Man konnte das einfach nicht aushalten. Edna stöhnte.

Die reichen Leute konnten sich helfen. Nicht nur konnten sie in ihren Autos aus der Stadt hinausflitzen und ein kühles Plätzchen im Gebirge aufsuchen; sie konnten in luftgekühlten Büros arbeiten und ihre Abende und halbe Nächte in eiskalten Vergnügungslokalen verbringen. Aber ein Mädel wie sie?

Es war, weiß Gott, nicht das Wetter allein. Es war alles. Alles war schlecht. Ihr ganzes Leben. Und auch da keine Aussicht auf Besserung, Änderung, Erlösung.

Für die Armut an sich konnte und wollte sie ihre Eltern nicht tadeln. Wenn man arm geboren war, nie eine Chance hatte, nie ein bißchen Glück, niemanden, der einem half, dann war es schwer, sich hinauf zu arbeiten. Die Nachbarn waren auch arm; die ganze Mercer Street; das ganze Viertel. Die Häuser sahen alle gleich aus, schmutzig, vernachlässigt, dunkel; kein fließendes Wasser, keine Heizkörper; hier existierten die technischen Errungenschaften nicht, für deren Erfindung und Installierung Amerika berühmt war.

In der Scarlatti-Wohnung war kein Möbelstück ganz. Der Dreck häufte sich. Wanzen und Küchenschaben gediehen. Die Malerei fiel von den Wänden. Die gesprungenen Fenster wurden nicht repariert. Der Hausverwalter hatte immer andere Ausreden. Er vertröstete. Aber es hätte auch keinen Unterschied mehr gemacht, wenn er wirklich malen hätte lassen. Und wer hätte Schutt und Mörtel wegputzen müssen, sobald die Anstreicher mit ihrer Arbeit fertig waren? Nur sie. Der bloße Gedanke daran war widerlich.

Und doch brachte sie es nicht über sich, ihren Eltern Vorwürfe zu machen. Sie waren selbst unglücklich. Das versuchte sie auch Mona zu erklären, wenn sie unbekümmert Kritik übte. Edna erschrak oft über die Frechheit der Kleinen, über ihre respektlose Angriffslust. Sie wollte gar nichts erklärt haben. Sie verurteilte. Und in was für Worten. Wo sie die nur lernte? Sie trieb sich herum, kam nach der Schule nicht nach Hause. Wo war sie denn? Aber Edna hatte weder Zeit noch Kraft, ihr nachzulaufen. Und was sollte sie dem Kinde antworten, wenn es herausfordernd sagte: »Unser Heim kann mir nichts bieten. Ich bin froh, wenn ich den betrunkenen Vater nicht sehe und das ewige Jammern der Mutter nicht höre.«

Die arme Mutter. Sie war so krank. Edna wußte nicht genau, was es war. Irgend ein Frauenleiden, das man bekam, wenn man sich nach dem Wochenbett nicht schonen konnte. Mutter mußte oft viele Wochen im Bett liegen. Eine Operation hätte ihr vielleicht helfen können, aber sie konnte sich nicht dazu entschließen.

»Wenn sie einmal anfangen, an mir herumzuschneiden, dann werden sie nicht mehr aufhören. Solange Gott mich am Leben läßt, will ich leben. Die Ärzte wissen ja doch nichts. Sie würden mein Ende nur beschleunigen. Mit armen Leuten machen sie nicht viele Geschichten.«

Edna hatte tiefes Mitleid mit der Mutter. Aber Mona hatte auch hier eine harte und unkindliche Antwort bereit. »Mutter versucht ja nicht einmal, gesund zu werden. Es wäre ihre moralische Verpflichtung, ins Spital zu gehen. So vergiftet sie unsere Jugend und treibt den Schwächling in den Suff.«

Vater war seit drei Tagen nicht nach Hause gekommen. Es war nicht das erste Mal. Irgendwo schlief er sich wohl seinen Rausch aus. Wenigstens war man verschont von seinem Gebrüll und Türenschmettern, oder auch von seinem gelegentlichen Weinen und sich die Haare raufen, begleitet von scheußlichem Gekotze und widerlichem Gestank.

Trotzdem konnte sie auch ihm ihr Mitleid nicht versagen, während Mona nur verächtliche Worte für ihn hatte.

Wahrscheinlich war auch er innerlich so betrübt wie sie, Edna, und konnte ohne diese zeitweise Betäubung überhaupt nicht leben. Und manchmal hatte er auch lichte Momente. Da ging er in die Arbeit und brachte sogar Geld nach Hause. Er war Aushilfskellner in einem Restaurant im Village. Wenn er ein fleißiger, nüchterner, anständiger Mensch wäre, dann hätte er den Posten vielleicht für ständig haben können. Geschulte Kellner waren gesucht. Besonders jetzt, wo so viele junge Männer zum Militär gerufen wurden. Man sprach vom Krieg. Und die Kellner, die hier blieben, waren in einer Gewerkschaft und bekamen guten Lohn. Es war gar nicht auszudenken, wie gut sie hätten leben können, wenn der Vater ein regelmäßiger Verdiener wäre. Man könnte ein paar neue Möbel kaufen, auch einmal einen besseren Bissen essen, einen Arzt für die Mutter rufen. Die reichen Leute werden doch nicht sofort aufgeschnitten. Bei denen nahm sich ein Arzt sicher mehr Zeit und Mühe. Aber das waren ja müßige Träume. Seit Monaten hatte Vater nichts Nennenswertes zum Haushalt beigetragen und wenn er ein paar Dollar nach Hause gebracht hatte, und wenn er sogar Mutter etwas davon gegeben hatte in einer flüchtigen Aufwallung eines alten Gefühles, so nahm er ihr bald darauf wieder weg, was sie nicht sofort in Milch, Brot und Fleisch umgesetzt hatte. Und die Mutter konnte nicht rasch treppauf-treppab laufen, auch wenn sie nicht gerade bettlägerig war. Seit Monaten mußte Edna ihren ganzen Verdienst zu Hause hergeben. Jeden Freitag nach der Auszahlung in der Fabrik versuchte sie drei oder wenigstens zwei Dollar für sich zu behalten, aber wie so die Woche ging und es jeden Tag so augenfällig an irgend etwas Wichtigem fehlte, gab sie dann noch und noch her, bis ihre schäbige kleine

Börse leer war. Dann kam der nächste Zahltag, und dieselbe Tragikomödie spielte sich ab. Das Traurigste dabei war, daß, obwohl sie so schwer arbeitete und sich persönlich alles versagte – wenn Walter sie nicht hie und da ins Kino mitgenommen hätte, wäre sie überhaupt nirgends hingekommen –, es doch nicht genügte. Beim Kaufmann standen Schulden, und wie sie im Winter Kohle kaufen sollten, das war ihr bis jetzt rätselhaft. Ach, wozu sich über den Winter den Kopf zerbrechen, vielleicht starb sie bis dahin. So wie Claire, eines der Büromädchen in der Fabrik. Edna hatte sie ein paar Male im Waschraum getroffen, doch selten mit ihr gesprochen, da das Büropersonal klare Distanz hielt von der Fabriksbelegschaft, zu der Edna gehörte. Claire war etwas zugänglicher und immer lustig. Einmal rief sie einen Trubel im Waschraum hervor, indem sie – in gespieltem Schreck – flüsterte, der Feuerinspektor sei gerade im Lagerraum und werde gleich hier sein. Rauchen war strenge verboten. Die Dämpfe, die aus den kosmetischen Artikeln strömten, waren leicht entzündlich und in allen Räumen waren große Plakate »Achtung! Gefahr« angebracht. Trotzdem fanden die Arbeiter und Angestellten immer ein verborgenes Plätzchen, wo sie ihrer Leidenschaft unkontrolliert frönen konnten. Als aber Claire den Inspektor erwähnte, stürzten alle Raucherinnen in wilder Hast in die Klosette, um ihre brennenden Zigaretten in die Klosettschüsseln zu werfen. Lisa schrie auf und versetzte Bernie einen Stoß, weil diese ihr mit ihren ganzen hundert sechzig Pfund in der Hitze des Gefechtes auf den Fuß getreten war. Bernie stieß zurück, Lisa pfauchte wie eine Wildkatze. Eleanor riß das Fenster auf, damit der Inspektor den Rauch nicht rieche. Sie nahm ihre Schürze herunter und fächelte damit durch die Luft, um den Abzug des Rauchgeruches zu beschleunigen. Es war ein eisiger Wintermorgen, zwei Grad über Null und die Kälte kroch ihnen sofort bis ins Mark.

»Mach das Fenster zu«, kreischte Sylvia, die selbst keine Raucherin war. Sie war eine Arbeiterin wie Edna und haßte außerdem alle Büromädchen. Sie begrüßte daher die Gelegenheit, Eleanor zu maßregeln.

Dann stellte es sich heraus, daß Claire ihnen nur einen Streich gespielt hatte. Ach, war das eine Hetz! Ein Mordsspaß. Claire lehnte an der Tür und lachte Tränen. Und jetzt war sie tot. Zweiundzwanzig war sie, blühend, rosig, verwöhnt. Herzschlag. Und dabei war sie nie krank gewesen. Auch Edna hatte nie eine Krankheit gehabt; das war immerhin eine Parallele.

Sie konnte es nicht aufhalten, daß ihr ganzer saurer Verdienst in diesen verlotterten Haushalt floß, aber sie war fest entschlossen, ihr Urlaubsgeld nicht anzutasten. Sie fuhr mit der Hand unter ihre Matratze. Ja, hier war es, das kleine Päckchen; in Papier gehüllt und dann noch in ein blaues Wollfleckchen eingenäht. Sie hatte es zuerst mit sich herumgetragen, nachdem sie ungefähr ein Jahr gebraucht hatte, um es sich von den Überstunden abzusparen. Aber seit Freedas Handtasche in Macy's Souterrainlokal gezogen worden war, hatte Edna sich die Sache überlegt. Sie hatte es mit der Angst gekriegt und es lieber an einen sichern Ort gegeben. Ihr Bett war der beste Platz. Jeden Abend konnte sie kontrollieren, ob es noch da war. Noch ein anderer Grund spielte mit bei dem Entschluß, das Geld nicht mit sich herumzutragen. Die Gefahr, es anzutasten, war vermieden. Sie konnte und wollte es nicht anrühren. Ende August war ihre Urlaubswoche und sie war entschlossen, diesmal wegzufahren. Alle andern Arbeiterinnen fuhren irgendwohin. Manche nahmen sogar zwei Wochen Urlaub, obwohl die regulären Arbeiter nur einen Wochenlohn erhielten und die Akkordarbeiter gar keinen. Edna, die zu letzterer Gruppe gehörte, konnte sich natürlich nicht zwei Wochen leisten. Seit vier Jahren war sie bei »Sweetface«, einer kosmetischen Fabrik in der Canal Street. Bis jetzt hatte sie ihre Urlaubswoche zu Hause verbracht. Meistens hatte sie mit dem Wetter auch noch Pech gehabt, so daß sie nicht einmal täglich mit den Burschen der Mercer Street nach Coney Island konnte. Während der freien Woche hatte sie in der Wirtschaft und im Hause mehr gearbeitet als je in der Fabrik; dabei die Mutter gepflegt und Monas Wäsche ausgebessert. Sie war ordentlich froh gewesen, als der Urlaub vorbei war. In die Fabrik zurückgekehrt, hatte sie mit Neid gesehen, wie die andern Mädchen sonnengebräunt und ausgeruht auf ihren Plätzen saßen. Mit Wehmut hatte sie gehört, was für »wunderbare Tage« sie verbracht hatten. Mit verhaltenen Tränen hatte sie die Sticheleien der Vorarbeiterin, Miss Swab, über sich ergehen lassen.

»Edna, warum fahren denn Sie nie auf Urlaub? Was machen Sie denn immer mit Ihrem Lohn? Halten Sie sich vielleicht gar einen Geliebten aus?«

Die letztere Frage enthielt besondere Bosheit. Walter machte Edna den Hof, Miss Swab flog auf ihn und versuchte alles, um die zwei auseinander zu bringen.

Da fing Edna an für den nächsten Urlaub zu sparen. Verbissen und energisch. Sie erinnerte sich noch an das erste 25-Cent-Stück, dann an den ersten Dollar. Sie erinnerte sich an den Tag, da sie die ersten fünf einzelnen Dollar in einen Fünfer wechselte. Sie erinnerte sich an die große

Versuchung im Jänner dieses Jahres, als sie bei einem Ausverkauf bei Ohrbach einen Mantel um zwölf Dollar neunundsiebzig Cents in der Auslage sah. Er war märchenhaft. Er war aus einem dunkelroten Wollstoff, hatte einen Sealkragen und Sealmanschetten, was totschick aussah. Aber das Herrlichste war, daß er zwei große Taschen hatte, in die man die Hände stecken konnte, und diese Taschen hatten einen schmalen Sealstreifenbesatz. Der Mantel beherrschte ein Seitenfenster und war auf einer Puppe, die genau Ednas Figur hatte. Mittelgroß, mit schlanken Beinen, einer rundlichen Hüftenkurve und einer ganz ausgiebigen Portion Busen. Es war sozusagen alles da, so wie bei Edna. Die Puppe hatte kein Gesicht, nur eine Gipsfläche, wie das jetzt modern war, so daß Edna im Geiste mühelos ihr eigenes Gesicht an den leeren Fleck projizieren konnte. »So könnte ich aussehen«, dachte sie. »Und warm wäre er auch.« Sie träumte sich hinein in die Seligkeit, ihn zu tragen. Und wenn man einmal zu träumen begann, dann gab es gar kein Ende. Und sie hatte doch das Geld, sie hätte ihn doch kaufen können, warum denn nicht? Aber ihre Willensstärke siegte und heute war sie froh darüber und stolz darauf. Hier unter der Matratze war die Garantie, daß sie heuer eine richtige Urlaubswoche haben würde. Und vielleicht konnte sie noch flinker arbeiten und dadurch ihren Wochenlohn erhöhen. In einer normalen Vierzigstundenwoche verdiente sie jetzt neunzehn Dollar. Sie hatte große Fertigkeit erlangt im Füllen der Nagellackfläschchen. Wenn Miss Swab sie den ganzen Tag ungestört bei dieser Beschäftigung ließe, dann könnte sie vielleicht auf zwanzig, ja sogar einundzwanzig Dollar kommen. Aber jedesmal, wenn sie im besten Schuß war, kam die scharfe Stimme »Edna genug für heute. Gehen Sie zu den Schachteln«. Das warf sie dann ganz zurück. Erstens durfte sie nicht einfach alles liegen und stehen lassen. Sie mußte die gefüllten Flaschen auf einen Rollwagen laden, die ungefüllten in einen Karton zurückgeben, die zerbrochenen zusammenkehren und in die Mistkübeln leeren; dann mußte sie die verschiedenfarbigen Lackreste aus den diversen Schläuchen spritzen, damit sie nicht eintrockneten und so am nächsten Tag die Schläuche verstopften. Dann mußte sie die Terpentinflasche vom Sims holen und den Arbeitstisch waschen, ebenso ihre eigenen verklebten Hände, sonst würde sie die Schachteln anklecksen. Die Packtische standen weit im Hintergrund des riesigen Arbeitsraumes. Dort gab es verschiedene Arbeiten. Die kleinen Fläschchen wurden noch einmal gereinigt, dann wurde ein unbedrucktes Schildchen auf jedes einzelne draufgeklebt – wenn der Schwamm zu trocken war, mußte man den weiten Weg zum Waschraum gehen, um ihn naß zu machen. Man ging dabei am Trinkwasserbehälter vorbei, aber man durfte dort nicht mit Arbeitsmaterial hantieren, es galt als unhygienisch und war strafbar – Miss Swab tat es zwar, aber den Mädchen war es verboten –; war der Schwamm zu naß, dann wollte das Schildchen nicht kleben, dann verdarb man ein paar und schon stand Miss Swab, wie aus dem Erdboden gewachsen, da und schimpfte. Hatte man das Fläschchen mit dem Schildchen versehen, dann wickelte man Watte um den Verschluß und Seidenpapier um das Fläschchen. Dann nahm man einen Haufen kleiner Schachteln, öffnete sie, legte sie in Zwanziger- oder Dreißigerreihen auf den Tisch. Sodann legte man in jedes ein Fläschchen. War das getan, bückte man sich unter den Packtisch und entnahm einem Karton eine Handvoll

Versteifungen – war der Karton zufällig leer, was oft passierte, mußte man einen der Negerburschen rufen, damit sie einen neuen herbeischleppten. Die Versteifungen waren kleine Stücke Pappendeckel, die ein paar Büge und eine runde Ausbuchtung hatten. Die Büge faltete man und das ganze schob man so um die Flasche, daß die Ausbuchtung die Flaschenrundung fest umschloß und gegen Bruch sicherte. Dann schloß man die Schachteln, stellte sie alle in Reih und Glied, mit der Rückseite nach oben und stempelte die entsprechende Nummer – je nach Farbe und Art des Lackes – darauf. Nun stellte man alle Schachteln auf, rangierte sie auf ein Servierbrett und trug sie auf Walters Tisch, der sie dann in große Kartons verpackte. Für zwei fertige Schächtelchen erhielt man 1 Cent. Miss Swab behauptete, man könnte leicht hundert und fünfzig in der Stunde packen, aber Edna fand, daß sie nicht einmal hundert fertig brachte. Es gab zu viele Aufenthalte, zu viele Zwischenfälle. Wenn man stempelte, konnte das Stempelkissen plötzlich trocken sein und die Tinte war nirgends zu finden. Man hatte auf zu viele Dinge zu achten. Nein, Edna konnte bei dem Packen nicht auf ihre Rechnung kommen. Das Füllen war besser. Da bekam man für zehn gefüllte Fläschchen 1 Cent. Man konnte aber fünfhundert, vielleicht sogar sechshundert in der Stunde fertig machen.

Es war da noch ein anderer Grund, warum Edna das Schachtelpacken nicht mochte. Der Packtisch stand im dunklen, rückwärtigen Teil des Arbeitsraumes. Dort war kein Tageslicht und man mußte ein sehr grelles Licht brennen. Es war scharf und weißlich und brannte in den Augen. Schon zweimal hatte Edna eine Bindehautentzündung bekommen. Vielleicht kam es vom Schachtelstaub, der einen dort hinten wie in eine Wölke einhüllte; jedenfalls tat das Licht dem ohnehin tränenden Auge furchtbar wehe.

»Edna, Sie sind ein Schlemihl«, sagte Miss Swab bei solchen Gelegenheiten. Als Edna sie bat, ob sie nicht irgend eine andere Arbeit machen könne, fuhr die Vorarbeiterin sie an: »Wir haben hier kein Sanatorium, sondern eine Fabrik.«

Edna wischte sich mit dem Leintuch den Schweiß vom Gesicht. Vom Stiegenhaus kam Lärm. Offenbar eine nächtliche Debatte zwischen Mr. und Mrs. Dunhill, die einen Stock unter den Scarlattis wohnten. Da gab es oft Zank. Besonders seit die junge Frau sich ihr dunkelbraunes Haar erdbeerrot gefärbt und einen regelmäßigen Verehrer hatte, der erschien, sowie Mr. Dunhill in die Arbeit ging. Das Komische war, daß die Rote gar kein Hehl aus ihrem Lebenswandel machte, sondern noch betonte, sie wolle etwas vom Leben haben, und was der Gatte ihr nicht geben könne, das müsse eben ein anderer leisten. Das gelte für Geld und für das andere auch. Mr. Dunhill schlug Krach, doch sie blieb ihm nichts schuldig und zum Schlusse sah es so aus, als habe der unschuldige Mann Angst. Vor ihr, dem Verehrer und den Konsequenzen. Sie war ein sinnliches, brutales Frauenzimmer mit einem feschen Körper, den sie freigebig zur Schau stellte. Wenn sie in diesen heißen Tagen auf den Stufen des Hauses saß und die Beine übereinander schlug, dann wanderten die Blicke der Männer zu ihr, ob sie nun vierzehn oder sechzig waren. Jetzt wurde ihre Stimme lauter, doch konnte Edna die Worte nicht entnehmen. Ein Mann antwortete. Seine Stimme lallte, er mußte betrunken sein. Das war seltsam. Mr. Dunhill war doch ein Abstinenzler. Sollte er in seiner Verzweiflung über die Untreue seiner Frau zu diesem letzten Trost gegriffen haben? Das war etwas Neues. Nun, es ging Edna nichts an. Sie wollte versuchen, ob sie nicht doch einschlafen konnte.

Schwere, schlürfende Schritte hallten vom Gang. So wie wenn jemand sich mühsam schleppte und am Geländer festhielt.

»Das ist eine Schweinerei«, sagte Mrs. Dunhill. »Und gerade vor unserer Tür.«

»Ach, laß ihn doch«, beschwichtigte ihr Mann. Ihn? Wen meinte er. Edna setzte sich auf. Sie hatte eine unangenehme Vorahnung.

»Er muß das aufwischen, was er hergekotzt hat.«

»Ach, laß ihn doch. Er weiß ja nicht, was er tut. Er ist ja ganz voll.«

»Das ist der Vater«, dachte Edna in plötzlichem Schreck. So war er also wieder betrunken. Und hatte gerade vor der Dunhilltüre so eine Bescherung angestellt. Sollte sie hinunter gehen?

»Mrs. Dunhill«, lallte Mr. Scarlatti. »Seit wann sind Sie zu einem männlichen Wesen unfreundlich?«

»Du wirst gleich zwei Watschen fangen, du Schwein«, brüllte Mrs. Dunhill.

»Kommen Sie, Scarlatti«, sagte Mr. Dunhill. »Ich helfe Ihnen die Stiege hinauf. Hier. Halten Sie sich an.«

»Du bist mein Freund«, sagte Mr. Scarlatti mit einer vom Trinken heiseren Stimme. »Komm mit mir. Ich lade dich auf ein Glas Wein ein. Du bist mein Gast.« Man hörte, wie er mühsam ein Bein vor das andere setzte. Nun war er offenbar zusammen geknickt, denn Mr. Dunhill sagte: »Also, nehmen Sie sich doch zusammen. Jetzt ist es ja nur mehr ein kleines Stück bis zu Ihrer Tür.«

»Wer sind Sie eigentlich, daß Sie meinen Namen kennen? Ja, es ist wahr, ich bin Mr. Scarlatti. Ich werde deinen Freundschaftsdienst nicht vergessen. Ich werde dich fürstlich belohnen. Die Zeiten ändern sich. Heute … heute bin ich tief gesunken, doch morgen …«

»Bist du noch tiefer, du Ratte«, schrie Mrs. Dunhill ihm höhnisch nach.

Ednas Herz klopfte wild. Mußte die Frau sich auch noch über ihn lustig machen? War es nicht arg genug, daß er in so einem Zustand war? Wer war sie, den Stab zu brechen über einen schwachen Menschen, der sich vergaß? War denn ihr Lebenswandel vielleicht ein solches Vorbild? Edna zitterte vor Entrüstung. Sie stieg aus dem Bett und ging nackt und bloßfüßig, wie sie war, zum Kasten, über dessen halb offener Tür ein verwaschener, einstmals hellblauer Battistschlafrock hing. Als sie ihn anzog, blieb er sogleich an ihrer feuchten Haut kleben. Sie ging zur Tür und horchte. Der Vater und sein Begleiter hatten soeben die Wohnungstür erreicht.

»Wo führst du mich denn hin?«, fragte Mr. Scarlatti sehr laut. »Ich will ja gar nicht hieher. Ich will ins Wirtshaus, denn mich quält der Durst. In so einer heißen Nacht willst du mich ins Bette stecken?« Er lachte aus vollem Halse. Ach, nun würde er ja noch das ganze Haus aufwecken. War es denn nicht genug, daß die Dunhills Zeugen seines widerlichen Benehmens waren? Mußten die andern alle auch noch auf den Gang stürzen. Edna öffnete ihre Tür, sah aber, daß die Mutter aus dem andern Zimmer kam, um den Vater in Empfang zu nehmen. Da ging sie wieder in ihr Bett zurück. Kein Wort der lauten Konversation konnte ihr entgehen. Mit Mühe und Not wurde der Betrunkene endlich auf sein Bett gelegt, nicht ohne seinen heftigen Protest und seine Beteuerung, daß er nicht hieher gehöre und daß er vor Durst umkomme. Mutters jammernde und beschwichtigende Stimme schnitt in Ednas Seele. Nun war er wohl aufgestanden, denn die Möbel polterten. Es folgte ein großer Krach. Was hatte er denn jetzt umgestoßen?

»Ach, um Gotteswillen, Joe, mußt du denn alles krumm und klein schlagen?«

Was der Vater antwortete, war nicht zu verstehen. Es war ein Gelalle, das in Stöhnen und Fluchen anschwoll, dann in halb irrsinniges Gelächter abebbte, um sich wieder in verballhornten Lauten zu sammeln.

»Ach, Joe, mit dir wird es ein schlechtes Ende nehmen. Du wirst dich noch zu Tode saufen. Willst du das? Willst du denn dich und deine Familie vollends ins Elend bringen? Denkst du denn gar nicht an mich und die Kinder?«

»Zur Hölle mit dir und den Kindern.«

Das war einmal ein klarer Satz, wenn auch nicht sehr schmeichelhaft für Ednas lauschende Ohren. Wenn er nur einschlafen würde. Wenn nur endlich Ruhe wurde. Wie spät konnte es denn jetzt sein? Zwei Uhr?

Drei Uhr? Sie hatte keine Ahnung. Die Mutter nebenan weinte. Ach, was war das für ein Hundeleben. Ach Mutter, warum war alles so schrecklich. Warum lebten andere Menschen in Glück und in Wohlstand und nur sie hatte nichts wie Entbehrungen und Demütigungen. Sie schämte sich des Vaters. Nun gab es im Nebenzimmer wieder einen Krach. Mona wachte auf. Es war sowieso ein Wunder, daß sie bis jetzt geschlafen hatte.

»Was ist los, Edna? Ein Erdbeben?« Sie setzte sich auf. Bevor Edna noch antwortete, hatte sie Vaters grollende Stimme erkannt. »Ach, der Saufbold ist wieder einmal nach

Hause gekommen.« Sie legte sich nieder und drehte sich auf die andere Seite. »Heute scheint er wieder einmal ordentlich voll. Ach was, soll ihn der Teufel holen. Gute Nacht.«

Edna erstarrte vor Schreck. Doch stahl sich auch Neid und Respekt in ihre innere Abwehr. Neid vor solcher Unbekümmertheit, Respekt vor solcher Härte.

Nun wurde es drüben etwas ruhiger. Der Vater war offenbar am Einschlafen. Sein Geschwätze verebbte in ein Gemurmel. Die Mutter schluchzte hie und da leise. Edna würde nun auch schauen, daß sie etwas zur Ruhe kam. Das war leichter gesagt als getan. Ihr Herz klopfte noch immer und ein Klumpen saß ihr in der Kehle. Doch wollte sie versuchen, sich in Schlaf zu träumen. Sie wollte an ihren Kinoliebling denken und ihn in Gedanken in ihr Zimmer zaubern. Der rothaarige Red Skelton hatte es ihr angetan. Wohl war er nicht schön, doch so lustig, daß er es einem Mädchen schon antun konnte. Sie hatte ihn da unlängst in einem Film gesehen, wo er eine so ulkige Szene mit seiner Partnerin, Lucille Ball, hatte, daß Edna sich wirklich vor Lachen gewälzt hatte. Und außerdem hatte sie sich in ihn verliebt. In sein verschmitztes Gesicht, seine grotesken Einfälle, seine Naivität. Sie wußte, daß die andern Fabriksmädchen entweder auf Errol Flynn flogen, auf Bing Crosby, Frank Sinatra oder Alan Ladd. Nun, sie sah nicht ein, in welcher Beziehung Red schlechter sein sollte als die andern, Sie hatte einen Lieblingstraum, wo sie sich ausmalte, daß in der Mercer Street gefilmt wurde. In prächtigen Autos würden die Mächtigen vorfahren, die Regisseure und Photographen. Geschminkte Schönheiten würden nur so durch die Straße wimmeln, gehüllt in Spitzen, die allerhand durchschimmern ließen, dann endlich würde die Großaufnahme mit Skelton gedreht werden. Sie würde am Gehsteig stehen und zusehen, umgeben von hunderten von andern Neugierigen. Plötzlich würde sein Blick auf sie fallen. Er würde ein paar Worte auf eine Visitenkarte kritzeln. Sein Garderobenmeister würde sie ihr bringen. Alles würde staunen. Später würde sie an seinem Arm die schmutzige Straße verlassen, in seinem Wagen zu Toffenetti fahren, wo man so gute Spaghetti bekam. Dort würden sie essen, trinken, lachen. Natürlich würde er Dutzende von Witzen erzählen.

Doch dieser Lieblingstraum wollte heute nicht recht funktionieren. Sie konnte Reds Gesicht nicht halten, es zerfloß immer wieder in Nebel. Endlich fiel sie in bleiernen Schlaf.

Als Edna heute zur Arbeit kam, herrschte eine gereizte Stimmung. Nicht zu verwundern bei diesem Wetter. Um acht Uhr früh meldete das Radio achtzig Grad und sehr feucht. Man wußte also, was man zu erwarten hatte. Und keine Aussicht auf Erlösung. Edna zog ihr Sommerkleid aus und schlüpfte in den Arbeitskittel, dann ließ sie das Höschen herunter. Je weniger man anhatte, desto besser war es, und vom Schweiß wurden die Sachen ja auch nicht besser. Nur den Büstenhalter behielt sie an. In dieser Gegend hatte sie gerne ein »festes« Gefühl.

Nun betrat sie den Arbeitssaal. Die Luft war dick. Wohl besaß die Firma Ventilatoren, die standen aber nur im Büro. Hier regte sich kein Lüftchen. An ihrem Platz beim Fenster – diese Seite ging auf die Canal Street, die Büroräumlichkeiten auf die Lafayette Street – saß schon die alte Flora und stöhnte: »Der zehnte Tag dieser Hitze. Ich werde sterben. Ich werde das nicht überleben.« Sie trug eine dünne, hellblaue Kleiderschürze, die ihre fetten Arme frei ließ, während auf den Achseln sinnlos kokette Rüschen wippten. Ihre grauen Haare waren glatt zurückgekämmt und sie fächelte sich mit einem Karton. Sie war die älteste unter den Arbeiterinnen, nicht nur an Jahren, sondern auch in der Dauer des Angestelltseins. Sie hatte ihren angestammten Platz und eine verhältnismäßig leichte Arbeit; sie band bunte Maschen um Geschenkpackungen. Miss Swab kümmerte sich nicht um sie. Flora tat auch so ihre Arbeit und hätte sich auch von der um zwanzig Jahre Jüngeren und erst seit fünf Jahren hier Angestellten nichts anschaffen lassen. Sie war eine Art Faktotum und wenn sie auch für die Produktion weder wichtig noch wertvoll war, so war sie doch willig und nicht im Wege. Man munkelte, daß sie allerhand wußte aus den etwas dunklen Anfängen des Chefs vor seinem rapiden wirtschaftlichen Aufstieg. Ihr Wert für den Chef hatte sich auch in jenem Zwischenfall bewiesen, als eine radikale junge Arbeiterin Propaganda machte, der Gewerkschaft beizutreten. Flora parierte diesen gefährlichen Einfluß, machte den Mädchen Angst, hinterbrachte alles dem Chef, kurz, machte sich nützlich. Die Aufwieglerin flog damals hinaus und der Betrieb war nach wie vor »unorganisiert«.

Der Gong schlug acht Uhr und die Arbeit begann. Flora schlang die rosa oder hellblauen Seidenbänder um die Schachteln, die Neger schleppten Kartons herbei, Emily arbeitete an der Maschine, wo sie eine Masse Nagelweiß in kleine Kapseln preßte, Edna füllte ihre Flaschen, die magere Sophie und die temperamentvolle Sylvia machten am nächsten und übernächsten Tisch dieselbe Arbeit, die trällernde Anne füllte assortierte Schachteln, die Nagellack, Lackentferner, Hautentferner und ein paar Feilen aus Glaspapier enthielten; die träge Herta kontrollierte die Ware, die auf dem Rollwagen stand; sie strich, was sie vorfand, auf den Listen aus. Das war eigentlich Miss Swabs Arbeit, sie war ja Vorarbeiterin und Aufpasserin; heute war ihr aber offenbar zu heiß. Sie ließ sich oft von Berta helfen, auch in ganz privaten Dingen. Dafür gab sie ihr kleine Begünstigungen, die nichts kosteten. Da Berta nicht im Akkord arbeitete, war es ihr egal, wie sie ihre Zeit verbrachte. Man sah die beiden auch oft miteinander schwätzen. Das ärgerte namentlich Emily, die an der lärmenden Maschine stand und den ganzen Tag mit niemandem sprechen konnte. Warum sollten sich also andere während der Arbeit so gut unterhalten? Annes Mund stand überhaupt nie still. Sie saß nicht sehr weit von Flora entfernt und erzählte ihr gerade, daß sie mit ihrer Hausfrau einen Streit gehabt. Dann kam Miss Swab in die Nähe und auch der erzählte sie gleich eine lange Geschichte. Sie war nie um einen Zuhörer verlegen. Ging der Vorarbeiter Charles vorbei, dann nahm sie ihn hopp, oder auch Curtis und Stanley, die beiden Neger, wenn sie ihr gerade in den Wurf kamen. Sie konnte nicht schweigen. Wenn niemand da war, dann sang sie die neuesten Schlager; wenn ihr der Text ausging, wiederholte sie eine Zeile immer und immer wieder, etwa »Daddy, du willst das Beste nur für mich« oder »Die Zeit wartet auf keinen« oder »Meine Mutter sagte mir« oder »Oh ich versteh' und tadle dich drum nicht«. Es war rätselhaft, wo sie in dieser Hitze den Atem und die Kraft hernahm. Allerdings sprang sie jede halbe Stunde auf und stürzte in den Waschraum, um sich Gesicht und Arme zu kühlen. Die männlichen Arbeiter hatten sich längst die Hemden ausgezogen und gingen in Zwilchhosen und Sandalen hin und her, ihre nackten Oberkörper bereitwilligst zur Schau stellend. Wenn sie die schweren Kartons schulterten, spielten ihre Muskeln und man sah kleine Bächlein von Schweiß an ihnen entlang herunter laufen.

Um zehn Uhr rief Miss Swabs scharfe Stimme: »Rast«. Emily hatte schon fünf Sekunden vorher ihre Maschinen abgestellt, so daß der kleine Treibriemen langsamer und langsamer lief und zugleich mit Miss Swabs Kommando ganz still stand. Emily stürzte zum Wasserbehälter, Anne, Sophie und Berta hart hinter ihr. Flora schleppte sich in den Waschraum. Edna sah, daß sie erst einen Trunk haben konnte, wenn der Andrang dort aufhörte. So stellte sie die Lackschläuche mit einem Handgriff ab und schloß die Augen. Walter ging an ihr vorbei und fragte freundlich: »Krank?«

Sie schüttelte den Kopf.

»Nur nicht verzweifeln. Heute Abend kommt ein Wettersturz.« Er schob ihr ein Pfefferminzplättchen in den Mund. Sie nahm es mit spitzen Lippen. Seine Finger waren schmutzig und rochen nach Leim. Doch wollte sie ihn nicht verletzen, denn er meinte es gut.

Miss Swab stieß ein höhnisches Lachen aus. »Das erzählt er einem täglich. Seit zehn Tagen verspricht er einem das. Oh, Walter, Sie sind ein Narr.« Sie grinste ihn an und zeigte ihre starken Pferdezähne. Das sollte kokett sein, verfehlte aber seine werbende Wirkung. Walter dachte bloß: »Will die vielleicht etwas? Ach nein. So eine Alte. Die könnte ja meine Mutter sein.«

Nun ging Edna Wasser trinken. Sie nahm einen Papierbecher aus dem Wandbehälter, füllte ihn mit dem eisgekühlten Wasser und trank in gierigen Zügen. Das war gut. Noch einen. Das kühlte innerlich. Auch der Rand ihrer

Lippen wurde eiskalt inmitten ihres dampfenden Gesichts. Oh, wenn man sich nur ganz hineinlegen könnte in diesen Wasserbehälter.

»Drei Minuten!«, rief Miss Swab.

Langsam gingen die Mädchen zur Arbeit zurück. Flora stöhnte: »Heute werde ich sterben.«

Endlich war es zwölf. Das bedeutete eine Stunde Mittagspause. Walter war schon früher hinunter gegangen – um den großen Andrang in den Restaurants zu vermeiden –, nun kam er wieder und brachte mit, was ihm aufgetragen worden war. Es war unglaublich, wie gut er sich das alles merkte und mit welcher Unfehlbarkeit er jedem sein Kleingeld zurückgab. Und dabei war er immer gut aufgelegt. Heute hatte er folgendes mitgebracht: eine Schinkensemmel mit Salat und Tomatenschnitten, zwei Birnen und eine Flasche Coca-Cola für Charles, ein belegtes Weizenbrot mit gehackter Leber und Gurke, einen Topfenauflauf, Eiskaffee und ein Paket Zigaretten, Marke »Kamel« für Curtis, ein Dreideckerröstbrot mit gehackten Eiern und russischer Majonaise, zwei dänische Bäckereien und einen Kaffee für Stanley, Schweizerkäse mit Roggenbrot, Apfelstrudel und eine Flasche Orangensodawasser für sich selbst. Charles breitete einen Bogen Packpapier über das eine Ende seines Tisches und die vier ließen sich nieder zu einem wohlverdienten Mahl. Derbe Scherze flogen hin und her und die Tischmanieren waren von keinerlei Hemmungen beeinträchtigt. Das Essen selbst nahm nicht länger als fünfzehn Minuten in Anspruch, so daß ihnen dann noch fünfundvierzig blieben, um zu dösen, Zeitung zu lesen oder Karten zu spielen. Jedenfalls liebten sie Regelmäßigkeit in dieser Erholungspause.

Nicht so die Mädchen. Die wollten Abwechslung. Einmal gingen sie in die Umgebung essen, womöglich jeden Tag in ein anderes Restaurant, einmal brachten sie einen elektrischen Kochtopf und wärmten etwas auf, einmal holten sie etwas herauf, einmal brachten sie etwas von zu Hause mit. Wenn sich heute eine Gruppe bildete, so war es möglich, daß sie schon morgen auseinander fiel; manchmal wollten sie tratschen, dann wieder schlafen, dann wieder brachte eine einen Radioapparat und sie tanzten, einmal probierten sie neue Frisuren aus, einmal tauschten sie Kleider, einmal zupften sie sich gegenseitig die Augenbrauen zwecks Verschönerung, einmal fingen sie eine heiße Debatte an, einmal langweilten sie sich, alle miteinander.

Edna hatte heute kein Brötchen mit; sie mußte also essen gehen. Als sie in die Canal Street trat, schien ihr die Straße noch heißer als die Fabrik; wie wenn sie geheizt wäre. Sie fürchtete sich, auch nur ein paar Schritte zu gehen. Da fuhr gerade ein Eismann mit seinem kleinen, gelblackierten Wagen an ihr vorbei. Sollte sie einfach ein Gefrorenes essen? Aber nein, sie würde dann bald so hungrig werden, daß sie die Arbeit nicht aushalten würde. Sie kannte eine Drogerie auf dem Broadway, die war luftgekühlt. Wenn sie dort zwanzig Minuten sitzen würde, das wäre eine Wohltat. Ein Sandwich wollte sie haben und einen Kaffee, das kostete zusammen fünfzehn oder zwanzig Cents. Es war dort wohl immer sehr voll, man mußte gewöhnlich eine Weile hinter den Essenden angestellt stehen, aber das machte nichts.

Als sie die Ecke des Häuserblocks, der Schatten über sie geworfen hatte, erreichte, fiel die Sonne auf sie wie ein Schlag mit einem heißen Eisen. Sie sprang zurück. Nein, nein, das war unmöglich. Sie konnte die Straße nicht überqueren. Nicht in dieser Glut. Hier, auf dieser Straßenseite war eine kleine Drogerie. Sie trat ein.

Die zwei Kellnerinnen hinter dem Schanktisch arbeiteten fieberhaft, um die Kunden, die sich da drängten, zu befriedigen. Sie wußten, daß alles zwischen zwölf und eins abgefertigt werden mußte. Die Brötchen machten sie selbst; auch den Kaffee servierten sie. Die Schalen waren ja schon vorbereitet, Milch und Zucker in ihnen. So ließen die Mädchen rasch den Kaffee aus der Pipe drauf laufen, das ging wie am laufenden Band. Hurtig ging das, und wenn sie voll waren, schob der Tellerwäscher schon wieder die frischen hin.

Die größeren Bestellungen gaben die Kellnerinnen weiter. Sie schrien sie gegen das Küchenfenster am andern Ende des Raumes. Der Lärm der kauenden, redenden, lachenden, drängenden Arbeiter, zusammen mit den Geräuschen des Essens und dem Klappern der Teller und Gläser war ein Inferno, über das hinweg die Rufe der Kellnerinnen wie Peitschenhiebe knallten. »Gulasch mit Erbsen und gerösteten Kartoffeln«, »Eierspeise mit Risibisi und Apfelpüree«, »Knackwurst mit Sauerkraut und Bohnen und eine frische Gurke«, so schallte das bunt durcheinander. Noch schlimmer war es, wenn ein Gast seine Bestellung widerrief. Dann hallte Geschrei hin und zurück, schier ohne Ende.

Ein Kellner war nur mit dem Ausschänken der Getränke beschäftigt. Er kam kaum nach. Der Hunger dieser schwerarbeitenden Menschen war groß, aber der Durst war quälend. Sie stießen und drängten, schimpften und fluchten. Der Schweiß lief ihnen nur so herunter und dennoch waren unglaublich viele unter ihnen, die ihre gute Laune nicht verloren. Es wurde gesungen, gepfiffen, geflirtet; es wurden rasche Rendezvous besprochen, Neuigkeiten ausgetauscht, Zigaretten angeboten. Das weibliche Element überwog zahlenmäßig. Die meisten trugen bunte Arbeitskittel und eine Blume oder eine Masche im Haar. Strümpfe hatten nur wenige an. Manche waren nicht einmal geschminkt. Sie dachten, die Hitze würde ja so alles wieder herunter waschen. Andere wieder scheuten keine Mühe. Eine neue Schönheitstinktur war soeben auf den Markt gekommen; eine dicke, fette Paste. Man trug sie auf und sie bedeckte das Gesicht wie eine Maske. Sie hielt den Schweiß zurück, schloß die Poren, bedeckte Wimmerln und andere Unreinheiten der Haut, kurz, sie war ein wahrer Segen. Auf diese Maske konnte man dann Puder, Wangenrouge, Lippenrouge, bläuliche Schatten auf die Augenlider, den Augenbrauenbogen aufmalen, alles nach Geschmack. Man konnte auch jeden Tag ein anderes Gesicht haben. Je nach Laune. Die Prozedur dauerte natürlich ziemlich lange; man mußte eine Stunde früher aus dem Bett. Aber es stand dafür. Schöner waren die in Hollywood auch nicht.

Dasselbe galt für die Haare. Man mußte Wickler und Lockendreher anwenden, man mußte bürsten und eindrehen und kleine Nadeln hineinstecken und unsichtbare Spangen und ein Netz oder einen Kamm oder einige Kämme. Edna war eine der wenigen, die sich den Luxus leisten konnte, ihr Haar sein zu lassen wie es wollte. Sie hatte das starke, tiefschwarze Haar ihres italienischen Vaters geerbt – zugleich mit den blauen Augen ihrer irischen Mutter – und es fiel um ihr Gesicht in natürlichen Locken. Wenn sie zweimal mit dem Kamm durchfuhr, wippte es in die richtigen Kurven. Einmal im Monat ließ sie es sich von Mona schneiden; die war sehr geschickt, erwischte gerade die richtigen

Zipfeln, die zu lang waren; manchmal war die Sache nicht ganz symmetrisch, aber das schadete nicht; es sah eher so aus, als ob eine oder die andere Welle sich etwas stärker böge. Edna hatte allen Grund, mit ihrem Haar zufrieden zu sein. Trotzdem beneidete sie Emily, die es sich leistete, zweimal in der Woche zum Friseur zu gehen. Sie hatte hundert kleine Löckchen um ihren Kopf gelegt, die bei jeder Bewegung leise wippten und viel modischer wirkten und viel raffinierter als Ednas ungezügeltes Wuschelhaar.

Den Nachmittag verbrachte Edna wieder bei den kleinen Schachteln. Sie war aber so erschöpft, daß sie nicht mehr die Kraft hatte, sich zu ärgern. Das Radio meldete 96 Grad Fahrenheit. Sophies spitzes Gesicht war noch spitzer geworden und ein plötzliches Übelsein hatte sie überfallen. Miss Swab hatte sie nach Hause geschickt. Als Edna sich bückte, um aus dem Behälter die Schildchen zu nehmen, dachte sie für einen Augenblick, daß ihr nun wohl auch übel werden würde. Doch ein tiefer Atemzug half. Hingegen war der Behälter leer.

Das war also wieder ein unerwarteter Aufenthalt und warf sie zurück. Miss Swab hatte leicht reden; hundert in der Stunde! Aber nicht mit Unterbrechungen. Heute würde sie nicht einmal neunzig machen, nicht einmal achtzig. Und weder Stanley noch Curtis waren zu sehen. Die arbeiteten wahrscheinlich gerade beim Warenaufzug. Wo war Walter? Der half ihr oft, wenn sie etwas brauchte. Er war wirklich ein lieber Bursche. Schade, daß er so klein und unansehnlich war. Auch einen Mundgeruch hatte er. Miss Swab hatte einmal anzüglich geäußert: »Ich habe die Kleinen gerne.« Edna konnte nicht begreifen, was sie an ihm als Mann fand; als Mensch war er aber jedenfalls viel zu gut für das alte

Luder. Er konnte keiner Fliege etwas zuleide tun und war ein guter Kamerad. Edna konnte ihn wohl leiden, aber mit ihm flirten? Nein. Und überhaupt, wo ihr Herz doch Red Skelton gehörte.

Sie wußte, wo die Schildchen aufbewahrt wurden. Sie verließ den Arbeitssaal, überquerte den Korridor, passierte zuerst die zwei Frachtaufzüge, dann den Personenaufzug und betrat den Lagerraum. Die muffige Luft und der dicke Staub machte dieses Gewölbe besonders unangenehm. Hohe Holz- und Eisengestelle bildeten Alleen. Die Ware war bis zur Decke aufgestapelt.

An anderen Stellen waren Kartons übereinandergehäuft. Dort drüben standen Leitern, Geräte, Werkzeuge, Gurten und Kübel. Manchmal raschelte es, oder es huschte etwas über den Fußboden, was Edna in beiden Fällen als Ratten identifizierte, wobei Ekel ihren Mund zusammenzog. Sie schritt jedoch mutig weiter, bis sie zu jener Ecke kam, wo die Behälter mit leeren Fläschchen, Kapseln, Tiegeln und Schildchen standen. In einer der nächsten Alleen vermeinte sie Schritte zu hören. »Stanley«, rief sie; doch es kam keine Antwort. Anscheinend hatte sie sich verhört.

Wie finster es hier war. Als sie sich bückte, um eine Handvoll Schildchen aufzuheben, fühlte sie eine Hand, die sie unzüchtig berührte. Als sie mit einem Schrei hochfuhr, wurde dieser sofort erstickt durch eine zweite Hand, die ihr den Mund zuhielt. Sie stand da wie in einen Schraubstock gepreßt. Wer war das? Wer wagte das zu tun? Sie kämpfte, um die Hand des Mannes von ihrem Munde loszukriegen. Aber sogar wenn es ihr gelang, niemand würde ihre Hilferufe hören. Mit lähmendem Schrecken dachte sie daran, daß sie unter dem Kittel nichts anhatte. Sie wehrte sich verzweifelt mit Händen und Füßen. Das konnte nur Charles sein, solche Kraft hatte nur der Schwergewichtler. Es konnte gar niemand anderer sein. Weder Stanley noch Curtis würden sich das getrauen. Die wußten, was das Gesetz bereit hatte für Neger, die eine weiße Frau attackierten. Wenn sie auch hier nicht in Stücke gerissen und gelyncht würden wie in Georgia, so mußten sie doch auf viele Jahre ins Gefängnis, vielleicht sogar auf den elektrischen Stuhl. Mit Charles war es anders. Aber er würde schon sehen. Sie würde sich beschweren; sie würde zum Chef gehen, und wenn er hundertmal der Vorarbeiter war.

»Sei doch nicht so dumm«, sagte jetzt die heisere Stimme des Angreifers. »Ich tue dir doch nichts.«

In ihrem Staunen vergaß sie beinahe ihre Angst. Das war ja der Sohn des Chefs; der junge, breite, elegante. Sie hatte ihn ein paar Male flüchtig gesehen, wenn er durch den Arbeitsraum gegangen war. Er kam in die Fabrik nur wenn es ihm paßte, und dafür bekam er hundert Dollar in der Woche. Edna hatte ihren Ohren nicht getraut, als sie das gehört hatte. Doch nun hieß es, ihm entkommen. Sie drehte und wendete sich verzweifelt, während sie mit ihren beiden Händen ihren dünnen Kittel gegen ihren schweißnassen Körper preßte.

»Halte doch still«, keuchte der junge Chef. »Es ist doch gleich vorbei und ich tue dir bestimmt nicht weh.«

Scham und Wut gaben ihr übernatürliche Kräfte. Sie stieß ihn mit dem Ellenbogen so heftig in den Magen, daß er aufstöhnte und sie losließ. Ehe es ihr aber noch gelang, zu entfliehen, hatte er sie wieder an sich gerissen. Sie standen jetzt Brust an Brust und sein heißer Atem wehte in ihr schweißgebadetes Gesicht.

»Willst du es für zehn Dollar tun?«, stieß er hervor und seine großen Hände machten sich an ihr zu schaffen. Sie hätte jetzt schreien können, aber aus ihr unverständlichen Gründen kämpfte sie schweigend und es gelang ihr tatsächlich, sich ihm zu entwinden. Mit ein paar schnellen Sprüngen erreichte sie den Korridor. Ihr Herz klopfte wild. Das Wasser perlte auf ihrer Stirne. Sie fühlte noch die Stellen, wo seine Hände sie berührt. Zornige Tränen standen in ihren Augen. Er war der junge Chef; ungestraft durfte er sie belästigen. Wo sollte sie sich beschweren? Niemand würde ihr Glauben schenken. Sie würde auch noch den Posten verlieren. Sie war hilflos, schutzlos, ein armes Arbeitermädel. Nun kam, zu ihren andern Gefühlen, auch noch Mitleid mit sich selbst dazu. Sie war rechtlos. All die großen patriotischen Worte, die sie in der Schule gelernt hatte, galten nicht für sie. Frei geboren ... geschaffen mit gleichen, unentwendbaren Rechten ... das Recht auf Glück ... die Menschenrechte ... Bitterkeit stieg in ihr hoch. Mit Gewalt schluckte sie die Tränen hinunter.

»Ich dachte schon, Sie kommen überhaupt nicht mehr zurück«, spottete Miss Swab. »Sind Sie in die Schilderschachtel gefallen?«

Als Edna nicht antwortete, fügte die Vorarbeiterin achselzuckend hinzu: »Was geht es mich an? Wenn Sie Ihre Zeit verschwenden wollen, es geht um Ihr eigenes Geld.«

Erneute Wut wogte in Ednas Brust. Das auch noch. Natürlich! Zu seiner Frechheit, Unanständigkeit und Gemeinheit kam ja noch dazu, daß dieser Zwischenfall sie in ihrer Arbeitsleistung zurückwarf. Am Ende der Woche gab es dann um einen oder zwei Dollar weniger. Ein reicher Bursche arbeitete nichts und verdiente damit ein Vermögen; ein armes Ding wie sie konnte nur verlieren, wie immer eine Sache ausging.

Obwohl Edna keine Uhr besaß, wußte sie doch immer genau, wenn es gegen fünf Uhr ging. Eine unmißverständliche Unruhe bemächtigte sich der Arbeiterinnen. Sylvia begann in großer Hast all das wegzuräumen, was sie voraussichtlich nicht mehr brauchen würde. Emily fing an, sich zu schminken und zu pudern und einige Löckchen wieder in die richtige Lage zu legen. Anne legte los mit irgend einem Schlager, viel lauter und resoluter als den übrigen Tag. Berta holte den Besen, fing an zu kehren und trug die kleinen Häufchen von Abfall zum Mistkübel. Flora wechselte unter ihrem Tisch ihre Schuhe. Da es den Mädchen nicht gestattet war, sich umzuziehen, ehe Punkt fünf die Arbeitszeit zu Ende war, tat sie das heimlich. Zwar wußte es jeder, aber niemand sagte ihr etwas und so bildete sie sich ein, daß sie den disziplinären Regeln ein Schnippchen schlug. Auch alle Knöpfe ihres Kittels oder ihrer Kleiderschürze machte sie auf, damit das Umkleiden dann recht rasch ginge. Wenn dann die Glocke ertönte, stürzten alle Arbeiterinnen zugleich in den engen Raum, wo die Kleiderhaken hingen. Sie drängten, stießen und hinderten sich gegenseitig. Kleidungsstücke glitten zu Boden, Füße traten darauf; es gab Geschrei, Streit, Tränen. Ein paar Augenblicke später drängten sie sich alle beim Trinkwasser. Papierbecher wurden zerquetscht, Wasser spritzte über gute Kleider, eine ließ die andere nicht einmal in Ruhe ihren Durst löschen. Doch fiel es keiner einzigen ein, daß sie zwei Minuten warten könnte, oder daß sie zuerst trinken könnte und dann erst sich umkleiden. Das kam keiner in den Sinn. Dann stürzte alles zur Stechuhr, um die Zeit auf der Arbeitskarte zu markieren. Dort kam es zu keinem Gedränge. Da mußte man sich in Reih und Glied anstellen, denn die Maschine ließ sich nicht hetzen. Jede Arbeiterin entnahm dem Wandbrett ihre Karte, schob sie in den Automaten, drückte den Hebel, zog die Karte heraus, warf einen Blick darauf, ob auch wirklich die korrekte Zeit vermerkt war, steckte die Karte in den Wandbehälter auf der andern Seite der Uhr und entfernte sich. In der Früh war der Prozeß dann umgekehrt. Nun rannte alles zum Aufzug. Dort gab es dann wieder eine Menschenansammlung. Von allen Abteilungen strömten die Arbeiter und Angestellten herbei. Kam man mit der ersten Ladung nicht hinein, mußte man auf seinen müden Beinen stehen und auf die zweite, dritte oder gar vierte Fuhre warten. Unweit vom Aufzug stand eine Bank auf dem Korridor, doch niemand setzte sich dorthin. Die Massenanhäufung war jedem zur zweiten Natur geworden. Man war auch zu nervös, vielleicht zurückgelassen zu werden und zu ungeduldig, die Stätte der Zwangsarbeit zu verlassen. Und wenn man sich nicht drängte, dann dachten vielleicht noch die Büromädchen, man ließ ihnen den Vortritt. Das durfte nicht sein. Die waren ohnehin so hochmütig. So drängte man. Es zeigte sich, daß etliche Mädchen, die vor dem Aufzug in ganz schrecklicher Hast gewesen, es unten auf der Straße gar nicht mehr eilig hatten. Da standen sie herum, lachten, plauderten oder schlenderten Arm in Arm dahin.

Heute gelangte Edna mit dem ersten Aufzug hinunter. Das war ihr im Augenblick besonders wichtig, da sie eine geheime Angst gehabt hatte, hier wieder mit dem jungen Chef zusammenzutreffen. Ihn zu sehen, hätte die Wunden ihrer Scham und Entrüstung wieder aufgerissen. Nun befand sie sich auf der Lafayette Street, wo Ströme von Menschen an ihr vorbei fluteten. In allen Richtungen strömten sie zu den Untergrund- und Autobushaltestellen. Zwischen fünf und sechs schlossen alle diese Fabriken. Millionen, die am Morgen herbeigekommen waren, eilten nun nach Hause. Eine Industriearmee auf dem Marsche. An der Ecke von Canal Street und Broadway holte Walter sie ein.

»In Eile, Kleine?«, fragte er.

Sie zögerte. Sie war so müde, verschwitzt und deprimiert, daß sie nur den einen Wunsch hatte, sich zu Hause nackt auszuziehen, beim Küchenabwasch mit kaltem Wasser zu übergießen und dann auf ihr Bett zu werfen.

Walter blickte zum Himmel auf und Edna folgte seinem Blick. Graue Wolken standen oben.

»Merk dir meine Worte«, sagte er mit prophetischem Gewicht. »Es kommt ein Wetter. Es kommt der langersehnte Schauer.«

Ach, das hatte er ja seit Tagen gesagt. Doch auch anderer Menschen Aufmerksamkeit lenkte sich dem Himmelszelt zu.

»Es wird gleich regnen«, kreischte ein Mädchen neben Edna, aber in ihrem Aufschrei war nicht die gewöhnliche weibliche Angst um verdorbene Kleider zu hören, sondern reines Entzücken. Nun wandte sie sich an Edna, die sie gar nicht kannte: »Was glaubst du?«

Im nächsten Augenblick ging es los. Mit plötzlicher vehementer Gewalt prasselte es nieder. Ströme rannen aus plötzlich erschlossenen Himmeln. Ein Lustschrei aus tausend Kehlen antwortete. Der Bann war gebrochen. Eine zehn Tage lange Tortur war beendet. Fremde Menschen lachten einander an, Freunde tauschten Händedrücke und Küsse. Viele hielten Zeitungen über ihren Kopf gespannt, während sie liefen, um sich unterzustellen. Unter dem johlenden Beifall der Umstehenden zog ein Mädchen ihre Schuhe aus, nahm sie in die Hand und watete mit bloßen Füßen durch die Sintflut, die über die Gehsteige schwemmte.

»Na, was denn?«, rief sie herausfordernd, um etwaige Kritik im Keime zu ersticken. »Schuhe kosten Geld. Füße nicht.«

Man stand bis über die Knöchel in Wasser, ehe man es sich versah. Die Kanäle konnten die Flut nicht rasch genug aufnehmen. Alles rannte. Walter zog Edna mit sich. Hier war eine Cafeteria, vollgestopft mit nassen Menschen, aber die beiden schoben sich doch noch in den Raum, kämpften sich durch, landeten am Schanktisch, wo die Speisen ausgegeben wurden.

»Ein Gefrorenes, Kleine?«, fragte Walter.

Ach ja, das wäre gut. Er händigte ihr den Teller aus, eine Portion Vanille und Schokolade. Stehend begannen sie zu essen. Man konnte sich kaum von der Stelle rühren. Die Menschen dampften, schwelten, klebten aneinander. Ausdünstung, Zigarettenrauch und nasse Kleider ergaben eine Atmosphäre, die zum Erbrechen reizte. Unter normalen Umständen hätte man es hier nicht zwei Minuten ausgehalten. Doch wenn man gegen die Fenster blickte und die rinnenden Wasser sah, blieb man gerne. Daß es draußen noch ärger war, hielt einen aufrecht.

»Noch eines, Kleine?«

Sie nickte in wortloser Dankbarkeit. Er grinste sie an und zeigte seine schlechten Zähne.

Die zweite Eisportion verschwand in ihren durstigen Mündern. Nachher tranken sie eisgekühlte Milch, weil sie nicht zum Trinkwasser gelangen konnten. Es stand eine zu große Menschenmenge zwischen ihnen und der Wasserleitung. Edna fühlte sich erfrischt. Aber nach einer Weile fühlte sie, wie ihre Füße schmerzten vom langen Stehen an ein und demselben Fleck.

»Es hat aufgehört zu regnen«, rief da jemand. Alles rüstete zum Aufbruch. Edna und Walter traten auf die Straße. Die Bächlein in den Rinnsteinen gurgelten noch, aber die Pfützen ringsherum wurden schon kleiner. Schmutz und Nässe überall. Aber das war unwichtig. Das Wunderbare war: die Temperatur war um fünfundzwanzig Grad gefallen.

II.

Die Villa Agnes lag am Greenwood-See, gerade an der Grenze zwischen den Staaten New York und New Jersey. Ihre gepflegte Wiese führte in sanfter Senkung zum Ufer. Hinter dem Haus war ein kleiner Garten, der sich nicht weiter ausdehnen konnte, da er sogleich von der staubigen Autostraße abgegrenzt wurde. Was ihm an Ausdehnung fehlte, hatte die Besitzerin an Niedlichkeit zu ersetzen getrachtet. Auf der einen Seite erhob sich eine Gartenfigur: ein kleiner Engel mit einem undefinierbaren Blasinstrument. Auf der andern spreizten zwei bunte Zwerge ihre kurzen Beine. Unweit von ihnen hockte eine groteske Ente mißmutig im Gras. Zwei Wege führten durch den ziemlich zertretenen Rasen: ein Fußpfad zur Veranda, die gleichzeitig der Haupteingang des Hauses war, und eine breite Kieseinfahrt zur Garage.

Die Veranda war groß und von allen Seiten mit einem grünen, dünnen Netz bespannt, zum Schutz gegen die notorischen Moskitos. Sie enthielt eine große Ottomane, auf der auch zur Not jemand schlafen konnte, zwei Schaukelstühle, zwei kleine Hocker, einen breiten Tisch, einen Ständer für Magazine, eine Stehlampe und einem Luster an der Decke. Sie war wie ein Wohnzimmer, diese Veranda, und sie wurde auch als solches benutzt. Betrat man das eigentliche Haus, so befand man sich in einer Art Halle, in der Türen, Wandkästen und der Stiegenaufgang dominierten. Hier war auch ein offener Herd, der aber nie benützt wurde, da das Haus Ölheizung hatte und außerdem im Winter meistens abgesperrt und einsam dalag.

Zu ebener Erde lagen Duschraum, Küche, Speisekammer, Speisezimmer und ein unbenutzter Raum, in dem überflüssige Möbel standen und allerhand Kram aufgestapelt war. Ein paar Landkarten und Bücher verstaubten dort, ein Paar Boxhandschuhe, Golfstöcke, ein Fußball und eine vernachlässigte Markensammlung. Das Speisezimmer sah auf den See hinaus. Im ersten Stock lagen die Schlafzimmer und die beiden Badezimmer. Das schönste Zimmer, das große mit dem Balkon gehörte dem verwöhnten Sprößling Ray, ein zweites einer ältlichen Nichte, Sybille, die im Haushalt half, das einfachste den Eltern Mr. und Mrs. Garguin. Dann war noch ein Gästezimmer vorhanden, das seit zwei Tagen von Rays Bürokollegen Bill Ferber und Charlie Sweppenbach bewohnt wurde. Alle Möbel des Hauses waren in dem so beliebten Kolonialstil. Beleuchtungskörper, Teppiche, Vorhänge und moderne Installationen sprachen von gediegenem Wohlstand, von gutem, regelmäßigem Einkommen der Männer und dem Fleiß der beiden Frauen. Alles war blitzsauber. Einmal in der Woche kam eine Frau, die im nahe gelegenen Hotel »Seemöve« angestellt war, sonst wurde aber alles selbst gemacht. Natürlich halfen die Männer das Geschirr waschen; sie hielten auch die Garage in Ordnung, wuschen das Auto und machten die täglich nötigen Reparaturen in Haus und Garten. Vater Garguin war ein Bastler und Ray tat alles, was man ihm sagte, wenn er nicht zufällig rudern, Tennisspielen, schwimmen oder beim Pingpong war, tanzen ging oder mit dem Wagen auf den ganzen Tag wegfuhr, was er oft tat, aber der Junge sollte sich doch auf seinem Urlaub in erster Linie erholen. Er hatte sowieso nur drei bezahlte Wochen und plagte sich das ganze Jahr am Zeichentisch des Ingenieurbüros, in dem er nun schon seit sechs Jahren arbeitete und langsam aber sicher aufstieg, so daß er bald im Chefzimmer landen würde. Er war erst neunundzwanzig. Seine Mutter war ordentlich stolz auf ihn. Und wie lustig es immer war, wenn er daheim. Jetzt hatte er seine zwei Freunde da; den ganzen Tag gab es nichts wie Gelächter und Ulk.

Trat man durch den rückwärtigen Ausgang aus dem Hause, so war man reichlich entschädigt für den unscheinbaren Garten auf der Vorderseite. Hier ging man ein paar Stufen hinunter und stand auf der schönen grünen Wiese. Man konnte sich auch in einen der drei Liegestühle legen, die hier von Früh bis Nacht standen, und über den See blicken, hinüber ans andere Ufer. Dort dehnte sich ein saftig grüner Wald. Oder man konnte den Booten nachträumen, die über den Wasserspiegel glitten. Man konnte auch das Boot nehmen, das zur Villa Agnes gehörte und am Steg angebunden lag. Oder man konnte im Badeanzug zu eben diesem Steg gehen und von dort ins Wasser springen. Hatte man genug vom Schwimmen, konnte man sich auf das glatte Holz des Steges legen und ein Sonnenbad nehmen, wie es Ray so gerne tat. Mutter oder Sybille brachte dann unaufgefordert ein Glas eisgekühlte Milch oder Ingwerbier.

Agnes Garguin lächelte selig vor sich hin, während sie den Salat für den Lunch herrichtete. Das war etwas, was sie nie der Nichte überließ. Sie selbst war eine Künstlerin darin und im ganzen Bekanntenkreis berühmt. Mrs. Garguins Salat. Sie hatte immer neue Ideen dafür. Ihr Mann nannte dieses Hobby verrückt, aber Ray hatte schon oft Jubelschreie ausgestoßen, wenn sein Gaumen eine ungeahnte Überraschung schmeckte, seien es Nüsse oder Bananen oder was ihr sonst gerade einfiel.

»Sybille«, rief sie in das Speisezimmer, wo die Nichte den Tisch deckte, »sagte Ray etwas von Gästen?«

»Nicht daß ich wüßte.«

»Also dann sind wir zu sechst. Du, die drei jungen Herren, Onkel und ich.«

»Ist das nicht genug?«

»Es ist nur wegen des Salates. Werden zwei Schüsseln genug sein?«

»Hoffentlich.«

Sybilles Antworten waren nicht sehr aufschlußreich. Vielleicht verstimmte sie die Aussicht auf Gäste. Oder sogar die vage Möglichkeit. Ja, das war es, dachte Mutter Garguin. Das heißt, Sybille hatte nichts gegen Charlie oder Bill, auch nichts gegen die durch sie verursachte Mehrarbeit. Was sie offenbar wurmte, war die Tatsache, daß Ray hie und da junge Damen mitbrachte. Da rief er dann fröhlich und unwiderstehlich: »Mom! Haben wir ein paar Bissen übrig für ein junges Lämmchen?« Und dann kam eine Tennispartnerin oder Schwimmfreundin oder Tanzbekanntschaft und die Mutter hatte nichts dagegen. Das war doch besser, als daß er die Mädchen in teure Lokale ausführte. Und es erhöhte die gute Stimmung im Hause. Um Ray herum waren immer nette Menschen und die Jugend produzierte lustigen Lärm.

Aber Sybille hatte diese weiblichen Eindringlinge nicht gerne. Warum eigentlich? War sie eifersüchtig? Das wäre recht dumm von ihr. Sie konnte doch nicht selbst ein Auge auf Ray haben, das war ja ganz sinnlos. Sie war älter als er, völlig reizlos und uninteressant und außerdem seine Kusine. Das tat nicht gut, wenn so nahe Verwandte heirateten. Außerdem war Ray so ein Prachtjunge, daß er Anspruch auf höchste Vollendung in einer Frau hatte. Sie mußte so schön sein wie Hedy Lamarr, aus guter, alter, amerikanischer Familie, intelligent wie Dorothy Thompson und gesellschaftlich so sicher wie die Herzogin von Windsor; dabei mußte sie ganz jung sein und womöglich einen Preis in Tennis oder Tauchen gemacht haben. Und Geld mußte sie natürlich haben, aber das war ja ganz überflüssig zu erwähnen, denn solche erstklassige Geschöpfe hatten es ja in großer Fülle. Und erbten später noch mehr. Nur eine Kombination aller dieser guten Eigenschaften war für Ray akzeptabel. Doch nun mußte sie sich energisch dem Salat zuwenden.

Mrs. Gauguin löste die grünen Blätter vom Kopfsalat und breitete sie auf, so daß sie ein wenig über den Rand der Schüssel hinausreichten. Das Grün machte sich gut auf dem gelben Steingut. Dann häufte sie schon vorher zubereiteten Kartoffelsalat in der Mitte beider Schüsseln auf. Rund herum, als erste Garnitur, kamen geschnittene Tomaten. Die nächste Lage war eine Girlande Apfelkompott, dann kamen rote Rüben, gefüllte Oliven, Radieschen, und den äußersten Rand bildeten würfelig geschnittene Ananas. Eine Handvoll geriebener Nüsse wurde nun darüber gestreut und ein grünes Gelee wie eine wippende Schlange über das Ganze gelegt. Dann nahm Mrs. Garguin ein rundlich geformtes Blatt des hellen Kopfsalatteileis, füllte es mit dicker Mayonnaise und plazierte es auf dem Gipfel des kunstvollen Hügels. Ein zweites gelbliches Blatt, knusprig und wohlgeformt, postierte sie daneben. Sie lächelte verschmitzt. Das war die

Überraschung, doch konnte sie sie erst knapp vor dem Servieren anrichten; in die leeren Salatblätter sollte nämlich Gefrorenes kommen. War das nicht eine herrliche Idee für einen so heißen Tag?

Sie blickte auf die Uhr. Es war fast eins. Da hörte sie auch schon das Auto auf dem Kiesweg einfahren und knapp vor der Garagetüre Halt machen. Eine Minute später stand Ray in der Küchentüre.

»Hallo, Mom. Bill und Charlie kommen nicht zum Lunch. Sie trafen Bekannte im Bristol. Aber ich brachte zwei Mädchen mit. Ich hoffe, es macht nichts.«

Ray war sechs Fuß groß, hatte breite Schultern und ein fast ebenso breites Grinsen. Er strotzte vor Gesundheit und war ein bißchen zu wohlgenährt. Er hatte dichtes braunes Haar, das jetzt vom Autofahren etwas zerzaust war, braune Augen und eine kurze, etwas zu breite Nase. Er trug ein cremefarbenes Seidenhemd mit offenem Umlegekragen und braune Hosen aus feinstem Gabardin. Seine Füße steckten in eleganten braun und weißen Sämischschuhen.

Agnes Garguin ging auf die Veranda, um die Mädchen zu begrüßen und formell zum Essen einzuladen.

»Aber, das ist ja Tessie! Ray sagte mir kein Wort. Hallo, Tessie, wie geht's?«

»Fein. Wie geht es Ihnen, Mrs. Garguin?«

»Fein.«

»Das ist meine Freundin, Edna Scarlatti.«

Während die Begrüßungsformeln ausgetauscht wurden, schritt man in das Speisezimmer. Vater Garguin kam, Sybille brachte die kalten Platten, Ray holte die Getränke aus dem Eiskasten, die Unterhaltung stand keinen Augenblick still. Sybille war heute gar nicht verärgert, sondern tauschte mit Ray ein paar Witze aus, die sie gestern Abend im Radio gehört hatten. Das ältliche Mädchen kicherte, während sie die Butter herumreichte; Ray gröhlte und schlug sich auf die Schenkel. Mutter, die einen raschen Blick auf die Besucherinnen schoß, gab zu, daß ihre Nichte heute keinen Grund zur Eifersucht hatte.

Tessie war Rays ehemalige Schulkollegin, eine Freundin aus der Kindheit. Sie hatte einen sehr guten Posten in einer Bank, und das war eigentlich alles, was man über sie sagen konnte. Sie war eine Zeit lang mit einem netten, jungen Mann gegangen, hatte ihm aber den Laufpaß gegeben, weil er sie nur in zweitrangige Vergnügungsstätten ausführen konnte, und seither hatte sich nichts »Ständiges« gefunden. Mrs. Garguin war nicht erstaunt darüber. Tessie war ohne jeden Charme. Sie war laut, aber nicht stimulierend, keck, aber nicht intelligent, kampflustig, aber nicht interessant. Sie stand »auf eigenen Füßen« und rieb es jedem Menschen unter die Nase. Sie hatte keinerlei Interessen, wollte nichts lernen, hatte kein Innenleben, war unbefriedigt und vergnügungssüchtig, jeder Genuß ließ sie aber leer und die Leere teilte sie auch dem jeweiligen Partner mit. Äußerlich war es dasselbe. Obwohl sie nett gekleidet, modern frisiert und sorgfältig geschminkt war, fiel sie in keiner Weise auf, ja gefiel nicht einmal. Gewöhnlich blickte sie stur vor sich hin, den ewigen Kaugummi im Munde. Nein, auf die brauchte Sybille nicht eifersüchtig zu sein. Und auf die andere noch weniger. Das war ja ein ganz verschrecktes Kind. So schüchtern. Sie mußte dumm sein. Sie sagte »bitte« oder »danke«, und Tischmanieren hatte sie überhaupt keine. Mrs. Garguin brachte nun eigenhändig den Salat.

»Mom«, brüllte Ray. »Gefrorenes.«

»Mrs. Garguin«, kreischte Tessie. »Das ist ja wunderbar.«

»Verrückt«, schmunzelte Vater Garguin. »Aber gut.«

»Tante, diesmal hast du dich selbst überboten«, lispelte Sybille.

Nur diese dumme Kleine sagte kein Wort, sondern starrte bloß die Schüssel an, wie wenn sie noch nie im Leben einen Salat gesehen hätte.

Nach dem Essen drehte Ray das Radio noch lauter als es ohnehin die ganze Zeit gelaufen war. Die plötzlich losbrechende Jazzmelodie schoß ihm sofort in alle Glieder. Wippend und schlenkernd umarmte er seine Mutter, um mit ihr zu tanzen.

»Bist du verrückt?«, kicherte sie in gespielter Entrüstung. »Mit mir tanzt du, wo du zwei fesche junge Damen da hast? Nein, nein, laß mich. Mir ist viel zu heiß.«

Sie fiel in den nächsten Strohfauteuil, der ächzte, während Ray nun Tessie an sich zog. »Ein Kaugummi wäre mir lieber«, sagte sie kühl und entwand sich ihm. Er war nicht beleidigt und die drei Jungen gingen auf die Gartenwiese, wo sie es sich in den Liegestühlen bequem machten. Hier war es schattig und man konnte eine angenehme Siesta halten. Doch keineswegs schweigend. So ruhebedürftig war man wieder nicht. Tessie und Ray führten eine laute Unterhaltung über einen Baseballspieler namens Croyt, von dem Edna noch nie gehört hatte. Ray ereiferte sich und Tessie beschuldigte ihn, daß er parteiisch sei. Er sei gegen die Dodgers, er sei überhaupt gegen Brooklyn, weil er ein eingefleischter Bronxer war. Edna dachte sich, daß sie doch eine Manhattanerin sei, also die ganze Debatte sie nichts angehe. Sie schloß die Augen, das Gespräch plätscherte an ihre

Ohren und lullte sie in Halbschlaf. Doch sie wollte nicht einschlafen. Sie war zu glücklich. Sie wollte keine Minute dieses göttlichen Aufenthaltes an Schlaf verlieren. Arg genug, daß sie die Nächte schlafend verbringen mußte. Aber die Tage wollte sie voll und ganz ausschöpfen. Austrinken, ausschlürfen bis zum letzten Tropfen Glück. Sie war am Samstag Abend hier angekommen, hatte das Nachtmahl im Hotel eingenommen, hatte also noch ein Recht auf Frühstück und Mittagessen am nächsten Samstag. Dann war ihre Woche um. Aber heute war ja erst Dienstag.

Sie bewohnte ein kleines Zimmerchen in der Dependance des Hotels »Seeblick«. Das elegante Hauptgebäude rechtfertigte den Namen, das Nebengebäude aber konnte nur wenig auf den See blicken. Ednas Fenster jedoch ging ins Grüne und das war ebenso gut. Ein schöner Wald erstreckte sich da. Wenn eine Brise ging, konnte Edna die Blätter lieblich rauschen hören. Ihr Bett federte angenehm und sie genoß speziell die kühlen Bettücher, die jeden Tage gewechselt wurden. So ein Luxus. Das kleine Waschbecken hatte fließendes warmes und kaltes Wasser. Eine Brause und ein Badezimmer befanden sich am Ende des Korridors. Das Stubenmädchen brachte auch jeden Tag zwei frische Handtücher, obwohl die alten kaum schmutzig waren, und zwei Stück Seife; ein Stück steckte Edna zu sich, der Rest des andern wurde beim Aufräumen vom Stubenmädchen weggeworfen. Welche Verschwendung. Doch wagte Edna nicht, beide Stücke einzustecken, sonst glaubte das Mädchen am Ende, daß sie sich nicht wasche. Jedenfalls würde sie, wenn ihr Urlaub ablief, sieben Stück Seife mit nach Hause bringen und dann eine Weile das Geld dafür sparen.

Noch nie im Leben hatte sie einen Raum für sich allein

gehabt. Sie liebte dieses Zimmer. Sie konnte nicht verstehen, wieso Tessie mit dem ihren so unzufrieden war, wo sie im Hauptgebäude wohnte, auf den See blicken konnte und sogar einen Radioapparat neben ihrem Bett hatte.

Sie hatte Tessie am Sonntag in der Früh beim Frühstück kennengelernt. Edna war in den großen, eleganten Speisesaal getreten, wo die vielen kleinen Tische standen, und die Kellnerin Kay hatte ihr einen Platz angewiesen und ihr gesagt, daß das ihr Stammsitz für die ganze Woche sein werde. Dann hatte sie die Bestellung aufgenommen. Da Edna mit voller Pension gemietet hatte, und auch die achtundzwanzig Dollar für die Woche im Voraus bezahlt hatte, brauchte sie nicht nach den Preisen zu lugen und sich dies oder jenes versagen, sie brauchte nur zu wählen. Sie bestellte Orangensaft, Speck mit zwei Spiegeleiern, Kaffee, Toast mit Butter und Marmelade. Noch nie hatte ihr etwas so gut geschmeckt. Als sie im besten Essen war, füllte sich langsam der Saal. Sie war eine der ersten gewesen. Nun ja, sie war das Frühaufstehen gewöhnt. An ihrem Tisch war ein zweiter Platz frei – andere Tische waren für vier gedeckt, aber ihrer war kleiner – und eine junge Dame nahm Platz. Sie hatte ein sehr hübsches Sommerkleid an und eine große, teure Masche im Haar, so eine totschicke aus Moiréseide. Ihr Gesichtsausdruck bot einen merkwürdigen Gegensatz zu ihrer lebensbejahenden Aufmachung. Sie schien schlechter Laune zu sein. Kay trug ihr Orangen-, Grapefrucht- oder Pflaumensaft an, sie aber wollte Ananassaft. Nach einer längeren Debatte refüsierte sie überhaupt und entschied sich für Haferbrei mit Obers und Zucker.

»Hier kann man nie bekommen, was man will«, sagte sie zu Edna. »Ich bin froh, daß mein Urlaub schon am Mittwoch zu Ende ist. Ich hatte zwei Wochen, aber sie waren kein Genuß. Das ist das letzte Mal, daß ich an den Greenwood-See gehe. Ich habe ein paar Bekannte hier, die Villen in der Nähe besitzen, da dachte ich, ich würde mich besonders gut unterhalten. Aber ich habe mich verspekuliert. Ich langweile mich zu Tode. Hier im Hotel sind lauter Familien und sehr wenig junge Männer. Ich ging jeden Vormittag schwimmen, jeden Nachmittag auf die Liegewiese und am Abend tanzen. Nichts gab mir Befriedigung.« Sie seufzte. »Sind Sie allein hier?«

Edna bejahte.

»Und kennen Sie auch niemanden?«

Edna verneinte.

»Ach, Sie armer Wurm. Da werden Sie hier vor Langeweile sterben. Doch ich warne Sie. Lassen Sie sich nicht mit Familien ein. Die jungen Mütter würden Ihnen gleich ihre Kinder anhängen, um selbst frei zu sein und sich unterhalten zu können. Vor Jahren passierte mir einmal so etwas in den Catskills. Dort gehe ich auch nicht mehr hin.« Sie zerbröselte ihren Toast und schob ihn von sich.

Als Edna sich später verabschieden wollte, hielt die junge Dame sie auf. Ob sie denn etwas Spezielles vor habe. Nein? Dann solle sie doch mit ihr, Tessie, zu den Ping-pongtischen kommen.

»Aber ... ich kann ja nicht Ping-pong spielen«, gestand Edna errötend.

»Nein? Nun, das macht nichts. Schauen Sie eine Weile zu und dann probieren Sie es.«

Sie verließen den Speisesaal und schlenderten durch den Garten auf die Spielwiese, an deren Rand die drei Tische standen. Eine Gruppe fröhlicher junger Menschen war dort versammelt. Als Edna neben Tessie einherschritt, wurde sie sich dessen bewußt, daß sie ein allzu einfaches Kleid trug und daß auch ihr schmuckloses Haar sicher gegen Tessie abfiel. Es kränkte sie ein bißchen, doch nicht zu sehr. Der strahlende Morgen ließ das nicht zu. Sie war auch stolz, daß dieses elegante Mädchen mit ihr ging. Nun wurden ihr ein paar junge Burschen und Mädchen vorgestellt. Einige spielten ausgezeichnet; aber da war Miss Liza, die konnte gar nichts, wußte nicht einmal, wie man den Schläger hielt. Aber zu Ednas Staunen genierte sie sich gar nicht; wenn die andern über ihre Ungeschicklichkeit lachten, lachte sie mit und jeder fand sie »gelungen«. Es war ein Mordsspaß. Die Zuschauer saßen in bequemen, tiefen Sesseln, die Herren boten den Damen Zigaretten an; Tessie nahm keine, weil ihr die Marke nicht paßte und sie außerdem gerade einen Kaugummi im Munde hatte, und Edna war keine Raucherin. Als dann ein Mr. Glasunoff aus dem Restaurant Orangensodawasser und Pepsi Cola brachte, akzeptierten beide Mädchen mit Freude. Und dann spielte Edna Ping-pong.

Der Ball war leichter als eine Feder, deshalb wandte sie immer zu viel Kraft an, aber schon nach der ersten halben Stunde hatte sie eine Ahnung, wie sie schlagen müsse. Mr. Warner, ihr Partner, sagte: »Morgen gebe ich Ihnen wieder Unterricht.«

»Wollen Sie wirklich so lieb sein?«, fragte Edna zweifelnd. Das konnte doch wahrlich kein Vergnügen für ihn sein. Doch er sah ihr in die Augen und sagte mit bedeutungsvollem Lächeln: »Morgen um zehn bei Tisch Nummer drei. Abgemacht?«

Tessie spielte ein flottes Spiel. Edna sah lange zu. Die Zeit bis zum Lunch verging in angenehmster Weise. Am Nachmittag beim Schwimmen im See zeigte es sich, daß sie den meisten Mädchen überlegen war. Die Sonntage ihrer Kindheit hatte sie am Strand von Coney Island verbracht und dort hatte sie auch schwimmen gelernt. Zum Hotel gehörte auch ein Floß, das etwas weiter draußen lag. Wettschwimmen, Springen und Tauchen war eine wundervolle Vielfalt der Genüsse. Es spielte keine Rolle, daß die andern Mädchen die eleganteren Trikots anhatten, die meisten jungen Männer drängten sich doch um Edna. Sie war restlos glücklich.

Beim Dinner trug Tessie wieder ein anderes Kleid; das war nun schon das dritte, in dem Edna sie sah. Diesmal hatte sie keine Masche im Haar, sondern trug einen Turban aus golddurchwirkter erdbeerfarbener Seide. Edna konnte den Blick nicht von ihm wenden; er faszinierte sie. Tessie mißverstand die Bewunderung.

»Ich muß diesen blöden Fetzen tragen, weil mir beim Schwimmen heute die ganzen Locken aufgingen. Ich muß sie mir über die Nacht frisch eindrehen. Meine Dauerwellen taugen nichts. Dabei zahlte ich fünfzehn Dollar für sie. Wo lassen Sie Ihre machen? Die ringeln sich wunderbar. Sie waren doch auch im Wasser und Ihre Locken liegen tadellos.«

Edna war bloß zwei- oder dreimal mit dem Kamm durch sie durchgefahren. Sie war schon daran, zu gestehen, daß sie Naturwellen hatte, als sie es sich überlegte und solche Aufrichtigkeit unterdrückte. Tessie mußte doch nicht unbedingt wissen, was für ein armer Teufel ihre Tischpartnerin war. Zu ihrer Erleichterung drang Tessie auch gar nicht weiter in sie, sondern sprang zu einem andern Thema über.

»Jeden Tag kriegt man hier dieselben Torten. In diesem Hotel gibt es keine Abwechslung. Und wie trocken der Teig ist.

Ich staune, daß Sie es hinunterbringen.« Sie schob den Rest von sich. Dann gähnte sie. »Was könnte man heute Abend unternehmen? Sollen wir mit einem Autobus in den Ort fahren und ins Kino gehen? Sollen wir uns an den Gesellschaftsspielen beteiligen, die auf der Terrasse veranstaltet werden? Sollen wir in der Halle Radio hören? Ich habe hier ein paar Bekannte, die ich nachmittags anrief, aber sie sind alle vergeben. Oder ...«, plötzlich schien ihr ein Gedanke zu kommen, »sollen wir tanzen gehen? Im Bellevue ist ein Ball.«

Als Edna freudig erregt zusagen wollte, fiel ihr ein, daß sie nichts zum Anziehen hatte. Hier trat in Erscheinung, was Edna gerührt für Tessies gutes Herz hielt, was aber in Wahrheit ihr Egoismus war. Von ihren Freunden links liegen gelassen, hatte sie im Hotel keinen rechten Anschluß gefunden. Hier war endlich ein Wesen, das bedingungslos tat, was sie, Tessie, wollte, und immer so aufmerksam zuhörte. Sie kannte sich nicht ganz aus, wer und was dieses junge, schüchterne Mädchen war, und warum sie ganz allein auf Urlaub gegangen, aber sie war ihr eine willkommene Partnerin. So sagte Tessie: »Ach, Sie dachten wohl nicht daran, ein Abendkleid mitzunehmen. Aber das macht nichts, ich leihe Ihnen gerne eines.«

Das Hauptgebäude war wirklich viel eleganter als Ednas Dependance. In der Halle war ein Blumenarrangement in einem Marmorbecken, die breiten Stiegen waren teppichbelegt, jedes Zimmer hatte ein eigenes Bad, Telephon und Radio. Was das wohl kosten mochte! Tessie öffnete den eingebauten Kasten, wo bunte Kleider nebeneinander hingen und entnahm ihm drei Abendkleider.

»Das rosa ist furchtbar tief ausgeschnitten und das lila nehme ich selbst, aber das hellblaue, wenn Sie das probieren wollen …« Nun folgte eine lange Maskerade, denn die beiden Mädchen fanden Gefallen am Probieren. Anziehen, ausziehen, zuknöpfen, gustieren, austauschen, kombinieren wurde zum Spiel. Unter Gelächter und Geschrei probierten sie auch noch die Tageskleider, die langen und kurzen Hosen, die Bademäntel, die Schlafröcke, stolzierten vor dem Spiegel auf und ab und stiegen auf Sessel, um sich besser bewundern zu können. Lila und hellblau gingen sie eine Stunde später auf den Ball. Mr. Glasunoff und Mr. Warren waren auch dort und es war ein herrlicher Abend. Die Jazzband spielte ohrenbetäubend und Edna flog von einem Arm in den andern.

Der Montag unterschied sich wenig vom Sonntag. Am Dienstag saßen die beiden jungen Damen auf der Bank vor dem Hoteleingang, als ein Wagen vorbeifuhr. Tessie sprang auf wie von der Tarantel gestochen.

»Ray!«, schrie sie, und als der Wagen hielt, wandte sie sich erklärend an Edna. »Das ist einer meiner Freunde, die hier ihre Villen haben. Entschuldigen Sie einen Augenblick.« Sie ging an das Auto heran.

»Hallo, Ray.«

»Hallo, Tessie.«

»Du bist ein feiner Herr. Am Sonntag rief ich dich an, du solltest mich ausführen, aber du hattest keine Zeit. Soll ich denn am Greenwood-See vor Langeweile sterben?«

»Wir machten eine große Autopartie, Bill und …«

»Wo sind denn deine beiden Busenfreunde heute?«

»Staatsgeheimnis.«

»Quatsch. Doch was geht es mich an? Weißt du, daß mein Urlaub bald zu Ende geht?«

»Soll ich Trauer anlegen?«

»Du bist gemein.«

»Ach, Tessie, ich kannte dich nie als empfindlich.«

»Wann wirst du mich ausführen?«

»Komm jetzt zum Lunch zu uns.«

»So plötzlich?«

»Warum nicht? Steig ein.«

»Warte. Ich habe da eine kleine Freundin. Dort, die Schwarze, auf der Bank ...«

»Nimm sie mit.«

»Wird deine Mutter nicht ...«

»Mom ist gemütlich. Wer ist das Mädel?«

»Ach niemand. Ein Gänschen.«

»Bring sie her.«

Und nun war Edna hier und dehnte sich wohlig in ihrem Liegestuhl. Es war ja herrlich, was für Genüsse sie durch und mit Tessie kennen lernte. Wohin sie wohl heute Nachmittag und heute Abend gehen würden? Wozu sich Sorge darüber machen? Tessie würde schon das Richtige finden.

»Auf die Dauer wird dieses Liegen hier langweilig«, gähnte diese. »Ich glaube, wir sollten gehen. Bringst du uns nach Hause, Ray?«

»Jetzt schon? Ein bißchen später.«

»Wann?«

»Um fünf Uhr. Ich versprach Bill und Charlie, sie im Bristol abzuholen und zum Dinner nach Hause zu bringen. Auf dem Weg zum Bristol kann ich euch beide im Seeblick absetzen. Aber jetzt ist es ja erst drei Uhr.«

»Um Gottes Willen. Steht denn die Zeit still? Was sollen wir denn bis fünf machen?«

»Willst du Bridge spielen? Mom hat sich niedergelegt, aber Syb wird gern unser Vierter sein.«

»Ich hasse Bridge«, sagte Tessie aggressiv. Edna war froh, daß ihre Freundin abgelehnt hatte, sonst hätte sie bekennen müssen, daß sie Bridge nicht konnte.

»Ich habe ein Puzzlespiel ...«

»Ach, Ray, ich bin doch kein kleines Kind.«

Er schwieg bekümmert, doch seine Züge erhellten sich plötzlich. »Ich habe doch etwas für dich.« Er sprang auf und lief ins Haus.

»War der Lunch nicht gut, Edna? Allerdings versäumten wir unsern im Hotel. Aber ich bin nicht gesonnen, dem Seeblick etwas zu schenken. Ich bezahlte volle Pension. Wenn wir um fünf ins Hotel kommen, lassen wir uns ein paar Brötchen und einen Eiskaffee geben. Bis sieben, zum Dinner, haben wir dann doch wieder Hunger.«

Wie klug Tessie war. Edna wäre gar nicht auf so eine Idee gekommen, und wenn, dann hätte sie sich nicht getraut, ein solches Ansinnen zu stellen.

Nun kam Ray aus dem Hause. In einer Hand trug er ein Grammophon, in der andern einen Behälter mit Platten. Er plazierte beide in seinen Liegestuhl und setzte sich ins Gras.

»Was glaubst du, Tessie. Ich habe die neuen Harry-James-Platten.«

»Was?«, schrie Tessie elektrisiert.

Ray nickte nur verklärt und setzte die Nadel auf. Trompetensoli folgten einander, dann kam eine Band, dann Bing Crosby. Als alle Platten gespielt waren, verlangte Tessie noch einmal Harry James.

»Es ist herrlich. Einzigartig. Ich hätte nie gedacht, daß irgend jemand auf der Welt so laut blasen kann. Und was für einen langen Atem er hat.«

»Er wird auch hoch bezahlt.«

»Das gebührt ihm. Viel eher als manchem Filmstar. Nimm zum Beispiel Charles Boyer. Was macht er? Er verdreht ein bißchen die Augen und spricht mit einer melancholischen Stimme. Das ist doch keine Kunst. Das kann doch jeder.«

»Die Frauen fliegen auf so etwas.«

»Erzähl mir nicht, auf was Frauen fliegen, Ray. Ich kannte einen Kellner bei Child's in der Wall Street, der verdrehte auch so die Augen. Ich fand das bloß dumm.« Die Unterhaltung wurde ausschließlich zwischen Tessie und Ray geführt, doch Edna folgte mit großem Interesse.

»Oder nimm Henry Fonda.«

»Das ist doch ein sehr eleganter, gutgewachsener Mensch, Tessie.«

»Ich sage nicht, daß er schlecht gewachsen ist ...«

»Nun, wer gefällt dir denn eigentlich? Irgend einer muß doch dein Typ sein.«

Tessie zögerte.

»Red Skelton«, sagte Edna mit Gefühl. Die zwei andern brachen in Gelächter aus.

»Das ist ein guter Witz.«

Nahmen die das vielleicht nicht ernst?

»Deine Freundin spricht wenig, aber wenn sie es tut, dann sitzt es.«

»Aber ich ...«

Tessie fiel ihr ins Wort. »Nein, sagen Sie nichts mehr. Jedes weitere Wort könnte diese Pointe nur zertreten. Kommt, Kinder, fahren wir los; ich kann das Sitzen nicht mehr aushalten.«

Im Wagen nahmen sie wieder so Platz wie bei der Herfahrt: Ray am Volant, Tessie in der Mitte, Edna in der Ecke.

Tessie bot Kaugummi nach beiden Seiten an. Da sowohl Ray wie Edna ablehnten, kaute sie allein. In selbstzufriedener Beschaulichkeit bewegten sich ihre Kiefer auf und ab, auf und ab. Sie konnte gar nicht begreifen, daß es Menschen auf der Welt gab, die sich solchen Genuß entgehen ließen.

Der Wagen fuhr in gutem Tempo über die gepflegte Straße. Wie herrlich kühl es um Ednas heiße Wangen wehte. Ihre Haare flogen im Winde. Der See glitzerte und der blaue Himmel strahlte. Sie hatte noch nichts von der Welt gesehen, aber sie konnte sich nicht vorstellen, daß es irgendwo schöner sein konnte.

Am nächsten Tag war Tessies Urlaub zu Ende. »Gott sei Dank«, sagte sie. »Heute Abend werde ich auf dem Astor Dach soupieren. Das ist doch etwas anderes als dieser langweilige Speisesaal im Seeblick. Dort ist eine herrliche Band. Und wenn mich der Abend zehn Dollar kostet, was liegt daran? Es steht dafür. Hier war ja doch nichts los.«

»Soll ich Ihnen packen helfen?«, fragte Edna.

»Das wäre furchtbar lieb. Ich bin nicht ungeschickt aber sehr ungeduldig. Kleider in die richtigen Falten und Büge legen, ist mir ein Greuel. Ich vergesse auch gewöhnlich die Hälfte.«

Edna machte es sehr schön. Sie hatte praktischen Sinn und ein Gefühl für Dinge. »Und wie schnell Sie das machen«, rief Tessie, und vergaß vor Bewunderung einen Moment sogar das Kauen.

Edna hätte beinahe geantwortet, »ich bin an Geschwindigkeit gewöhnt, ich bin eine Akkordarbeiterin, ich werde nach dem Stück bezahlt«, doch im letzten Moment unterdrückte sie das Geständnis ihrer niederen sozialen Position. Tessie hielt sie für ein Büromädchen und sie wollte die Freundin in diesem Glauben lassen. So fuhr sie schweigend fort, den Koffer zu füllen. Als sie Tessies lange, cremefarbene Flanellhose hineinlegen wollte, winkte die Besitzerin ab.

»Die nehme ich nicht mit. Ich trage sie ja doch nicht. Ich habe sie nie leiden können.«

»Warum nicht? Das ist doch eine tadellose Hose?«

»Sie spannt mich um die Hüfte. Ich habe zwei andere Hosen, die viel besser sitzen. Lassen Sie sie einfach liegen. Das Stubenmädchen wird sie dann entweder nehmen oder wegwerfen.«

Edna konnte ihre Gedanken von dem herrlichen Stück nicht losreißen. Als sie Tessie die Stiege hinunter begleitete, ihr Adieu sagte und ihrem abfahrenden Autobus nachwinkte, dachte sie nur an die Hose. Kaum war der Autobus außer Sicht, stürzte sie die Stiege hinauf. Das Stubenmädchen überzog gerade das Bett für den nächsten Gast.

»Meine Freundin vergaß eine Hose«, stieß Edna atemlos hervor. »Die muß ich ihr nach New York mitbringen.«

»Gut«, sagte das Stubenmädchen, ohne von ihrer Arbeit aufzusehen. Mit ihrem Fang im Arm ging Edna zurück in ihr Zimmer. Sie hielt es nicht länger aus, sie mußte ihren Schatz anprobieren. Hurra! Wie das paßte. Über ihre Hüften spannte die Hose nicht. Zärtlich fuhr sie mit ihren Händen darüber. Ihre rot-weiß karrierte Bluse – die einzige, die sie besaß – machte sich gut dazu. Das war ja die ideale Tracht, wenn sie jetzt mit Mr. Warner Ping-pong spielen würde. Sie eilte auf die Spielwiese.

Als sie zu den Tischen kam und Umschau nach ihm hielt, war er aber nirgends zu sehen. Sie schlenderte weiter und fühlte plötzlich den Wunsch, ein bißchen zu marschieren. Ohne daß es ihr bewußt war, hatte Tessies tagelanger konstanter Lärm und die völlige Besitzergreifung ihrer Person durch dieses Mädchen eine vage Sehnsucht nach Einsamkeit in ihrer Seele erzeugt. Sie wollte schweigend am See entlang gehen und vor sich hinträumen. Allein sein, aber in froher Weise, in vorher nie gekannter Zufriedenheit. Beinahe versöhnt, mit wem? Ach, was!

Heute war kein heißer Tag. Die mäßige Temperatur war gerade richtig für einen Spaziergang. Fröhlich schritt sie aus. Es war etwas nach zehn Uhr; vor halb eins wurde kein Lunch serviert. So hatte sie eine gute Spanne Zeit für sich.

Die Straße führte streckenweise hart am See, dann wieder entfernte sie sich und es lagen Häuser auf beiden Seiten. Gewöhnlich waren es Villen mit großen Gärten oder Wiesen, aber auch Hotels mit Terrassen und bunten Schirmen sahen auf das Wasser hinaus. Ein ständiger Strom von Autos flitzte an Edna vorbei. Alle Menschen schienen glücklich. Die in den Gärten, die in den Wagen, die verliebten Pärchen, die spielenden Kinder, die lachenden Mädchen, die wilden Buben. Das Bild wechselte beständig, als Edna weiter schritt.

Auf dem Wasser waren Boote. Ruderboote schaukelten und Segelboote trieben stolz in der Brise und hie und da schoß ein Motorboot in wilder Eile dahin. Edna wußte, daß sie noch ein paar Tage Seligkeit vor sich hatte. An das Ende wollte sie nicht denken. So mag ein zum Tode Verurteilter fühlen, dem der Termin mitgeteilt wurde. Sie wußte, daß am Samstag die Herrlichkeit vorbei war, aber sie wollte nicht daran denken. Sie wollte sich nicht diese sorgenfreien Stunden verbittern.

Nun bog der Weg ab und führte zum Dorfe. Schöne, hohe Bäume säumten ihn. Ausgelassene Kinder tollten in vielfältigen Spielen vorbei. Edna fühlte sich leicht beschwingt.

Mit der erstaunlichen Erholungsfähigkeit der Jugend und der ihr eigenen Elastizität war Edna in diesen Tagen wie genesen. Vergessen waren Plage, Erniedrigung, Entbehrung und Hoffnungslosigkeit. Hier schien die Sonne für sie wie für alle andern Sommerfrischler. Ein Vergnügen jagte das andere. Und jetzt hatte sie auch noch diese wunderschöne Hose. Wie die saß! Mit tiefer Befriedigung blickte sie an den scharfen Bügelfalten herunter.

Nun kam auch schon die Benzinstation in Sicht. Um sie herum gruppierten sich eine Menge Restaurants. Etwas weiter war das Postamt, dahinter eine Kirche und die Bibliothek. Ein paar Wohnhäuser zu beiden Seiten der Hauptstraße, eine vom Wetter etwas mitgenommene Bank, die die Autobushaltestelle repräsentierte, eine Autowerkstätte, all dies war das vollständige Dorf. Überall parkten Autos, plaudernde Menschen standen herum, beratend, Landkarten lesend, Gefrorenes schleckend oder Coca-Cola schlürfend. Edna bekam auch Durst, als sie das sah. Aber natürlich, sie wollte eine Erfrischung kaufen. Die kostete nur zehn Cents, oder vielleicht fünfzehn, wenn man ein Gefrorenes-Soda wählte, oder fünfundzwanzig, wenn man auch noch eine dänische Bäckerei dazu aß. Das überrechnete sie rasch. In New York hätte sie sich die Ausgabe wahrscheinlich zehnmal überlegt, aber auf dem Urlaub durfte man sich doch auch einmal etwas vergönnen.

Sie trat in einen Kaufmannsladen ein, der auf der einen Seite die gewöhnlichen Waren hatte, auf der andern Medikamente und Drogen und im Hintergrund einen langen Schanktisch. Ein paar Plätze waren frei. Sie ging hin und schwang sich auf einen der hohen Hocker. Der Kellner hinter dem Schanktisch, der mit zauberhafter Geschwindigkeit drei offenbar schon bestellte Getränke mixte, stellte ihr zwischendurch ein Glas Wasser hin und legte eine Papierserviette daneben. Das bedeutete in schweigendem Einvernehmen, daß er sie bedienen werde, sobald die Reihe an sie käme. Sie hatte keine Eile. Sie las unterdessen die Menükarte, um zu erfahren, welche Arten von Gefrorenem oder Sodagetränken da waren. Ein paar Torten standen unter Glasstürzen. Als der Kellner nach ihren Wünschen fragte, bestellte sie Erdbeergefrorenes mit Kompott und heißer Schokoladesauce, und ein in Cellophan eingepacktes Rosinenbrot.

Neben ihr saß ein Herr, den sie nicht weiter beachtet hatte; als sie sprach, wandte er sich ihr zu und sah ihr ins Gesicht.

»Sind Sie es wirklich, Miss Scarlatti?«

»Hallo, Mr. Garguin.«

»Ich erkannte Sie erst an der Stimme.«

»Wirklich?«

Hier kam der Kellner. Die Eisportion war so groß, daß sie ganz geblendet davon war.

»Sie sehen ganz anders aus als neulich«, bemerkte ihr Sitznachbar in unverhülltem Staunen. Sollte das Mädchen identisch sein mit Tessies unscheinbarer Freundin? Damals hatte sie so ein verwaschenes, armseliges Kleidchen an und jetzt sah sie totschick aus. Diese elegante Flanellhose! Diese gutsitzende kecke Bluse. Und ... er sah sie noch genauer an ... sie war ja hübsch. Sehr hübsch. Sie hatte blaue Augen und schwarzes Haar, eine Kombination, die er besonders liebte.

Auch ihre Einsilbigkeit hatte sie verloren. Sie gab nette, freundliche Antworten. Beim Lunch vor ein paar Tagen, und dann im Garten, hatte sie so konstant geschwiegen, daß er sie für absolut dumm gehalten hatte. Aber sie war nicht dumm. Allerdings, Tessies brutale Gegenwart brachte auch stärkere Persönlichkeiten zum Schweigen. Neben ihrer Lautheit, Selbstsicherheit und herausfordernden Keckheit erschien leicht ein anderes Mädchen farblos und einfältig.

Es gefiel ihm, mit welcher Inbrunst sie ihr Gefrorenes aß. Die andern Mädchen, die er kannte, waren entweder blasiert oder wählerisch oder ironisch über der Situation stehend. Besonders wenn man sie auf ein Eis ausführte, posierten sie entweder als grande dame oder desinteressiertes Karriere-Mädchen, oder Schönheit, die sich gnädig verehren läßt, oder Verwöhnte, der nichts gut genug ist. Aber hier, bei der Kleinen, sah es ja fast so aus, als ob diese Portion auf ihrem Teller ein ungewohnter und seltener Genuß wäre. Er liebte Kinder, und sie aß mit der Andacht eines Kindes. Es berührte ihn in seltsamer Weise.

»Das schmeckt Ihnen wohl?«, fragte er lächelnd.

»Es ist herrlich«, erwiderte sie mit vollem Munde. Es belustigte ihn, doch kannte er sich bei ihr nicht recht aus. War sie ein Büromädchen? Oder eine »Tochter aus gutem Hause«? Wie alt war sie? Ging sie vielleicht gar noch in die Schule? Wieso und warum war sie hier ganz allein? Ging sie auf Abenteuer aus? Sie hatte die Fähigkeit, sich zu freuen. Bis zu einem gewissen Grade schien sie unmodern. Vielleicht war sie sehr streng erzogen und deshalb schweigsam, sobald der geringste seelische Druck auf sie ausgeübt wurde. Und nun fiel sein Auge auf ihre Hände. Die waren derb, wie von jahrelanger Arbeit deformiert. Wer war dieses Mädchen? Er wollte und konnte sie nicht fragen. Sie hätte ihm auch wahrscheinlich nicht die Wahrheit gesagt. Er fühlte, daß seine Neugierde wach war.

So begann er die alltägliche Konversation. Ein Frage- und Antwortspiel, bei dem nie das Thema berührt wird, das einen wirklich interessiert. Aber jeder gesellschaftliche Verkehr war mehr oder minder ein Herumgehen der Katze um den heißen Brei. So kam es ihm ganz natürlich vor, daß er nur Banalitäten berührte.

»Und wie sind Sie mit Ihrem Hotel zufrieden?«

»Oh, sehr.«

»Haben Sie ein nettes Zimmer?«

»Ein wunderschönes.«

»Mit Aussicht auf den See?«

»Nein, auf den herrlichen Wald.« Sie ließ sich gerade eine Erdbeere auf der Zunge zergehen und das Entzücken auf ihrem Antlitz vertiefte sich.

»Wald? Ich habe noch nie einen Wald bemerkt.«

Sie lachte ihn an.

»Ach ja«, korrigierte er sich, so als ob ihr Lächeln ein guter geographischer Behelf wäre, »dort hinten ist ein Wald. Aber man geht doch nicht an den Greenwood-See, um Wald zu genießen.«

»Warum nicht? Deshalb heißt er doch Grünwaldsee.«

Er brach in ein unbändiges Gelächter aus. Wieder hielt er für einen guten Witz, was sie in aller Naivität vorbrachte. Und wieder kannte er sich bei ihr nicht aus. Tessie hatte doch auch im Hotel Seeblick gewohnt, aber ihre Auskünfte waren genau entgegengesetzt gewesen. Sie hatte behauptet, das Hotel sei schlecht geführt, ihr Zimmer kahl und unfreundlich, die Bedienung elend, die Aussicht von ihrem Fenster monoton. Also, etwas stimmte da nicht.

»Haben Sie nette Gesellschaft gefunden?«

»Entzückende Menschen. Da ist zum Beispiel ein Mädchen namens Liza, die ist furchtbar gelungen. Und ich habe auch Ping-pong zu spielen angefangen. Das Spiel macht mir großen Spaß.«

Hatte sie auf dem Monde gelebt, daß Ping-pong ein so überraschendes Erlebnis war? Oder hielt sie ihn zum Narren: Oder war es einer ihrer Witze? In seiner Unsicherheit wollte er wieder lachend losbrüllen, doch ein zweiter Blick auf sie zeigte, daß sie ganz ernst und sachlich war. Sie fuhr auch gleich fort: »Und dann habe ich einen Herrn kennen gelernt, der ist so freundlich und gefällig. Ich werde wahrscheinlich am Nachmittag mit ihm Bootfahren gehen.«

Das ärgerte ihn. Er kannte zwar die altbewährte Taktik der Mädchen, zu betonen, wie begehrt sie waren. Doch die andern machten das mit ein bißchen Koketterie; mit der zarten Andeutung, daß man etwas unternehmen solle; mit dem Wink, näher zu kommen, während sie scheinbar wegrückten. Die Mädchen taten dies als einen Teil des gewohnten Spieles, in dem er sich nun schon seit Jahren auskannte. Er war weder unerfahren noch dumm. Er hatte außer einigen Flirts eine ganz ernste Liebschaft mit einer verheirateten Frau gehabt; da hatte er alle die Kniffe gelernt und vielleicht noch mehr. Diese Frau war mindestens um zehn Jahre älter als er, und was ihr an Jugendfrische abging, das hatte sie reichlich durch Raffinement ersetzt. Drei Monate hatte das Verhältnis gedauert, denn so lange war ihr Mann auf einer südamerikanischen Geschäftsreise gewesen. Jetzt sah Ray sie nie mehr. Wenn sie ihn eifersüchtig gemacht hatte, dann war darin ein gewisser bittersüßer Charme gelegen, nicht die unbeteiligte Kühle, die Miss Scarlatti an den Tag legte.

»Ist das schon ein fixes Rendezvous?«

»Mit Mr. Glasunoff?«

Glasunoff? Der Name kam ihm so bekannt vor. Er klang nach Persönlichkeit. Nach Ruhm, oder wenigstens nach einer Sonderstellung im Leben.

»Ja, mit Mr. Glasunoff«, wiederholte er etwas gereizt und war schon fest entschlossen, dem Nebenbuhler die Kleine auszuspannen. Jetzt fiel ihm ein, daß er den Namen im Radio gehört hatte. War er ein Ansager oder Regisseur einer Sendung oder ... aber nein, ein Komponist, ein ganz berühmter »Meister«, natürlich, auf so etwas flogen ja diese jungen Autogrammjägerinnen. Solche Berühmtheiten hatten es leicht. Doch wenn er selbst auch nur ein simpler Ingenieur war, so durfte er doch nicht kampflos nachgeben. Wo war der alte amerikanische Pioniergeist?

»Wie alt ist denn dieser Mr. Glasunoff?«, fragte er unverblümt. Dann räusperte er sich verlegen. Würde sie ihm die Taktlosigkeit durchgehen lassen? Tessie hatte ihn einmal angelegentlich einer indiskreten Frage so abgekanzelt, daß die Nebentische bei Schrafft's nur so geschaut hatten.

»So um dreißig«, sagte Edna.

Diese Antwort stürzte Ray in neuen Ärger. Er hatte gehofft, der berühmte Mann werde siebzig sein. Daß er auch noch jung war, war ein schwerer Schlag. Sollte er den Kampf aufgeben? Nein. Wenn Mr. Glasunoff eine Bootfahrt offerierte, dann wollte er, Ray, ein Motorboot anbieten.

»Fahren Sie gerne im Motorboot?«

»Ich weiß es nicht.«

»Sie Kind! Was heißt, Sie wissen es nicht? Sind Sie denn noch nie in einem gefahren?«

»Nein.«

Mit heißem Eifer wandte er sich ihr zu. »Dann ist es

aber höchste Zeit, daß Sie das kennen lernen. Darf ich Sie zu einer Fahrt einladen? Sagen wir, heute Nachmittag? Wir mieten eines mit sechs Sitzen und nehmen Charlie und Bill mit, dann haben wir wirklich einen Mordsspaß. Und Sie sagten doch, daß Sie mit Herrn Glasunoff nicht fix verabredet seien, so kann das doch nicht im Wege stehen. Und ich denke, daß eine Motorbootfahrt doch viel interessanter ist, als zu paddeln. Das geht doch so langsam, das ist doch kein Vergnügen. Ich bin ein Freund von Geschwindigkeit. Das ist Leben, das ist Glück, zur Beschaulichkeit hat man Zeit, wenn man einmal tot ist, nicht? Also, ich hole Sie um drei Uhr ab. Gemacht?«

»Gemacht.«

Triumph strahlte in seinen Augen. Er grinste sie an und zeigte seine weißen Zähne. Er hatte gesiegt. Es war eigentlich leicht gegangen. Armer Glasunoff. Aber für einen Komponisten war es ohnehin besser, wenn er litt. Er schrieb dann viel schönere Melodien. Ray hatte einmal in einem Magazinartikel gelesen, daß auch Victor Herbert nicht immer glücklich war.

»Was hat er eigentlich geschrieben?«, fragte Ray, nun völlig entspannt.

»Was? Mir hat er nie geschrieben.«

Ray wieherte. Die Kleine hatte wirklich Humor. Und ganz ernst sagte sie solche Dinge. Da konnte ein Radiokomiker etwas lernen. Die servierten jede Pointe so plump.

»Spaß beiseite«, sagte er. »Russische Opern?«

»Opern?«

»Ist er denn nicht der Komponist von ...«

»Er ist kein Komponist. Er ist Geschäftsführer bei Horn & Hardart in der 72. Straße.«

»Ach so«, sagte Ray gedehnt.

Sie hatte fertig gegessen, wischte sich den Mund mit der Papierserviette ab – vorsichtig, um den Lippenstift nicht zu verwischen – und sah in tiefer Befriedigung zu ihm auf.

»Haben Sie Ihren Wagen da, Miss Scarlatti?«

»Nein. Ich besitze keinen.«

»Wirklich? Jetzt sind schöne neue Renault auf den Markt gekommen.«

Sie schwieg. Er dachte: »Autofahren ist offenbar nicht ihre Schwäche.« Aber ein Auto war doch eine Notwendigkeit, ebenso wie ein Paar Schuhe, ob man jetzt Schuhliebhaber war oder nicht.

»Ich habe meinen Wagen draußen. Ich bringe Sie nach Hause, ja?«

»Das wäre furchtbar lieb von Ihnen.«

Er nahm das Zettelchen, auf dem ihre Zeche eingeknipst war, um beim Hinausgehen auch für sie zu bezahlen. »Ach«, dachte sie, »wenn ich das geahnt hätte, dann hätte ich eine Torte bestellt.« Na, jetzt war es zu spät. Sie traten ins Freie. Jetzt erst, als sie neben ihm über die Straße und zum Parkplatz vor dem Postamt schritt, wurde sie dessen gewahr, was für ein Prachtexemplar von einem Mann er war. Seine große, breitschultrige Gestalt kam in dem tadellosen, hellblauen Anzug – Hemd mit gleichfarbiger Hose, der sogenannte Hosenanzug – ausgezeichnet zur Geltung. Sein Gesicht war sonnengebräunt und sein brauner Haarschopf leicht gewellt. Seine braunen Augen strahlten. Er war das personifizierte Leben und die gute Laune selbst. Als sie neben ihm am Volant Platz nahm, wurde ihr in einer tieferen Schichte ihres Bewußtseins klar, daß ihr das alles in New York nie passieren hätte können; nicht dieser heitere, wohlerzogene Kavalier, nicht das elegante Auto. Aber das gehörte eben alles zu dieser einen einzigen Woche ihres Lebens, die bald vorbei sein und nie mehr wiederkehren würde. Aber das machte nichts. Sie hatte das ja im Voraus gewußt, so wie einer, der einen Teufelspakt mit seinem Blut unterschrieben hat, weiß, daß seine ewige Seele der Preis ist.

Nun flitzten sie im Wagen dahin. Eine ach zu kurze Fahrt. Als er sie bei ihrem Hotel absetzte, dankte sie artig.

»Ich freue mich auf unser Rendezvous«, sagte er.

»Ich auch«, antwortete sie arglos. Wieder war er überrascht von ihrer ungekünstelten Natürlichkeit. Er hatte die übliche Ziererei erwartet oder ein gespielt ablehnendes Benehmen, das gewöhnlich darauf zielte, stärker bedrängt zu werden; oder auch die Beteuerung, daß sie die vielen andern Verehrer nun vernachlässigen müsse; oder die Frage, ob, was er ihr bieten wolle, auch wirklich das Zeitopfer von ihrer Seite wert war. Das waren so die gewohnten Antworten. Die Mädchen wollten von vorneherein eine Gewißheit haben, daß sie bei einem Manne auf ihre Rechnung kommen würden in punkto Essen und Unterhaltung. Sowie die Versprechungen ihnen nicht interessant genug erschienen, sagten sie ganz offen, daß sie von irgend einem andern Bewunderer ein besseres Angebot hätten. Deshalb verwirrte ihn Ednas klare und unberechnende Antwort. Doch Ray war nicht der Typ, der lange verwirrt blieb. Er brach in sein fröhliches lautes Lachen aus und versicherte ihr, daß die Motorbootfahrt erstklassig sein werde. Sie sah ihn ein bißchen erstaunt an, denn sie hatte es nicht bezweifelt.

Beim Lunch im Hotel war sie heute allein. Entweder war Tessies Zimmer noch nicht weiter vermietet oder der Neuankömmling hatte ohne Pension bestellt, den sogenannten europäischen Plan vorgezogen, und speiste irgendwo anders. Es gab ja hier so viele Restaurants und Hotels, besonders wenn man einen Wagen mit hatte, da konnte man fahren wohin man wollte und jede Mahlzeit irgendwo anders nehmen. Die meisten Menschen liebten ja Abwechslung. Doch für Edna war ihr Stammsitz so etwas wie ein kostbarer Besitz. Es war »ihr« Platz. Kay, »ihre« Kellnerin, bediente sie. »Ihre« Nachbarn an den andern Tischen grüßten oder dankten für ihren Gruß.

Sie genoß ihre Grapefrucht und ließ sich die geröstete Leber mit Speck, Bratkartoffeln, Tomaten und grünen Erbsen trefflich schmecken. Leider war es ein sehr heißer Tag geworden mit der ganzen Last der New Yorker Feuchtigkeit. Der Speisesaal war nicht luftgekühlt und von den großen Ventilatoren an beiden Enden hörte man viel, spürte aber wenig. Edna tupfte mit der Serviette die Schweißperlen von ihrer Oberlippe. Kay brachte frische Eisstücke für das Trinkwasser in Glas und Krug. Dann drehte sie einen kleinen Ventilator über Ednas Kopf auf. Nun saß sie unter einer angenehmen Brise. Ach, wie einem zahlenden Publikum doch die Wünsche von den Augen gelesen wurden. Plötzlich fühlte sie einen Stich im Herzen, weil diese Woche ja doch nicht ewig dauern würde. Sie mußte in die Hölle zurück, aus der sie gekommen.

»Ein Schatten auf der schönen Stirne?«, fragte Herr Glasunoff und setzte sich unaufgefordert auf Tessies ehemaligen Sessel. Er hatte schon gegessen; und was sie nach Tisch vorhabe? Für Ping-pong sei es wohl zu heiß. Nein, sie wolle sich auf ihr Zimmer zurückziehen und eine richtige Siesta halten. Boot fahren? Sie hatte eine Verabredung für Nachmittag. Mit alten Freunden; einer ganzen Gesellschaft. Sie konnte nicht aus. Ja natürlich, er verstehe das; gesellschaftliche Verpflichtungen. Seine schwarzen Kugelaugen sahen sie treuherzig an. Aber ob er sie am Abend ins Kino einladen dürfe. »Der große Diktator« mit Charlie Chaplin.

»Fein«, sagte Edna strahlend. »Das wollte ich schon immer sehen.«

»So? Und ich hatte schon Angst, Sie würden es kennen. Also abgemacht. Wir sehen einander ja noch vorher beim Dinner im Speisesaal.«

In ihrem Zimmer angelangt, zog sich Edna sofort ganz aus. Es war schrecklich heiß. Kein Lüftchen regte sich. Weder vom Wasser noch vom Walde wollte die geringste Brise kommen. Edna öffnete die Tür einen Spalt, so daß zwischen ihr und dem Fenster Zugluft entstehen möge. Nein, auch das war eine Enttäuschung. Und doch, wie ganz anders ertrug man einen heißen Tag, wenn man ihn nicht in einer Fabrik verbringen mußte. Sie schüttelte energisch den Kopf. Dachte sie heute schon zum zweiten Male an ihre Galeere?

Sie trällerte ein Liedchen, schlüpfte in ihren Schlafrock und ging über den Gang zur Brause. Die war besetzt. Andere Leute hatten auch diese gute Idee. Sie trat ans Korridorfenster, behielt jedoch die Tür des Badezimmers im Auge. Falls jemand anderer kam, konnte sie mit einem Satz dort sein, als Beweis, daß sie die nächste Anwärterin war. Das wäre ja noch schöner, wenn sich Späterkommende vordrängen wollten.

Doch es kam niemand. Unterdessen blickte sie zum Fenster hinaus. Es ging auf den Parkplatz des Hotels. In ein besonders schönes, neues Auto stieg gerade eine Familie ein, Vater, Mutter und zwei kleine Mädchen. Die fuhren auf einen Ausflug, denn sie verstauten Bademäntel und ein lustiges rotes Gummitier im Rücksitz. Nun hob der Mann auch einen Behälter mit Proviant hinein, einen von diesen teuren, die Eis oder irgend eine Kühlvorrichtung haben, so daß alles durch vierundzwanzig Stunden so frisch blieb, wie wenn man es im Eiskasten hatte. Es gab täglich neue Erfindungen und das Leben wurde immer leichter und angenehmer – für die, die es bezahlen konnten. Dieses Land war unermeßlich reich für die Reichen, doch nicht für Edna und ihresgleichen. Auto, Villa, Zentralheizung, Luftkühlung, hygienische Apparate, Vergnügungen, Schönheitspflege, Geselligkeit, alles war da in Hülle und Fülle. Aber wie konnte man dazu gelangen? Man konnte es erben wie die Gloria Vanderbilts, man konnte es erheiraten wie die Herzogin von Windsor, man konnte es sich erarbeiten wie die Hearsts und Fords, man konnte es mit dem vorgehaltenen Revolver ergattern wie die Dillingers. Man konnte fleißig sein, schrittweise hinaufklettern, man konnte Glück haben. Letzteres hatte sie nicht, das stand fest. Für einen Schwindel war sie nicht klug genug, und bei allem Fleiß, den sie als Stückarbeiterin an den Tag legte, sah es nicht so aus, als ob sie mit dem Füllen der Nagellackfläschchen je wohlhabend werden würde. Wie spielte man eigentlich auf der Börse?

Sie blickte wieder auf die nun bald reisefertige Familie. Die Frau war totschick. Sie trug weiße Shorts und eine auffallende Bluse mit großen, chinesischen, aufgemalten Figuren. Oder waren sie aufgestickt? Der Turban war aus demselben Material. Sie hatte nackte, braune Beine und Schuhe mit ganz dicken Korksohlen. Der vordere Ausschnitt ließ die Zehen frei. Die Nägel waren rot lackiert.

Die Dame ließ die ganze Arbeit von ihrem Gatten und ihrer älteren Tochter machen, die etwa elf Jahre alt war und mit dem Vater tüchtig herumkommandierte. Was für ein prächtig entwickeltes Kind das war. Diese runden Arme und wohlgeformten Beine. Mona fiel ihr ein und der Vergleich schmerzte. Die kleine Schwester war jetzt im Wachsen und hatte sicher nie genug zu essen. Ihr Körper war eckig und dürr. Unschön. Während diese Kleine da unten beim Auto ordentlich vor Gesundheit strotzte. Edna fuhr fort, die Gruppe zu beobachten. Das jüngere Mädchen warf kleine Steinchen auf einen andern Wagen. Die Mutter zog ihren Taschenspiegel heraus und bearbeitete ihr Make-up. Dann machte sie ein paar Tanzschritte, doch machten sie ihr zu heiß und sie gab es bald auf. Sie gähnte und rief: »Könnt Ihr beide nicht ein bißchen rascher sein?«

»Wir sind schon fertig, Liebling«, antwortete ihr Mann und alle stiegen ein.

Nun ging die Badezimmertür auf. Eine Dame in einem rosa Bademantel, Lockenwickler im Haar und ein Riesennecessaire mit kosmetischen Artikeln in der Hand, kam heraus.

»Ist das nicht unerhört?«, zischte sie. »Es gibt kein heißes Wasser. Ich werde der Hotelverwaltung meine Meinung sagen. Diese Leute glauben, mit den Gästen in der Dependance können sie machen, was sie wollen.« Sie schoß feurige Blicke. »Die sollen mich kennen lernen.«

Mußte sie denn heißes Wasser haben bei dieser Hitze? Edna betrat den Baderaum, versperrte die Türe, hängte ihren Schlafrock an den großen, weiß emaillierten Haken, schlüpfte aus den Schuber und trat in die Duschkabine. Sie brauchte keine Badehaube, denn erstens hatte sie keine kunstvolle Frisur wie etwa Emily; ihr Haar fiel in natürlichen Wellen, auch wenn es feucht war, oder sogar noch besser; zweitens aber war die Brause an der Seite angebracht, das Gelenk war verstellbar und man konnte genau den Winkel einstellen, in dem man den Wassermantel über sich rinnen lassen wollte. Das hatte Edna schon am ersten Tag ihres Aufenthaltes entzückt. Sie stellte ein und drehte auf. Das Wasser war wirklich eisig. Sie stieß einen kleinen, unfreiwilligen Schrei aus. Die rosa Dame hatte gar nicht so unrecht gehabt. Es wäre nicht schlecht, den Strahl ein wenig mit warmem Wasser zu temperieren. Doch war das kaum ein Grund, sich zu beschweren. Man blieb eben etwas kürzer unter der Brause. Das war alles. Jedenfalls erfrischte es.

Als Edna in ihr Zimmer zurückkehrte, nahm sie an der glasgedeckten Psyche Platz und gruppierte ihre Schönheitsmittel um sich. Sie wollte sich einmal mit Hingabe herausputzen. Heute hatte sie nicht nur einen Grund, sondern auch Zeit. Sie gehörte nicht zu jenem Typ ehrgeiziger Mädchen, die sich aus Prinzip schminken, auch wenn kein Mann in der Nähe ist. Bei denen war es offenbar zweite Natur geworden. Edna aber brauchte einen Anlaß. Da machte es einem auch Vergnügen. Die notwendigen Mittelchen besaß sie. Woolworth hatte jedes einzelne Fläschchen um zehn Cents, so daß auch die ärmste, kleine Arbeiterin Puder, Rouge, Lippenstift, Eau de Cologne und Handcreme besitzen konnte. Und was den Nagellack anbelangte, so hatte Edna drei verschiedene Farben, ohne je dafür bezahlt zu haben. Es gab in der Fabrik immer Fläschchen mit Fehlern im Glas oder mit einer Schattierung, die nicht mehr geführt wurde, oder solche, die falsche Schildchen trugen, die nicht mehr herunter gingen.

So waren die Arbeiterinnen der Nagellackfabrik immer gut mit diesem Schönheitsmittel versorgt. Sie konnten sie auch zu billigen Preisen kaufen, hatten das Recht auf ein Kassaskonto; dieses benützten die Büromädchen, die nicht so bequemen Zutritt zur ausrangierten Ware hatten und außerdem auch hier beweisen wollten, daß sie um eine soziale Stufe höher standen als die Fabriksarbeiterinnen.

Edna verwandte heute besondere Sorgfalt auf ihr Äußeres. Sie war nicht so blind, um nicht längst bemerkt zu haben, in was sie hinter den andern weiblichen Sommergästen stand. Sie wußte, daß die andern nicht hübscher waren als sie, aber dennoch viel günstiger aussahen. Jahrelange Pflege wirkte sich aus und erzeugte schließlich wirklich eine feinere Haut, leuchtendere Augen, geschmeidigere Bewegungen und edlere Linien. Sie wußte auch, daß ihre armselige Kleidung gerade in dieser Umgebung schwer zu übersehen war. Wenn diese elegante Hose nicht so unerwartet in ihr Leben getreten wäre, dann wäre Edna hier ganz unmöglich gewesen. Als sie hier ein Zimmer bestellt hatte, war ihr diese Seite ihres Urlaubs nicht bewußt geworden. Sie hatte das Geld für Zimmer, Verpflegung und Fahrt zusammengekratzt und hatte nicht an die nötigen Kleideranschaffungen gedacht. Nun, nächstes Mal würde sie das klüger anstellen. Man mußte alles lernen. Diesmal hatte sie wenigstens das erreicht, was sie unbedingt gewollt. Sie hatte sich eine Woche Urlaub gewünscht und sie wollte sie außerhalb der Stadt verbringen. Irgendwo auf dem Lande. Miss Swab konnte nun keine boshaften Bemerkungen mehr machen und die Mädchen konnten nicht mehr mitleidig auf sie herabsehen. Sie konnte sogar etwas berichten. Sie war im Auto spazieren gefahren, Kavaliere hatten sie zu

Motorbootfahrten und ins Kino eingeladen, sie hatte Pingpong gespielt, geflirtet, getanzt; all dies war ein ganz schöner Bericht und wenn die Mädchen wider Erwarten davon nicht beeindruckt waren, dann konnte sie noch allerhand dazu dichten. Niemand konnte nachweisen, was Wahrheit und was Dichtung war.

Ihr Gesicht war nun fertig bemalt, die Augenbrauen frisch gezupft, das Haar freundlich gewellt. Nun kamen ihre Nägel dran. Ihre Hände waren der wundeste Punkt. Keine Creme der Welt konnte diese rauhe Haut auf die Dauer glätten. Die Knochen waren derb, die Nägel breit. Der modische Nagellack täuschte nur Gepflegtheit vor. Aber die Wahrheit war offenbar; dies waren nicht die Hände einer Dame, sondern die einer Arbeiterin.

Sie wollte nicht zu lange bei ihnen verweilen. Sie besah sich ihr Gesicht im Spiegel und das gefiel ihr. Es war ausgeruht und glatt. Die Sonnentönung, die sie in den wenigen Tagen erworben hatte, bot eine feine Unterlage für die Schminke. Es ergab eine liebliche Schattierung. Edna legte Wert darauf, heute ganz besonders vorteilhaft auszusehen, wo sie gleich mit drei Kavalieren ausgehen würde, denn Mr. Garguin hatte ja versprochen, seine beiden Freunde mitzunehmen. Sie freute sich auf die Motorbootfahrt. Das war bestimmt ein großer Eindruck und sie wollte sich alles genau merken, damit sie den Mädchen in der Lunchpause alles beschreiben und ihren Neid erregen konnte.

Und doch war es weder das Motorboot, noch der abendliche Kinobesuch mit Mr. Glasunoff, noch eine Autopartie mit Mr. Warner, sondern etwas, was vorerst gar nicht nach großem Genuß aussah; etwas ganz einfaches, unsensationelles. Am Freitag Abend trat Ray aus purer Langeweile zu ihr in die Hotelhalle und, da sie auch gar nichts besonderes vor hatte, lud er sie zu einer Bootfahrt ein. Die Ruderboote lagen am Strand des »Seeblick«, man brauchte sich bloß eines auszusuchen. Das taten sie und Rays kräftige Ruderschläge trieben das leichte Fahrzeug bald in die Mitte des Wassers. Dort zog er die Ruder ein, um zu rasten und sich eine Zigarette anzuzünden. Edna blickte ins Weite. Und da kam es über sie: sie sah zum erstenmal in ihrem jungen, getretenen Dasein die Schönheit der Welt.

Vielleicht gab es auch in Manhattan einen Sonnenuntergang, aber man konnte ihn vor lauter Wolkenkratzern und lauter Eile nicht sehen. Hier war das anders. Ihr Blick ging über das leichtgekräuselte Wasser zum Ufer, wo der grüne Wald lag. Darüber dehnte sich ein unendlicher Himmel mit Grau und Blau und Rosa und interessanten, geheimnisvollen Wolkengebilden und tief unter ihnen ging der rote Sonnenball majestätisch unter. Der feurige Schimmer war wie ein geheimnisvolles Licht, ein Versprechen stiller Größe, tiefen Friedens, unerschütterlichen Wunders. Edna trank das Phänomen mit Staunen. Es gab also doch tiefere Dinge als den zerquälten Alltag, der ihr Teil war. Es gab etwas Höheres, Erhebendes, Befreiendes, das man freilich nicht mit Händen und schon gar nicht mit rauhen Arbeiterhänden greifen und das man wohl nie besitzen könnte, aber es war da, es war vorhanden, neben und abseits der rastlosen Gier, in deren Mitte sie lebte, und der hilflosen Verlorenheit, in die ihresgleichen sanken, ohne es zu wissen. Die weißen Schäferwölkchen hoch oben schwebten in einem zarten Muster wie eine kostbare, hauchdünne Stickerei. Gleichzeitig schienen sie irgendwie belebt, Schäfchen, doch mit einem menschlichen Zug, denn sie schienen zu lächeln.

»Ich würde jetzt gerne einen Penny für Ihre Gedanken zahlen«, brach Rays fröhlich-laute Stimme in ihre innere Stille. »Nun«, drängte er, da sie schwieg. »Darf ich es nicht wissen? Ist es ein großes Geheimnis?«

»Oh nein, keineswegs.«

»So, was war es?«

»Nichts. Ich dachte gar nichts.«

»Mit einem Wort, es war nur der Sonnenuntergang, der Sie sentimental stimmte.«

»Ja – und nein. Ich dachte, ... ich wußte nicht, daß etwas so schön sein könnte.«

Er lachte. Das war ein komisches Mädchen. Andere brachen in Entzücken aus, wenn sie einen strahlenden Brillanten im Schaufenster eines Juweliers sahen, oder die phantastischen Kostüme in einer Broadway-Operette oder das Gesicht eines Filmstars, etwa Errol Flynn. Aber dieses Kind konnte über ein paar rosenrote Wolken in Schwärmerei geraten. Sie erregte sein Interesse als Forscher. Was ging in dieser Mädchenseele vor? Er wußte ja gar nichts über sie. Ihre Unterhaltung war über Banalitäten nicht hinausgekommen. Andere Mädchen brauchte man nicht zu fragen. Sie redeten mehr, als einem lieb war. Schon beim ersten Rendezvous wußte man, wie wohlhabend ihre Eltern, wie schön die Wohnung, wie hochfliegend die Zukunftspläne waren, und auch schon ihre speziellen Liebhabereien.

»Wo wohnen sie eigentlich?«, fragte er neugierig. »Ich meine, in New York.«

Edna erschrak. Ihre wirkliche Adresse war als Elendsquartier bekannt. In der ganzen Stadt wußte man, daß in der Mercer Street italienisches Proletariat niedrigsten Ranges lebte. Diese wohlgenährten, gepflegten, gutaufgelegten, jungen Menschen einen Blick in solchen sozialen Abgrund zu gewähren, war undenkbar. Doch fiel ihr keine passende Adresse ein. Ihr Hirn war wie gelähmt.

»Im untern Teil von Manhattan«, murmelte sie. Doch er selbst kam ihr zu Hilfe.

»Im Village? Wie interessant. Ich selbst war nur ein einziges Mal im Leben dort, aber mir gefielen diese vielen kleinen, gemütlichen Häuser, die winzigen Geschäfte und die interessanten Künstlercafés. Das ist das Heim der New Yorker Boheme. Eine Welt in sich selbst.«

Plötzlich kam ihm ein Gedanke. War sie vielleicht selbst eine Künstlerin? Das würde manches in ihrem Wesen erklären. Vielleicht war sie eine Schriftstellerin. Nur eine solche würde über einen Sonnenuntergang in Ekstase geraten, ja ihn überhaupt bemerken. Aber die Hände? Vom Maschinschreiben konnten sie doch nicht so aussehen. War sie Malerin? Greenwich Village war übervölkert mit ihnen. Oder eine Bildhauerin? Das war es. Jetzt hatte er es. Die Arbeit mit Meisel und Spachtel, das Kneten von Ton und das Wühlen in Gips, dies alles konnte Hände verunstalten. Wie seltsam, daß ein junges Mädchen ihrem Berufe die Schönheit ihrer Hände opferte. Sie mußte einen großen Idealismus besitzen. Auch auf Toilette legte sie so wenig Wert. Am ersten Tag hatte sie ein scheußliches, verwaschenes Battistkleidchen angehabt und jetzt trug sie tagaus-tagein diese weiße Flanellhose, die zwar sehr schick war, aber im Laufe der Zeit monoton wirkte. Andere Mädchen zogen sich fünfmal im Tage um, ja gingen überhaupt nur in einen Sommeraufenthalt, um ihre Kleider zu zeigen.

»Und was arbeiten Sie?«, fragte er weiter. Es fiel ihm nicht im geringsten ein, daß seine Fragen vielleicht indiskret sein könnten. Er hatte ihr ja auch erzählt, wo er arbeitete, was er tat, wie lange seine Arbeitsstunden waren, auch daß er ohne Überstunden fünfundsechzig Dollar in der Woche verdiente. Über solche Dinge zu reden, war doch ein natürlicher Teil der Konversation, und es war nur seltsam, daß sie nicht von selbst davon anfing und ungefragt alle diese Details erzählte. Es war offenbar ihre Taktik mit Männern, sich alles herausziehen zu lassen, um die Neugierde zu steigern. Der Effekt gab ihr recht. Er zerbrach sich über sie mehr den Kopf als je über irgend ein anderes weibliches Wesen.

»Ich bin Empfangsdame bei einem Arzt. Ich bediene das Telephon, nehme die Anmeldungen entgegen, halte die Kartothek in Ordnung, nehme die Honorare an, verwalte die Buchhaltung und bestelle die Medikamente. In gewissen Fällen assistiere ich auch dem Doktor.«

Wie leicht diese Lüge herauskam. Edna hätte viel einfacher sagen können: »Ich arbeite nichts. Ich bin zu Hause.« Dann hätte sich der junge Mann darunter vorstellen können, was er hätte wollen; ein gepflegtes Heim, feine Menschen, bürgerliches Behütetsein. Doch irgendwie wollte sie ihr Milieu sogar aus ihrem eigenen Bewußtsein ausschalten. Und diese Lüge klang so nett. Und so überzeugend. Vor Jahren war Edna mit einem entzündeten Auge bei einem Arzt in der Fourth Avenue gewesen; da war eine bildschöne, weißhaarige Frau neben dem Eingang gesessen, die Ednas Namen aufgenommen und ihr einen Platz angewiesen hatte. Später hatte sich die Dame mit einer andern Patientin unterhalten und deren Frage nach ihren Pflichten mit genau den Worten beantwortet, die Edna jetzt angewandt hatte. Sie hatte sich diese Sätze wörtlich gemerkt und sie jetzt gut an den Mann gebracht. Sie würde ihren neuen Freund wohl morgen zum letzten Male sehen. Die beschämende Wahrheit konnte also nie an den Tag kommen.

»Ein verantwortungsvoller Posten«, bemerkte der junge Mann mit unverkennbarem Respekt. Und sie war so jung, so ernst, so verinnerlicht. Wie konnte dieses kluge Geschöpf mit dieser lauten Tessie befreundet sein? Sie mußte ja auch eine Unmenge Wissen in ihrem Kopfe aufgespeichert haben. Es wurde ihm fast ungemütlich in ihrer Gesellschaft. Er hatte zwar selbst zwei Jahre Hochschule, doch dort nur gelernt, was unbedingt für seinen Ingenieurberuf notwendig war und sich mit nichts anderem belastet. Außerdem hatte ihm der Sport viel Zeit weggenommen, er hatte im Baseball immer seinen Mann gestellt.

»Aber, Sie werden doch nicht immer arbeiten. Was tun Sie denn zu Ihrer Erholung? Gehen Sie viel ins Kino?«

»Natürlich.« Auch das war eine Lüge.

»Was sahen Sie denn in der letzten Zeit?«

»Der große Diktator.« Dank Mr. Glasunoffs Einladung konnte sie wenigstens einen Film nennen.

»Zum Totlachen, nicht? Und doch war mir ›Vom Winde verweht‹ lieber. Die Vivian Leigh war fabelhaft.«

»Ja, sie war herrlich.«

»Das freut mich, daß wir denselben Geschmack haben. Wie gefiel Ihnen die Garbo in ›Ninotschka‹?«

Edna zögerte.

»Ihr Schweigen beweist, daß Sie dasselbe denken wie ich; Sie sind bloß zu taktvoll, um es auszusprechen. Sie wird alt. Habe ich recht?«

»Vollkommen.«

»Wissen Sie, wen ich gar nicht mag? Die Katharine Hepburn. So etwas Mageres.« Sein Auge umfing Ednas Gestalt und rastete wohlgefällig auf ihrem Busen.

»Ja, sie ist dürr.«

»Ich habe gerne Frauen, die auch wie Frauen aussehen. Wenn ich einmal heirate, dann muß meine Gattin jung, gesund und fesch sein. Denn ich will Kinder, mindestens drei, aber noch lieber vier oder fünf. Ich habe Kinder schrecklich gerne. Dann bleibe ich auch nicht in der Bronx wohnen. Ich will ein kleines Häuschen in Great Neck oder am Sund, mit einem Garten, wo die Kleinen vom ersten Tag an glücklich sein können. Nahe am Wasser. Dann können sie planschen und im Sand spielen nach Herzenslust. Ich habe ein bißchen Geld erspart und wenn ich in meinem Beruf weiter Glück habe, dann geht das alles glatt. Meine Eltern werden mir vielleicht auch etwas dazu geben.«

»Vielleicht wird Ihre Frau etwas in die Ehe mitbringen.«

»Hoffentlich.« Er gröhlte vor Lachen. Dann wurde er wieder ernst. »Ich glaube, eine glückliche Kindheit ist von großer Wichtigkeit. Frühe Eindrücke können unser ganzes Leben bestimmen. Die richtige Nahrung zur richtigen Zeit für Körper und Seele, das ist das Entscheidende. Ich weiß, wieviel Dank ich meinen Eltern schulde. Mein Vater ist ein feiner Kerl und Moms Apfelkuchen ...« Sein verzückter, gen Himmel gerichteter Blick sagte mehr als Worte. Edna mußte plötzlich an Mona denken und das Herz zog sich ihr zusammen. Die Sonne war untergegangen.

»Jetzt fängt es endlich an, etwas kühler zu werden. Sollen wir ein Stück weiterfahren, Miss Edna?«

»Ja. Ich möchte jetzt ein bißchen rudern.«

»Wirklich? Vielleicht tun wir es gemeinsam.«

»Wie denn?«

»Kommen Sie zu mir. Jeder nimmt ein Ruder. Das ist dann nicht so schwer für Sie und das Vergnügen bleibt dasselbe.«

Sie stand auf. Das Boot schaukelte. Er streckte seine Hand nach ihr aus. Nun saß sie neben ihm und er zeigte ihr die Ruderschläge. Sie war ungeschickt, das Ruder glitt ihr beinahe aus der Hand. All das war schrecklich lustig und sie lachten ausgelassen. Sie fuhren gegen das Ufer zurück. Es ging ziemlich flott, wenn auch mit vielem Geschaukel, Gestoße und oftmaligem Richtungswechsel. Die Dämmerung sank. Hier waren sie nahe am Ufer. Ednas Hand schmerzte. Sie hörte auf zu rudern und das Boot trieb langsam unter die Weiden, die in weitem Bogen über den Wasserspiegel hingen. Ray zog beide Ruder ein. Es war still um sie herum, sie waren allein, diese beiden jungen Menschen, kein Boot weit und breit, die Häuser weit verstreut.

»Miss Edna ...«, sagte Ray leise.

Sie saß dicht neben ihm auf der engen Bank. Ihr nackter Arm berührte seinen. Sie sah zu ihm auf, das Lachen von früher noch in ihren blauen Augen. Er beugte sich langsam näher und küßte sie. Der Durst ihrer Hingabe erschreckte ihn fast, entfachte ihn aber zugleich in bisher ungekanntem Maße.

»Donnerwetter, du kannst küssen«, stieß er in einer Atempause hervor. Sie mußte große Erfahrung auf diesem Gebiete haben. Und doch war Keuschheit in ihren Küssen, das Fehlen von Koketterie oder Berechnung.

»Kannst du nicht noch eine Woche hier bleiben?«, flüsterte er heiß. Als sie den Kopf schüttelte, stürzte er sich wieder auf ihren Mund, wie um jede Minute auszunützen, da die Trennung so nahe war. Vor Ednas geistigem Auge tauchten plötzlich Walters schlechte Zähne auf und ein Schauer des Ekels lief über ihren Rücken, was aber Ray als ein Beben der Leidenschaft auffaßte, woraufhin er sie noch fester an sich zog.

Es war dunkel und die Lichter auf den Flößen vor den Hotels waren angezündet, als die beiden ihr Boot am Strand des »Seeblick« verankerten.

»Gute Nacht«, sagte Ray leise.

»Gute Nacht und danke für einen wunderschönen Ausflug.«

»Wann reist du ab?«

»Morgen nach dem Lunch. Um ein Uhr geht mein Autobus.«

»Unsinn! Ich bringe dich in meinem Wagen nach Hause.«

»Aber ich habe meine Retourkarte.«

»Nun und? Die kannst du doch leicht anbringen.«

Das war eine Idee. Gleich nachdem Ray sie verlassen hatte, sprach Edna mit dem Hotelportier im Hauptgebäude. Aber gewiß, er hatte dauernd Nachfragen. Eine Weile später war Edna die Karte los. Dafür erhielt sie zwei Dollar dreißig in bar. Ein unerwarteter Reichtum, den sie Ray verdankte. Das Geld freute sie mehr als die zärtliche Stunde, die sie hinter sich hatte. Die war zwar nett gewesen, hatte sie aber doch nicht sehr berührt. Der Grund für ihre innere Unbeteiligtheit war die Schranke, die sie unwissentlich gegen Ray in ihrem Herzen errichtet hatte. Sie wußte, daß er für sie unerreichbar war und sie besaß zu viel praktischen Sinn, um nach etwas zu greifen, das den Keim der Enttäuschung schon in sich trug. Eine Welt lag zwischen ihm und ihr und sie wollte nicht einmal, daß er je Einblick in ihre gewönne, geschweige denn, daß ein mögliches Näherrücken zu seiner völligen Ernüchterung führe. Er gehörte zu dieser traumhaften Woche, die sie sich in verbissener Zielsicherheit errungen hatte, so wie die Warmwasserleitung in ihrem Zimmer und die Blumenvasen im Speisesaal, so wie Ping-pong und Sonnenuntergang, der letztere das Schönste von allem. Nun wollte Ray sie gar noch im Wagen nach New York bringen. Auf der Fahrt würde er sie wahrscheinlich noch ein paar Mal küssen und dann Schluß mit der ganzen Geschichte. Vielleicht konnte sie während der nächsten zwölf Monate wieder einen gewissen Betrag als Urlaubsgeld ersparen. Da wollte sie dann auf eine Woche an den St. Georgs-See fahren. Doch mußte sie dann auch ein paar neue Kleidungsstücke haben und so eine große Ausgabe war wohl undenkbar.

Ray schlug vor, schon am Vormittag abzufahren, denn er wollte noch am selben Tag zurück. Edna, die noch den Lunch gut hatte und ihn dem »Seeblick« nicht zu schenken gedachte, bat Kay beim Frühstück, ihr ein paar Sandwiches und etwas Obst einzupacken. Das Päckchen in Pergamentpapier legte sie obenauf in ihr schäbiges Köfferchen. Der Liftjunge trug es ihr zu Rays Wagen.

»Adieu, adieu«, riefen Glasunoff, Warner, Liza und eine Menge anderer Leute, die sie kaum kannte.

»Du scheinst ja hier eine Menge Freunde und einige gebrochene Herzen zurückzulassen«, scherzte Ray mit breitem Grinsen, aber doch mit einem Unterton von Eifersucht. Die gestrige Szene im Boot hatte eine merkwürdige Unruhe in ihm hinterlassen. Er hatte sogar schlecht geschlafen, was bei ihm eine große Seltenheit war. Er hatte schon öfters Mädchen begehrt und die eine oder andere auch besessen. Was ihn bei Edna irritierte, war der Widerspruch zwischen der leidenschaftlichen Hingabe ihrer Küsse und der Unnahbarkeit im sonstigen Verkehr mit ihm. Auch jetzt, wie sie da neben ihm am Volant saß, blickte sie geradeaus und die Landschaft schien ihr viel interessanter als er. Die kleinen Kniffe eines Flirts verschmähte sie. Das ärgerte ihn.

»Jetzt werde ich den See nicht mehr sehen.«

Die Resignation in ihrer Stimme frappierte ihn. Seine Gutmütigkeit war vollends hergestellt.

»Weißt du was? Wir fahren einmal ganz um ihn herum. Das ist ein Umweg von einer Stunde, aber gar so eilig hast du es ja nicht, nach New York zu kommen. Oder ja?«

»Nein«, erwiderte sie freudig. »Das wäre wunderschön.« Mit hungrigen Augen sah sie auf den See hinaus. Schweigend. Und Ray seinen Gedanken überlassend. Sie selbst wagte nicht zu denken. Die Woche der Freiheit war um und jede Minute brachte sie dem alten Sklavendasein näher. Noch einmal umfing sie den blauen Himmel und das silberschimmernde Wasser mit dem Blick resignierter Sehnsucht. Noch einmal ließ sie ihr Auge über Bäume und Sträucher und die glückatmenden Villen am Ufer schweifen. Ihre Haare flogen im Winde. Der heiße Tag wandelte sich durch die Magie der raschen Fahrt in liebkosende Brise. Als das Ende des Sees in Sicht kam, stoppte Ray den Wagen.

»Rasten wir hier ein Weilchen«, schlug er vor. Er parkte abseits der Straße unter dichten Bäumen. »Willst du aussteigen?«

Nein, sie wollte nicht. So saßen sie schweigend nebeneinander. Die Fremdheit zwischen ihnen wuchs und Ray fühlte sich unbehaglich. Er versuchte Konversation zu machen. Doch sie hörte ihm kaum zu. Mehr aus Ratlosigkeit denn aus Leidenschaft küßte er sie. Und wieder war sie seltsam verwandelt, hingehend, begehrend und begehrenswert.

»Du mußt ein Geheimnis haben«, sagte er in plötzlicher Erleuchtung, als er sie los ließ. Sie sah ihn zuerst erschrocken an, dann lachte sie verlegen.

»Habe ich recht, Edna? Kannst du es mir nicht anvertrauen?«

Wie kam er nur darauf? Womit hatte sie seinen Verdacht erregt?

»Glaubst du nicht, daß es dir Erleichterung schaffen würde, wenn du es mir sagtest?«

»Aber, es ist nichts. Was für ein Geheimnis sollte ich denn haben?«

»Ich will gewiß nicht in dich dringen. Ich will dir bloß helfen. Hast du eine Dummheit gemacht? Läufst du vor irgend etwas oder irgend jemandem davon?« Er faßte ihre Hand. Aus seinen Augen sprach ehrliche Sorge. »Hast du dich in etwas eingelassen, was du jetzt nicht meistern kannst?«

»Ach nein, ... es ist gar nichts, es ist ... es tut mir bloß leid, daß der Urlaub zu Ende ist. Das ist doch etwas Natürliches. Nicht?«

Sie log. Er fühlte es. Hielt sie ihn für so dumm? Dahinter steckte etwas. Er würde schon daraufkommen. Doch schließlich, was ging es ihn an? Er ließ ihre Hand fahren. Wahrscheinlich steckte ein Mann hinter der Geheimnistuerei. War sie verlobt, verheiratet, geschieden? Lebte sie mit ihren Eltern, Verwandten oder ... vielleicht gar mit einem Schwarzen? Nichts wußte er von ihr. Tessie konnte ihm vielleicht Auskunft geben.

Sie fuhren weiter. Wenig wurde gesprochen. Als sie nach Patterson kamen, hatte seine burschikose Natürlichkeit wieder ganz die Oberhand gewonnen. Dunkles Sinnieren war nicht sein Fall. Vor allem hatte er jetzt Hunger und Durst.

Alle andern Probleme, seltsame Rätsel, unergründliche Mysterien traten in den Hintergrund, sobald sich so normale Wünsche geltend machten. Sein Magen knurrte. So einen Zustand konnte man nicht anstehen lassen. Hier war ein Restaurant. Er lachte Edna an.

»Hungrig?«

Sie lachte zurück.

»Furchtbar.«

Hier verstanden sie einander offenbar vollkommen. Sie stiegen aus, streckten die Glieder, traten ins Lokal, fanden einen netten Tisch, setzten sich und bestellten. Ein Musikautomat war auch da. Ray sprang auf, warf einen Nickel hinein und schon schmetterte einer der gangbaren Schlager heraus.

Sie aßen Schweinskoteletten mit Sauerkraut, gebratenen Kartoffeln und grünen Erbsen. Sie tranken Ingwerbier und Ray warf noch einen Nickel in den Musikkasten. Diesmal kam ein Tango heraus. Während des Desserts – Kirschenkuchen mit Schlagsahne – hielt Ray Ednas Hand unterm Tisch.

»Wo sehen wir einander heute in acht Tagen? Ja, schau mich nicht so erstaunt an. Ich bin nächsten Sonntag in New York und bitte um ein Rendezvous. Rendezvous in Manhattan. Ist das so ungewöhnlich?«

Nein, dachte Edna, ich kann und darf ihn nicht Wiedersehen. Das führt zu nichts. Ich habe nichts zum Anziehen. Wenn er erfährt, wer ich wirklich bin, läßt er mich sowieso stehen. Diese Schande will ich nicht erleben. Wir leben in verschiedenen Welten. Da gibt es keine Brücke. Wohl gibt es Aschenbrödelgeschichten, aber das müßte anders vor sich gehen.

»Machen wir eine Dampferfahrt«, schlug Ray unbeirrt vor. »Oder wie wäre der St. John's-Strand? Oder ein luftgekühltes Kino? Und Nachtmahl auf einem der fashionablen Dachgärten?«

War es die Fülle der Glückseligkeiten, die ihr versagt waren oder sein liebes, ahnungsloses Jungengesicht, das sie zum erstenmal zu sehen vermeinte, der Panzer, mit dem sie während der letzten Tage ihre Seele gegürtet, zersprang plötzlich und sie brach in Tränen aus.

»Baby«, flüsterte er erschrocken. »Verzeih mir. Ich werde nicht mehr in dich dringen. Weine nicht mehr.« Aber einmal begonnen, konnte sie so bald nicht aufhören. Zum Glück war das Lokal ziemlich leer und ihr Tisch in der hintersten Ecke.

»Baby, ich wollte dir nicht weh tun.« Je zärtlicher er mit ihr sprach, desto reichlicher flossen die Tränen in eigentümlich süßer Qual. »Baby, ich werde von nun an jedes Arrangement dir überlassen, und wenn du mich überhaupt nicht mehr sehen willst ...«

Was redete er da? Sie preßte seine Hand an ihre Brust. Ein Schauer der Wollust lief durch seinen Körper.

»Ray«, schluchzte sie, »bitte, verlaß mich nicht. Bitte, bleib immer bei mir. Wenn du von mir gehst, muß ich sterben. Ich liebe dich, Ray, ich liebe dich.«

Da war sie wieder, diese zügellose Leidenschaft, die ihn auch in ihren Küssen so verzauberte. Diesmal war es die Glut ihrer ausbrechenden Worte, die Tränen in den großen blauen Augen und die wunderbare junge Brust, unter der er ihr Herz schlagen fühlte.

»Versprich mir, daß du immer bei mir bleiben wirst, Ray.«

»Ja, Baby«, erwiderte er rasch, bevor er selbst noch begriffen hatte, was er da eigentlich versprach. »Rege dich nur nicht auf. Trockne die Tränen. So, und jetzt gib mir einen Kuß. Willst du ein Gefrorenes?«

Sie schüttelte den Kopf.

»Also, dann fahren wir weiter. Ich bringe dich schön nach Hause und am nächsten Sonntag fahren wir nach Bear Mountain und ich erwarte dich bei der Hudsonabfahrtstelle in der 42. Straße. Das wird ein schöner Ausflug werden und dann erzählst du mir über dich und deine Sorgen so viel oder so wenig du willst.«

Sie schluchzte noch ein bißchen, doch lächelte zur selben Zeit und sagte in rückhaltloser Bewunderung: »Oh, Ray, du bist wunderbar.«

Aber sie mußte noch eine Hürde überwinden. Als sie durch den Hudsontunnel fuhren, fragte Ray nach ihrer genauen Adresse, und da sie daran festhalten wollte, daß sie im Village wohnte, gab sie ihm Christopher Street Nummer 45 an, weil sie zufällig wußte, daß das ein modernes Hochhaus mit ein paar hundert Parteien war, wo es nicht auffallen würde, wenn jemand aus einem Auto stieg und in das Haus trat. Bei den kleinen Häuschen, die im Village typisch waren, hätte sie ohne Haustorschlüssel auch gar nicht hinein können.

Ihre Berechnung war richtig. Sie fuhren vor, sie nahmen Abschied, sie trat ins Haus ein und ging bis zum Aufzug, ihr Köfferchen in der Hand. Dann, als Ray längst weg war, machte sie kehrt und verließ das Gebäude, schritt zur Untergrundbahn, um bis Spring Street zu fahren und nach Hause zu gelangen.

III.

Das Leben sah plötzlich ganz anders aus. Häusliche Mißstände, persönliche Enttäuschungen, Ungerechtigkeiten am Arbeitsplatz rückten in ein anderes Licht, seit Edna wußte, daß nach sechs bösen Tagen ein Sonntag kommen würde. Die Mädchen in der Fabrik hatten rasch erkannt, wie es um sie bestellt war, doch waren die Neckereien durchaus gutmütig. Sylvia machte sich sogar erbötig, ihren Radioapparat mitzubringen und Edna in der Lunchpause die neuesten Tanzschritte zu zeigen. Diese war eine gelehrige Schülerin und am Sonntag darauf, als Ray sie ins »Casablanca« führte, überraschte sie ihn mit einer ganz neuen Fertigkeit.

»Mir sagst du, du habest während der Woche keine Zeit. Du mußt aber doch tanzen gewesen sein, wo hättest du denn sonst die neuen Schritte her.« Sein Ton hielt die Mitte zwischen burschikosem Aufziehen und leiser Eifersucht. Als sie schwieg – wie gewöhnlich, wenn er eine Auskunft erwartete –, fügte er hinzu: »Von deinen Patienten kannst du das doch nicht lernen.«

Sie mußte herzlich lachen. »Nein, gewiß nicht. Die bloße Idee ist zu komisch. Aber jedes Mädel kann doch tanzen. Das liegt doch einfach in der Luft.«

Er zog sie fester an sich. Sie sah zu ihm auf und sagte: »Ich liebe dich«, denn sie hatte herausgefunden, daß dieser eine Satz sie vieler unangenehmer Kontroversen enthob. Wie einfach das war.

»Baby«, flüsterte er zärtlich. »Deine schönen blauen Augen. Die erinnern mich an das Lied ›Irische Augen, die lächeln‹. Kommst du aus Irland?«

»Ich nicht, aber meine Mutter.«

»Interessant. Aber dein Name klingt spanisch.«

»Nicht spanisch. Mein Vater ist ein Italiener.«

»Die Vorfahren meines Vaters kamen aus Frankreich. Meine Mutter ist englischer Abkunft. Da sieht man wieder, was für ein Schmelztiegel Amerika ist.«

Trotz gelegentlichen Ausgehens in eines der Nachtlokale, zog Edna es doch vor, wenn sie eine Autotour machten oder einen andern Ausflug irgendwohin ins Grüne, und zwar wegen der Kleiderfrage. Die weißen Hosen oder ein einfaches Sommerkleid verrieten nicht unbedingt ihren ärmlichen Status. Doch in Lokalen, wo Frauen und Mädchen den größten Luxus entfalteten, da war sie in arger Bedrängnis. Anne hatte ihr in rührender Hilfsbereitschaft hin und wieder ein Kleid geborgt – »damit deine Liebschaft nicht vorzeitig in die Brüche geht« –, doch paßten die Maße der Kollegin nicht ganz auf sie. Außerdem waren auch Annes Kleider nicht danach, die Konkurrenz mit Eleganz und Geschmack auszuhalten und Edna sah mit Angst, wie die Saison verrückte. Man konnte nicht mehr ins Freie. In elegante Lokale ausgehen wollte sie nicht. Vielleicht erwartete er, daß sie ihn zu sich einladen werde?

»Warum kauft er dir nicht etwas zum Anziehen?«, fragte Anne.

Ja warum? Halb wünschte Edna, er würde es tun, halb hatte sie Angst, er werde davon anfangen. Er dachte doch, daß sie in geordneten Verhältnissen lebte, in einem eleganten Hochhaus und einen guten Posten hatte. Warum sollte er ihr also eigentlich anbieten, ihr ein Kleid zu kaufen? Und war es denn mit einem Kleid abgetan? Mantel, Hut, Schuhe, Handtasche, Handschuhe, alles fehlte.

»Das ist das Unglück, wenn man einen jungen Verehrer hat, Edna. Der denkt an so etwas nicht. Hat auch gewöhnlich nicht die Mittel. Als ersten soll ein Mädchen unserer Kreise immer einen Alten haben. Ein richtiges ›Zuckerväterchen‹ brauchen wir. Der stattet einen von oben bis unten aus. Dann läßt man ihn stehen, denn tipptopp wie man dann aussieht, ist es ja nicht schwer, sich einen fürs Herz zu angeln. Du hast das ganz falsch gemacht. Hast dich scheinbar ganz planlos verliebt. Doch, noch ist es nicht zu spät. Hast du mit ihm schon ...«

»Was meinst du?«

»Stell dich nicht so unschuldig. Du weißt, was jeder Mann von einem Mädel will. Hast du ihm das schon gegeben?«

»Nein. Was fällt dir ein.«

»Ach, die heilige Cäcilie. Umso besser. Dann ist ja dein Schatz noch intakt und du kannst ihn gut verkaufen. Sei nicht dumm. Das ist deine einzige Chance. Was riskierst du? Walter heiratet dich auch dann noch. Und wenn nicht, so einen Zahnlosen findest du noch immer, wenn du nach ein paar Jahren unterschlüpfen willst. Am Ende will man ja doch ein Heim und Kinder.«

Jedes Wort, das Anne sprach, verletzte Edna. Ihr Garderobestand wurde vom bloßen Reden auch nicht besser. An einem regnerischen Oktobersonntag führte Ray sie in die Kinovorstellung im Astor. Es war sechs Uhr, als sie den Palast verließen. Ray schlug Sardi vor, ein erstklassiges Restaurant. Es schien Edna, als blicke er vorwurfsvoll und ratlos auf ihr dünnes Mäntelchen und ihre fadenscheinigen Sommerhandschuhe.

»Nein«, sagte sie heiser. »Ich wollte es dir schon längst sagen: ich muß nach Hause. Ich kann auch über die nächsten Sonntage nicht verfügen. Ich ... ich werde dich anrufen, bis ich wieder Zeit habe. Bitte, frage mich nichts. Adieu.«

Das grüne Verkehrslicht flammte gerade auf und sie lief über die regenfeuchte Straße zum Eingang der I. R. T. Untergrundbahn, wo sie im Menschengewühl verschwand, ehe noch der erstaunte, junge Mann aus seiner Perplexheit erwachte. Dann regte sich großer Ärger in ihm, ja Wut. Ihn einfach so stehen zu lassen! Und das nach drei Stunden im Kino, mit Händchen halten und dem Flüstern süßer Geständnisse. Und Koketterie. Und das nach Wochen harmonischester Liebesgeschichte mit Ausgehen, Tanzen, Flirt. So etwas Launenhaftes, Verrücktes war ihm denn doch noch nicht vorgekommen. Er hatte weiß Gott Geduld mit ihr gehabt, ihre Geheimniskrämerei akzeptiert, ihre Privatangelegenheiten respektiert, ihre Rätselhaftigkeiten großzügig übersehen. Niemand konnte ihm Mangel an Gutmütigkeit vorwerfen. Sogar ihre lächerliche Marotte, sich nie anständig anzuziehen, hatte er hingenommen. Sie legte offenbar keinen Wert auf Kleider, wollte vielleicht anders sein als die andern, auch das hatte er geduldet, obwohl jeder Mann gerne mit einer eleganten Dame gesehen wird. Es schmeichelt ihm. Es hebt sein Selbstgefühl. Edna hatte diese seine natürliche Eitelkeit mit Füßen getreten und doch hatte er ihr nie einen Vorwurf gemacht, sondern war mit Takt über ihre seltsame Kaprize hinweggegangen. Aber ihr heutiges Benehmen schlug dem Faß den Boden aus. Was bildete sie sich denn ein? Heute ließ sie ihn einfach stehen, diese launenhafte Person, und in ein paar Wochen würde sie ihn vielleicht wieder in Gnaden aufnehmen. Aber da hatte sie sich getäuscht. So weit ging seine Gutmütigkeit wieder nicht. Alles hatte seine Grenzen. Wahrscheinlich hatte ihr Freund sie im Sommer sitzen lassen und deshalb war sie auch allein auf Urlaub gegangen. Jetzt, zwei Monate später, war der andere wahrscheinlich zu ihr zurückgekehrt und Ray konnte gehen. »Der Mohr hat seine Schuldigkeit getan …« Wie eine ausgepreßte Zitrone warf sie ihn weg. Ein Lückenbüßer war er gewesen. Jetzt packte ihn vollends Entrüstung.

Mrs. Garguin las in den nächsten Tagen in den Zügen ihres Sohnes, was geschehen war. Trotzdem seine Enttäuschung ihr Kummer bereitete, empfand sie eine gewisse Erleichterung. Die Liebesgeschichte, die ihn seit dem Sommer so stark beschäftigt hatte, konnte keine sehr begrüßenswerte gewesen sein. Ray war sonst mitteilsam. Er hätte ihr das Mädchen vorgestellt oder es wenigstens in den altbestehenden Freundeskreis gezogen, wenn er nicht einen Grund zur Diskretion gehabt hätte. Sollte es wieder eine verheiratete Frau gewesen sein? Oder diesmal eine Abenteurerin, mit der man sich nicht zeigen kann? Alle traditionellen Begleiterscheinungen eines alltäglichen Flirts fehlten. Keine Anrufe, keine Briefe. In früheren Fällen hatte Ray seine Mutter oft gebeten, die gelegentlichen Geschenke für seine jeweilige Freundin zu besorgen, die Handtaschen oder Halstücher, die Puderdosen oder Seidenhausschuhe; aber diesmal hatte er sich abgesondert und gar keinen Einblick in diese Affaire gestattet. Und nun schien sie aus zu sein. Zu Ende. Übel gelaunt ging er herum, er, der sonst lachte, daß die Wände zitterten.

Sie mußte etwas tun. Sie wollte am nächsten Sonntag ein paar nette junge Leute einladen, damit er auf andere Gedanken käme. Sie vertraute zwar seinem gesunden Menschenverstand und seiner robusten seelischen Konstitution, doch eine kleine Nachhilfe von liebender Mutterhand konnte nicht schaden.

In Wahrheit war Rays Wut bald verraucht. In seiner aufrichtigen, unkomplizierten Seele war kein Platz für nachträgerisches Übelwollen. Was blieb, war eine unbändige Sehnsucht nach dem Mädchen mit den schwarzen Locken und den blauen Augen, nach ihrem blühenden Körper und ihren hingebungsvollen Küssen, den vielen komischen und naiven Aussprüchen, die ihn entzückten, nach ihrer Freude an kindischen Dingen und nach den ungekünstelten Beteuerungen ihrer Liebe. Die Frauen seiner Vergangenheit waren klüger, eleganter, verwöhnter und selbständiger gewesen, aber keine war ihm so nahe gegangen. Nach vielen Tagen verzweifelten Kampfes gegen die Leere, die seit ihrem Abschied in seinem Leben entstanden war, entschloß er sich, sie aufzusuchen. Noch mehr bestärkt wurde er in seinem Entschlusse, sie wiederzusehen durch eine Gesellschaft, die seine Mutter gab und der er nicht entrinnen konnte. Da war Tessie, lauter und kaugummikauender denn je, da waren Bill und Charlie, taktlos und dumm, mit läppischen Anspielungen und burschikosem Augenzwinkern, das einen krank machte, da waren zwei neue Mädchen, die nichts waren als hohle Modepuppen und ein jungverheiratetes Ehepaar, das in schamlosester Weise miteinander zärtlich war. Ray fühlte sich so fremd, so ausgestoßen, obwohl alle mit ihm furchtbar nett waren. Die eine Modepuppe war sogar zu ungeniert mit ihren Gunstbezeigungen. Ihre Annäherungsversuche machten ihn aber nicht glücklich. Im Gegenteil, das Herz tat ihm mit jeder Minute weher. Als sie etwa um sieben Uhr gingen, fühlte er sich ordentlich erleichtert.

»Das war wieder einmal ein gemütlicher Sonntag Nachmittag«, sagte Mrs. Gauguin. »Ich bin froh, daß du wieder einmal zu Hause warst. Tessie ist wirklich ein kraftstrotzendes junges Wesen. Und auf Miss Jackson hast du einen tiefen Eindruck gemacht. Das halbe ich wohl bemerkt. Wie gefiel sie dir?«

»Ganz gut«, erwiderte er, denn er wollte seine Mutter nicht kränken. Nach dem Nachtmahl ging er aus. Fuhr hinunter nach dem Village. Ging in die Christopher Street Nummer 45. Trat in die Halle. Sah die Postkästchen mit den Namenschildern der Parteien. Konnte Scarlatti nicht finden. Der Portier kam würdevoll näher.

Vielleicht wohnte Edna hier in Untermiete. Dann stand ihr Name freilich nicht hier unter den Hauptparteien. Er fragte. Der Livrierte schüttelte den Kopf. Nie gehört.

»Sie hat aber hier gewohnt.«

»Niemals.«

»Vor zwei Monaten begleitete ich sie selbst nach Hause.«

»Sie müssen sich im Gebäude irren.«

»Nein, nein ...«

»Ich bin seit drei Jahren hier angestellt. Ich weiß, wer hier wohnt und wer hier aus und ein geht.«

Ray ließ ihn stehen und eilte in die nächste Drogerie. Hier lag ein Telephonbuch aufgeschlagen. Fieberhaft blätterte er. Scala ... Scanter ... ja gab es denn gar keine Scarlatti? Nein, nichts.

Betäubt ging Ray zurück auf die Straße. Eine Betrügerin

also. Eine Person, die sich unter falschem Namen meldete. Eine, die vielleicht ständig vor der Polizei davon lief. Eine Verlorene. Jedenfalls für ihn Verlorene. Sie je unter sieben Millionen Menschen zu finden, war ausgeschlossen.

In den nächsten Tagen wollte die Depression nicht von ihm weichen. Eine große Unruhe war in ihm. Doch das fiel nicht auf. Jetzt nicht, denn das ganze Land, ja die ganze Welt war im Zustand großer Ausweglosigkeit. Europa war ja unrettbar in der Hand eines Verbrechers und es sah so aus, als sollte auch Amerika in die große Katastrophe hineingezogen werden. Noch trieben viele Menschen eine Vogel-Strauß-Politik, so als könnte man in einer Welt des Terrors human, des Hungers satt, des Unterganges unberührt bleiben. Doch immer größere Kreise erkannten, daß die große Auseinandersetzung kommen mußte, und daß es um jene Werte ging, die jeden angingen. Roosevelts Schlagwort vom »Arsenal der Demokratie« drang in immer weitere Kreise, man zeichnete Kriegsanleihe und sogar isolationistische Abgeordnete sahen die Notwendigkeit ein, daß das Land rüsten müsse. Noch schrieen sie, daß Hitler weit weg sei und Japan es nicht wagen werde, und daß es, wenn es das täte, in drei Wochen von der Landkarte verschwinden würde, doch war der Krieg nun schon in aller Mund. Trotzdem schlug der Angriff auf Pearl Harbour wie ein Blitz aus heiterem Himmel ein.

An jenem Sonntagnachmittag saßen in der Bronx Vater, Mutter und Sohn Garguin im Wohnzimmer beim Radio, so wie Millionen anderer Familien im ganzen Lande. Sybille kam aus der Küche und setzte sich zu ihnen. Krieg, Einberufung der Jungen, Umstellung des ganzen Lebens, Entbehrungen, Zerreißung der Familien, Ende des Wohllebens,

Tod und Verwundung auf den Kriegsschauplätzen, vielleicht sogar Bomben auf die großen amerikanischen Städte, diese und andere Sorgen tauchten in Gesprächen oder wenigstens beängstigten Gedanken auf. Niemand zweifelte am endgültigen Siege, doch wann er sein werde, wußte niemand. Der gewiß lange Weg drohte ein beschwerlicher zu sein. Ein dornenvoller. In jeder Wohnung ging das Telephon. Freunde und Verwandte wollten Auskünfte und erzählten selbst, inwieferne sie betroffen waren. Jedenfalls, der Schrecken war dem Lande in alle Glieder gefahren.

Auch in Rays Büro herrschte am nächsten Morgen Aufregung und Verwirrung. Wann mußte dieser Angestellte zur Musterung, wann jener? Konnte man den einen enthoben beikommen, konnte jener noch mehr Arbeit übernehmen? Ray empfand fast eine gewisse Befriedigung. Nun geschah wenigstens etwas. Die lähmende und gelähmte Untätigkeit dieses Landes war vorbei. Rays eigene Leere war ausgefüllt. Sein Land brauchte ihn. Er war wichtig. Er war jung und stark. Eine Uniform würde ihn gut kleiden. Hätte ihm seine Mutter nicht so leid getan, dann hätte er sich fast gefreut. Sein Vater packte wieder alte Geschichten aus Frankreich aus. 1917 war er drüben gewesen.

»Es wird nicht lange dauern und der Krieg wird gewonnen sein«, sagte er aufgeräumt. »Die flotten Yanks werden wieder für ein rasches und glückliches Ende sorgen. Weihnachten 1942 sind unsere Jungen wieder zurück. So war es auch im letzten Krieg. Die Engländer und Franzosen hatten sich schon drei Jahre geplagt und nichts erreicht. Wir erschienen auf dem Schauplatz und erledigten den Feind in ein paar Monaten.« Er klopfte seiner Frau jovial auf die Schulter. »Mach nicht so ein Gesicht, Agnes.«

»Und wenn sie Ray in den Dschungel schicken? Was dann? Ich habe Angst vor diesen ekelhaften Krankheiten.«

New York war lauter denn je. Erregter. Menschenmassen, Lautsprecher, Versammlungen, Aufrufe wo immer man ging und stand. Nur die Lichter wurden abgedämpft. Die enormen Reklamebeleuchtungen erloschen. Times Square, das phantastische Lichtermeer, war glanzlos. Der berühmte »fröhliche weiße Weg« und sein blendendes Gleißen existierte nicht mehr; er war jetzt ein brauner oder schwarzer Weg geworden.

Es war ein stilles, besinnliches, ernstes Weihnachten. Wieder war es Roosevelt, der Millionen Menschen aufrichtete. Diesmal war es sein Satz »Wir haben nichts zu fürchten als Furcht selbst«. Und doch konnte sich niemand der dunklen Faust entziehen, die die Welt umkrampft hielt. Ray hatte seine medizinische Musterung hinter sich und mußte nun auf weitere Weisungen warten. Unterdessen arbeitete er weiter im Büro, gewärtig, daß jeder Tag eine Änderung bringen mochte.

Den letzten Sonntagnachmittag des Jahres verbrachte er an seinem Schreibtisch, um persönliche Briefe zu sichten, einzuordnen, wegzuwerfen. Er war ein Mensch, der gerne in allem und jedem Ordnung hatte. Da er jetzt sicherlich bald weggeschickt werden würde, wollte er einen sauberen Schreibtisch zurücklassen.

Briefe, Zeugnisse, Dokumente, Führerschein, Sozialversicherungskarte, alles hatte seinen angestammten Platz. Und hier war auch die große grüne Schachtel mit den Photos. Ach, die vielen Bilder! Die meisten riefen freundliche und lustige Erinnerungen wach. Da waren Juxaufnahmen, Badebilder und Mädchen, Mädchen, Mädchen.

»Wir gehen zu den Fromms zu einer Rummeypartie, der Vater, Sybille und ich. Kommst du mit?«

»Nein, danke, Mom. Ich bin mitten im Ordnungmachen.«

»Ein schönes Sonntagsvergnügen. Nun, wie du willst. Es ist jetzt halb vier. Wir sind um sechs wieder da. Dann haben wir unser Dinner.«

»O. K., Mom.«

Sie gingen. Fromms wohnten in derselben Straße. Ein liebes, ältliches, kinderloses Ehepaar. Aber Ray war ganz glücklich hier, allein mit seinen Photos. Dieses hier war zum Totlachen. Eine Halloweenmaskerade. Und dieser Riesenkürbis! Was für ein Spaß das gewesen war!

Es läutete. Noch das Lächeln der frohen Erinnerung um den Mund, ging Ray aus seinem Zimmer durch das Wohnzimmer in das Vorzimmer, um die Tür zu öffnen. Wahrscheinlich hatte Sybille etwas vergessen; und ihren Schlüssel obendrein. Sie hatte wirklich ein Vogelhirn, falls sie überhaupt eines hatte, was gar nicht so sicher war. Doch er wollte sie nicht necken. Sie hatte auch ihre guten Seiten.

Mit großem Schwung öffnete er die Eingangstüre. Entgeistert starrte er auf den unerwarteten Gast. Es war Edna.

Sein erster ärgerlicher Gedanke war, »ihr Liebhaber hat sie wahrscheinlich wieder stehen gelassen«, doch mischte sich in diesen entmisteten Verdacht ein Gefühl seltsam bittersüßer Freude.

Hier stand sie, halb erfroren, ihre Nasenspitzen rot, ihre blauen Augen feucht von Wind und Frost, ihre Gestalt dünn in dem fadenscheinigen Mäntelchen. In ihren schwarzen Haaren saßen vereinzelte Schneeflocken. Es fiel ihm wie Schuppen von den Augen. Sein Herz begriff, was sein Verstand sich geweigert hatte zu sehen. Er sah klar. Er wußte alles. Und so war auch alles erklärt. Natürlich. Wie konnte er nur so blind sein?

Er war unfähig, ein Wort zu sprechen. Er hielt noch immer die Türklinke in der Hand und starrte und starrte das Mädchen an.

»Ich konnte es nicht mehr aushalten, Ray. Bitte, sei nicht böse. Ich mußte wissen, ob du noch hier bist oder ... Ich mußte dich noch einmal sehen, bevor du weggehst.«

Er schluckte.

»Komm herein«, sagte er kurz und viel rauher, als er beabsichtigt hatte. Wenn, sie es »nicht mehr aushielt«, warum hatte sie ihn damals vor dem Astor einfach stehen lassen? Warum hatte sie während der letzten Wochen geschwiegen? Keine Zeile, kein Anruf.

»Edna. Was ist los? Du zitterst ja. Komm in die Dinette. Ich mache schnell einen Kaffee. Der wird dir auf die Beine helfen.«

Sie schritten durch die Halle und Edna nahm jedes Detail dieses gepflegten Heimes in sich auf, ohne es zu wissen. Der dicke, graue Teppichbelag, der das ganze Vorzimmer bedeckte, die hohen Spiegel, die Unmenge der eingebauten Kasten, die Ballustrade und die eine Stufe, die diese Vorhalle vom Empfangssalon trennte, die Fauteuils, das Klavier, der Radioapparat mit dem eingebauten Plattenspieler, die schweren Brokatvorhänge, die große grüne Topfpflanze, die Türen, an denen sie vorbeigingen und die offenbar in die Schlafzimmer führten, ein Spalt, der Einblick gewährte in ein rosa gekacheltes Badezimmer und dann die Küche, in der alles so blitzsauber war. Der kleine offene Raum daneben, eben die Dinette, enthielt einen Tisch und vier Sessel, sowie die elektrischen Geräte für den täglichen Gebrauch, wie Toaster, Waffelbäcker und Speckröster.

Ray stellte den Kaffee auf; die Flamme auf dem Gasherd entzündete sich ohne Streichholz, wenn man nur den Hahn drehte.

»Laß dir Zeit, Baby«, sagte er. »Trink erst deinen Kaffee, dann gehen wir in mein Zimmer und du wirst mir alles erzählen und erklären.«

»Ich weiß nicht, ob du dir noch etwas aus mir machst«, murmelte sie kaum vernehmbar.

Er antwortete nicht, goß den Kaffee ein, stellte Sahne, Zucker und ein paar Kekse vor sie hin. Sie wärmte ihre erstarrten Finger an der dampfenden Schale. Sie trank und ihre Lebensgeister kehrten zurück. Sie sah Ray von der Seite an.

»Gut ist der Kaffee«, flüsterte sie, um nur etwas zu sagen.

»Beechnut«, erklärte er kurz.

»Ach, da muß er ja gut sein.«

Dann war es wieder still zwischen ihnen, still in der Wohnung, still in der Welt. Als sie ausgetrunken hatte, stellte er ihre Schale und ihren Löffel in den Abwasch.

»Ich kann das abwaschen«, machte sie sich rasch erbötig. Es war doch schade, wenn in dieser spiegelblanken Küche etwas Schmutziges herumstand. Aber er schüttelte nur den Kopf und wies den Weg in sein Zimmer.

Dieses war ein freundlicher Raum mit einer großen bunten Couch, die für die Nacht in ein Bett verwandelt wurde, zwei Fauteuils mit einem Rauchtischchen dazwischen und einer lustigen Tapete. Nahe dem Doppelfenster stand ein großer Schreibtisch, auf dem jetzt ein Haufen Papiere und Alben lagen, in Reichweite von ihm war ein eingebautes Fach mit Büchern und Photoutensilien. Der Kasten daneben schloß schlecht; seine klaffende Tür gestattete einen Blick auf eine Unmenge dichtgedrängter Anzüge, die in Reih und Glied hingen.

»Nun?«, fragte Ray. Er wies ihr einen Platz in einem der Fauteuils an, setzte sich in den andern und nahm eine Zigarette. Edna wußte, daß sie nun nicht mehr aus konnte und sie wollte es auch nicht mehr. Er würde in kurzer Zeit in den Krieg ziehen, er mochte jetzt ruhig alles wissen. Es spielte jetzt keine Rolle mehr. Und wenn dann auch alles aus war, so waren wenigstens die Lügen aus ihrem Gegenüberstehen ausgelöscht und er wußte wenigstens, daß sie ihn liebte. Es war besser, wenn sie ihm alles gestand. Sie wollte nichts zurückhalten, es hatte keinen Sinn, die Kluft zwischen ihnen war unüberbrückbar, aber dann war wenigstens reiner Tisch.

»Also, schieß los«, sagte er. »Wieder einmal Pech gehabt? Und da erinnert man sich dann an den alten Freund Ray?«

Das schmerzte.

»Oh, Ray, es ist alles so ganz anders als du denkst ... es ist, ja ich habe dich angelogen, aber ...«

»Das dachte ich mir. Ich bin doch nicht so dumm wie ich aussehe.«

Er war bitter und das war ihre Schuld. Sie wollte sprechen, aber es fiel ihr furchtbar schwer. Nein, sie konnte nicht, wenn sie so kalt und konventionell nebeneinander saßen. Wie sollte sie ihre abgründige Eröffnung anfangen? Was immer sie sagen würde, es bedeutete Abschied. Durfte der aber nicht wenigstens zärtlich sein? Oder doch würdig? Mußten sie sich wie haßerfüllte Feinde gegenübersitzen? Konnte man nicht in Menschlichkeit adieu sagen und dann mochte jeder in sein Leben gehen, er in den Krieg, sie in ihr Elend. Ach, nur zwei Minuten Innigkeit, bevor er sie für immer von sich stieß.

Sie stand auf, trat nahe an ihn heran und kniete vor ihm nieder, so daß ihr Körper zwischen seinen gespreizten Beinen war und ihr Mund nahe seinem Gesicht. Bevor er sich von seinem Staunen über ihr impulsives Benehmen erholt hatte, fing sie an zu erzählen und hielt ihn bald mit ihren Eröffnungen in Bann. Sie vergaß nichts, sie beschönigte nichts, sie gab ihm den vollen Bericht eines sozialen Daseins, das er nicht einmal aus Büchern kannte. Als sie geendet hatte und sich erheben wollte, hielt er sie zurück. Ihre magere Gestalt in dem abgetragenen Mantel, den sie nicht abgelegt hatte, ihre roten Hände auf seinem Knie, die Hoffnungslosigkeit in ihrer Stimme riefen etwas in ihm wach, was er noch nicht deuten konnte.

Als er sie nicht gehen ließ, setzte sie sich auf ihre Fersen und sah zu ihm auf.

»Was ich heute wollte«, sagte sie, »war, nur dich noch einmal sehen. Ich weiß, daß es jetzt heißt: adieu für immer.«

»Du hieltest mich also für so hochmütig und beschränkt, daß du glaubtest, ich werde mit einer Arbeiterin nicht verkehren? Das ist kein Kompliment. Arbeit ist keine Schande. Ich habe die größte Hochachtung vor Menschen, die sich aus kleinen Verhältnissen hinaufarbeiten.«

Aber begriff er denn nicht? Aus ihren Verhältnissen gab es ja gar kein Entrinnen. Und wenn sie zwanzig Jahre in der Fabrik arbeiten würde, so würde das weder ihre soziale Position noch ihr elendes Zuhause ändern. Und etwas besseres konnte sie nie unternehmen, weil sie doch nichts gelernt hatte. Die andere Alternative war eine Ehe mit Walter. Vielleicht würde er bald saufen so wie Vater und sie würde bald ein Unterleibsleiden haben so wie Mutter und ihre Kinder würden früh verderbt sein so wie Mona. Ray gehörte zu einer anderen Welt und deshalb hatte sie sich gescheut, ihm Einblick zu gewähren in den Abgrund ihrer Ausgestoßenheit.

Sie stand auf. Sie hatte ihn noch einmal gesehen, sie hatte reinen Tisch gemacht, sie hatte sogar eine gute Schale Kaffee getrunken und sich gewärmt in dieser feinen, zentralgeheizten Wohnung, nun wollte sie wieder gehen.

»Möge Gott dich beschützen, Ray, und dich gesund zu deinen Eltern zurückbringen, möge …« – die Stimme versagte ihr.

Er kam auf sie zu und umarmte sie. »Sei nicht so dumm, Baby«, polterte er gutmütig. »Baby, du glaubst doch nicht wirklich, daß ich dich gehen lasse. Gut, du arbeitest in einer Fabrik, dein Heim ist trostlos, deine Eltern sind arm, wen geht das etwas an? Gut, du hast nichts gelernt, wer darf dir daraus einen Vorwurf machen? Vielleicht ist bei andern Menschen und in andern Familien auch nicht alles Gold, was glänzt. Du bist doch jung, mußt eben den Kampf aufnehmen, mußt eben schauen, daß du dich herausreißt.«

»Wie?«, fragte sie in großem Staunen.

»Irgendwie. Aber du mußt wenigstens den Willen haben, es weiterzubringen. Wie sollen denn jemals die kleinen Verhältnisse des armen Teufels besser werden, wenn er sich einfach abfindet und alle Härten akzeptiert? Wie soll denn diese Welt besser werden, wenn wir nicht alle darauf hinstreben und darauf hinarbeiten? Dieser Krieg wird geführt, um die weiße Sklaverei aus der Welt zu schaffen, um Diktatur und Terror auszulöschen, um den armen Teufeln eine Möglichkeit zu schaffen, zu leben, ihre Lage zu verbessern, ihre Glücksmöglichkeiten zu verfolgen. Wir haben die herrlichste Konstitution der Welt und wir wollen den andern Völkern zeigen, was Demokratie, Gleichheit und die Menschenrechte sind. Für dich wird dieser Krieg geführt; für dich gehe ich hinaus und lasse mich totschießen, und du stehst hier, mutlos, verzweifelt, beschämt. Hast du denn gar keinen Glauben?«

Er fühlte mit Genuß, daß seine Worte tiefen Eindruck machten. Er fühlte, daß auch seine blitzenden Augen und seine lebendurchpulste Gestalt ihre Wirkung nicht verfehlten. Er fühlte, wie Edna in Anbetung zu ihm aufsah und seine Sieghaftigkeit wuchs an ihrer stummen Verehrung. Dieses arme Mädel, dieses getretene Wesen lebte auf in der Kraft, die er in sie strömte.

Sie zu retten oder fallen zu lassen, war in seine Hand gegeben. Er war in einer seelischen Situation wie nie zuvor. Frauen hatten ihn beachtet, verwöhnt, erhört; aber einen Halbgott hatte noch keine in ihm gesehen.

»Küß mich«, sagte sie heiß.

Er riß sie an sich. Nicht nur, daß sie einen Helden aus ihm machte, auch den Mann in ihm rief sie zu höchster Lust. Der Ton ihrer Stimme, der feuchte Glanz in ihren blauen Augen, die Leidenschaft, mit der sie ihre Brust an seine drängte, gewährte tausend Seligkeiten und versprach noch mehr. Nun durfte keine Zeit mehr versäumt werden. In wenigen Wochen, ja vielleicht Tagen, konnte er einberufen werden. Sein Leben war in diese kurze Spanne hineingedrängt. Er wollte es genießen, auskosten, ausschöpfen.

»Baby«, sagte er heiser. »Wieviel kostbare Wochen wir schon versäumt haben. Ist das nicht eine Schande? Aber jetzt wirst du mir nicht mehr davonlaufen, mich nicht mehr stehen lassen, wie vorm Hotel Astor. Du gehörst mir für jetzt und ewig.«

Eine neue Welle des Begehrens brandete in ihm hoch. Er zog sie auf die Couch. Ihre Hingabe war so bedingungslos, daß er wußte, er konnte mit ihr machen, was er wollte. In ihm selbst lag die Hemmung. Sollte er sich wie ein Tier über sie stürzen? Und die Schönheit ihrer Beziehung zertreten? Außerdem konnten seine Eltern jeden Augenblick zurückkommen. Und Sybille.

»Zieh dir endlich den Mantel aus, Baby. Und richte dir ein bißchen die Haare. Habe ich Lippenstift im Gesicht? Nein? Du hast jedenfalls keinen mehr auf den Lippen. Du bleibst bei uns zum Dinner und nachher ziehen wir uns hier in mein Zimmer zurück und machen Pläne wie und wo wir diese letzten Wochen verbringen werden. Wenn ich Glück habe, kann es auch noch Monate dauern. Ich will jede freie Minute mit dir verbringen.«

Sie hörten einen Schlüssel in der Eingangstür, dann Geräusche in der Hall und in der Küche.

»Stellst du das Wasser auf, Sybille?«, rief Mrs. Garguin aus ihrem Schlafzimmer. Im Badezimmer lief das Wasser; Mr. Garguin wusch sich die Hände.

»Komm«, flüsterte Ray. »Jetzt gehn wir ins Wohnzimmer und du begrüßt sie. Lampenfieber?«

Sie nickte. Das belustigte ihn. Fröhlich zog er sie mit sich.

»Mom, ich habe Besuch bekommen.«

»Wirklich? Wer ist es? Charlie?« Die Unterhaltung wurde durch halb offenstehende Türen geführt. »Sag Sybille, sie soll noch ein Gedeck auflegen.«

»Es ist nicht Charlie, Mom. Es ist eine junge Dame.«

Die Mutter kam in das Wohnzimmer. »Oh, hallo. Wir

kennen einander ja.« Das war doch Tessies farblose Freundin. Was wollte sie denn hier?

»Essen wir in der Dinette?«, fragte Sybille und steckte den Kopf aus der Küchentüre.

»Aber natürlich«, grinste Ray. »Ganz familiär. Hallo, Pop! Erinnerst du dich an Miss Scarlatti? Und wenn wir schon so gemütlich beisammen sind, will ich euch gleich die große Neuigkeit sagen; Edna und ich haben uns entschlossen, schon in den nächsten Tagen zu heiraten.«

In der Küche fiel ein Aluminiumdeckel klirrend auf den gekachelten Boden, aber das mochte Zufall sein. Wenn die Nachricht für Mrs. Garguin eine Überraschung bedeutete, dann war sie jedenfalls eine Meisterin in der Kunst der Selbstbeherrschung.

»Ach, wie interessant! Und wie plötzlich. Willkommen, Edna, in unserem Familienkreise.«

»Du Heimlichtuer«, scherzte Mr. Garguin. »Nun, viel Glück für euch beide. Das muß man feiern. Ich hoffe, wir haben noch eine Flasche Muskateller im Hause.«

Der Duft von Schweinebraten zog die Gesellschaft in die Küche. Sybille begrüßte Edna mit forcierter Liebenswürdigkeit. Man aß. Mit Ausnahme von Ednas schüchterner Schweigsamkeit und Mrs. Garguins etwas glasigem Lächeln herrschte eine ausgezeichnete Stimmung. Ray war ausgelassen wie schon lange nicht. Er und sein Vater erzählten abwechselnd Witze und gröhlten vor Lachen. Der Krieg schien vergessen, ebenso wie die Unsicherheit der Zukunft. Jugend und Liebe zog alles in seinen Zauberbann.

Edna sagte nicht viel mehr als »bitte« und »danke«, und Mutter Garguin zermarterte sich das Hirn, mit welchen heimlichen Hexenkünsten es diesem Aschenbrödel wohl gelungen war, ihren herrlichen Sohn einzufangen. Eine ärgere Mesalliance konnte man sich kaum vorstellen. Schon rein äußerlich fiel der Vergleich zu Ednas Ungunsten aus, ganz zu schweigen von ihrem völligen Mangel an gesellschaftlichen Umgangsformen. Mrs. Garguin hatte sich über ihre zukünftige Schwiegertochter nie den Kopf zerbrochen. Sie hatte sich darauf verlassen, daß ihr Sohn schon das Richtige treffen werde. Schule, Berufswahl, körperliche Entwicklung, das war bei diesem Kinde alles so klaglos und normal vor sich gegangen. Keine Probleme, keine Schwierigkeiten. Und nun, wo die Katastrophe des Krieges über sie alle hereingebrochen war, mußte Ray auch noch eine eigene Dummheit hinzufügen und für sich selbst und seine Familie die Situation verschärfen.

Der Krieg war schuld daran. Viele junge Männer waren in einer Art Panik und wollten rasch noch etwas erleben, bevor sie in das gefürchtete Ungewisse hinausgingen. Etwas erleben, schön, aber mußte das denn gleich eine Heirat sein? Eine Liebschaft hätte doch auch genügt. Warum wollten sich diese dummen Jungen um jeden Preis binden? Diese hastigen Hochzeiten nahmen in erschreckender Weise überhand. Das mußte ja zu einem jähen Erwachen führen. Die letzten Tage vor dem Abschied waren eine Art Rausch, bei dem diese jungen Männer nicht zum Nachdenken kamen. Wenn sie aber nach Monaten oder gar Jahren heimkehrten, wie würde so eine Ehe dann aussehen? Es war leicht vorauszusagen, daß diese Heiratswelle in einer Scheidungswelle enden mußte. Und – so sehr Mrs. Garguin diese modernen Teufelsmaßnahmen haßte, eine Scheidung war vielleicht noch die beste Lösung. Wie aber, wenn so eine Frau, wie Edna, sich dann wie eine Klette anhing? Wenn womöglich ein Kind da war, nein, dann gab es kein Entrinnen, dann war Rays Leben zerstört. Eine ungebildete, vernachlässigte, dumme Person mußte daher kommen! Eine, deren Milieu man nicht kannte, die aus dem Rahmen der gutbürgerlichen Gesellschaft herausfiel und überhaupt nicht »mitkonnte«.

In einer langen Debatte mit Mr. Garguin versuchte die sorgenvolle Mutter sich ihre bösen Vorahnungen von der Seele zu reden. Doch ihr Mann zeigte wenig Verständnis.

»Laß den Jungen, Agnes. Er ist alt genug, um sein eigenes Leben zu beginnen. Er wird schon wissen, was er tut.«

»Aber warum suchte er sich nicht eines der schönen, wohlerzogenen Mädchen aus unserm Freundeskreis aus? Die haben alle eine höhere Bildung genossen, manche sind sogar College-Absolventinnen.«

»College. Das ist schließlich auch keine Garantie für persönliches Glück.«

»Garantie nicht, aber eine größere Wahrscheinlichkeit. Ich weiß auch gar nicht, wo sein Schönheitssinn geblieben ist.«

»Warum? Das Mädel ist doch nicht übel. Sie hat schöne blaue Augen, so richtige naive ...«

»Gut gespielt.«

»Und eine hübsche Gestalt. Was sie braucht, ist nur ein anständiges Kleid ...«

»Ja, so etwas Schäbiges, wie ihre alten Fetzen, sah ich noch nie. Unsere Bedienerin würde nicht so herumgehen.«

»Vielleicht ist sie eine Waise oder das Kind armer Leute ...«

»Das ist es ja gerade. Warum suchte er sich so etwas aus? Wer sind ihre Eltern? Wo kommt sie her? Wie ist ihr Zuhause?«

Sie zögerte auch nicht, diese und auch andere Fragen an Ray zu richten. Er antwortete willig und ausführlich, doch ertappte er sich dabei, daß er gewisse Tatsachen verheimlichte oder wenigstens beschönigte. In der tiefen Gerechtigkeit seines Herzens, die sein schönster Charakterzug war, fühlte er, daß er Edna abbitten mußte, daß sie ihm vor Monaten keinen reinen Wein über sich selbst hatte einschenken wollen. Er selbst machte es jetzt nicht anders. Als er mit seiner Mutter sprach, verschwieg er den Säufer ganz, erwähnte nur kurz den Vater, und ließ ihn nicht in Neapel, sondern in Manhattan geboren sein. Hingegen verbreiterte er sich mehr über die irische Mutter und ihre Krankheit.

»Weißt du, Mom, ich finde das wunderbar von Edna, daß sie ihr ganzes sauer verdientes Geld zu Hause hergibt, um den Arzt und die Medikamente zu bezahlen. Das ist auch der Grund, warum sie in einer Fabrik arbeitet. Weil eine tüchtige Arbeiterin am laufenden Band mehr verdient als eine Stenotypistin, besonders durch die Überstunden.«

Er log auch, daß er schon bei ihr in der Wohnung gewesen sei und ihre Leute kenne. Er trachtete eben zunächst, Mutters Einwendungen zu zerstreuen; später würde er dann Schritt für Schritt gewisse »Wahrheiten« zugeben, vorausgesetzt, daß es dann noch notwendig sein würde. Mutter würde doch nicht ewig so weiterfragen. Wenn sie sich erst an den Gedanken seiner Heirat gewöhnt hatte, würde ihr inquisitorischer Geist zur Ruhe kommen. Viele Dinge im Leben erledigten sich von selbst, wenn man sie nur mit ein bißchen Weisheit handhabte. Nur nichts überstürzen. Auch Enthüllungen nicht. Vor allem mußte Mom die Überzeugung gewinnen, daß er glücklich war. Und das war er doch. Glücklich wie noch nie in seinem Leben. Nicht nur, daß ihn die prickelnde Erregung einer erwiderten Liebe durchpulste, sein seelisches Gleichgewicht war in ungeahntem Maße hergestellt. Sinn und Ziel und Verantwortung war in sein Leben getreten. Er genoß die schöpferische Befriedigung, einen Menschen zu formen. Er erlebte die heldenhafte Lust, ein schwaches Weib emporzuheben zu den sieghaften Pfaden eines starken Mannes. Er badete in Ednas Anbetung. Während die ganze Welt in Trümmer ging, während die Menschheit in Verwirrung lebte, war ihr menschliches Herz der einzige Fels in der Erscheinungen Flucht. Während Haß und Niedertracht in der Welt unbesiegbar schienen und die, die an Liebe glaubten, schwach, war für ihn persönlich das Problem in berauschender Weise gelöst. All dies konnte er nicht in Worte kleiden. Er klopfte seiner Mutter ungeschickt auf den Rücken und sagte mit seinem alten Grinsen: »Du wirst sehen, Mom, Edna ist o. k.«

Auch die materielle Seite machte Mrs. Garguin Sorge.

»Hat sie denn gar kein Geld? Keine Aussteuer? Keine Möbel? Willst du denn dein bißchen erspartes Geld in die Wohnung stecken und dann womöglich mit Ratenzahlungen belastet sein? Dein Gehalt war ja sehr schön, solange du zu Hause lebtest und nur deine persönlichen Bedürfnisse zu bestreiten hattest. Das sieht ganz anders aus, wenn erst die täglichen Ausgaben an einen herantreten. Und wenn du einrückst, wirst du ihr von deiner Löhnung doch kaum etwas geben können. Oder doch nicht viel. Da muß sie dann erst recht in die Fabrik zurück.«

Tatsache war, daß er und Edna übereingekommen waren, daß sie einen vierzehntägigen Urlaub nehmen sollte. Den zweimal entfallenden Wochenlohn würde er ihr ersetzen, damit ihre Familie nicht verhungern müsse, doch auf die

Dauer konnte er das nicht leisten. Eine solche materielle Unterstützung würde fast ein Drittel seines Einkommens ausmachen. Außerdem wäre es unsinnig, Edna zu veranlassen, einen Posten aufzugeben, den sie doch wieder haben wollte, sobald er einrückte. Alle Entscheidungen, die jetzt getroffen wurden, mußten provisorischen Charakter haben. Das war gar nicht anders möglich in einer Zeit, da ganze Nationen von der Hand in den Mund lebten. In dieser Erkenntnis lösten sie auch die Wohnungsfrage höchst einfach. Sie wollten irgendwo ein möbliertes Zimmer mit Küche und Bad mieten und wenn er wegberufen wurde, konnte man so eine Behausung im Handumdrehen kündigen und verlassen.

Edna jedoch schauderte es bei dem Gedanken, daß sie nach ein paar Wochen Seligkeit mit dem Geliebten wieder in ihr altes Elend zurück sollte. Sie wollte gar nicht daran denken. Momentan lag das Schöne vor ihr, das Allerschönste, ihre baldige Hochzeit. Die Formalitäten waren für die angehenden Soldaten sehr erleichtert, die Dokumente waren rasch beisammen. Als sie die Heiratslizenz hatten, setzten sie die Hochzeit für den 2. Februar 1942 fest. Dann gingen sie auf die Wohnungssuche. Auf dem großen Schreibtisch in seinem Zimmer breitete Ray einen Plan von New York aus.

»Schauen wir uns das einmal an. Du bist in der Canal Street beschäftigt, Baby; das ist hier. Und mein Büro ist in der Fordham Road, das ist hier. Die ungefähre Mitte wäre die Westseite von Manhattan um die 100. Straße herum.«

»Das ist richtig. Aber willst du nicht lieber in der Bronx wohnen bleiben, wo du so sehr zu Hause bist?«

»Nein, nein. Dieses Problem muß auf streng demokratische Weise gelöst werden, so daß wir beide gleich weit zu unserer Arbeitsstätte haben. Verstehst du das?«

»Ja, ... aber mir macht das gar nichts, wenn ich ein bißchen länger in der Untergrundbahn fahren muß.«

»Sei nicht so dumm, Baby. Das würde zeitlicheres Aufstehen bedeuten; nein, das wäre nicht fair.« Er küßte sie rasch auf die Wange, so als ob er ihr für ihren selbstlosen Antrag dankbar wäre. Dann fuhr er fort: »Ich werde mir morgen den Vormittag freinehmen und die Gegend, die ich im Auge habe, abgrasen. Wenn mir etwas gefällt, können wir am Abend gemeinsam hingehen und du sagst mir, ob es auch deinen Beifall hat.«

Schließlich fanden sie ein zweibettiges Zimmer mit einem winzigen Loch als Küche und einem eigenen Badezimmer. Diese Behausung lag auf dem Morningside Drive und die Fenster gingen auf die Straße hinaus. Da das Zimmer im achten Stock war, gewährte es eine luftige Aussicht über den Park und das tiefer gebettete Harlem.

»Im Sommer muß es ja hier ganz hübsch sein«, bemerkte Ray, »aber jetzt im Winter ist diese Front dem eisigen Ostwind ausgesetzt.«

Das Gebäude war stattlich. Wenn man es betrat, empfing einen eine elegante Halle mit Marmor und Spiegeln, Teppichen und Stehlampen. Die Portierloge mit dem Telephonschaltbrett imponierte Edna gewaltig. Das Haus war so wohlgeheizt, daß es eigentlich überheizt war. Die Bewohner dieses Hauses wie des ganzen Viertels schienen einer besonderen Klasse anzugehören. Die nahe Columbia Universität drückte ihren Stempel auf. Es wimmelte von Professoren und Studenten und fast jeder Mensch trug Bücher unter dem Arm. In den umliegenden Cafeterias und Drogerien lernten Leute vor, nach und während des Essens. Die sprichwörtliche New Yorker Hast, untrennbar verbunden mit den Fabriks- und Geschäftszentren fehlte hier. Eine gelassene Lebensintensität nahm ihren Platz ein. Die Lautheit der Jugend hier war weder so lebensgierig wie in Ednas Arbeiterkreisen, noch so unverfroren wie in Rays Bronxer Kleinbürgertum, sie war eher lebensbejahend in einem hellenistischen Sinne.

Die Nachricht von Ednas bevorstehender Heirat hatte in ihrem Kollegenkreis große Überraschung hervorgerufen. Sie wurde mit Fragen überschüttet, sogar die Büromädchen zeigten Interesse. Miss Swab ging zum Chef, um die zwei Wochen Urlaub für Edna zu erwirken. Sie kam zurück und meldete triumphierend, daß es ihrer Diplomatie gelungen sei, ihn herumzukriegen. In selbstbewußtem Grinsen bleckte sie ihre Pferdezähne.

»Zuerst wollte er davon nichts wissen, denn wir haben jetzt große Bestellungen und jede Arbeiterin wird gebraucht, aber ...«

»Er soll sich nichts antun«, fiel ihr Sophie ins Wort. »Er zahlt Edna doch nichts für die Zeit, in der sie nicht arbeitet. Wo ist da die große Gnade?«

»Geben Sie acht, Sophie, daß Ihre Frechheiten dem Chef nicht einmal zu Ohren kommen. Das könnte für Sie schlimm ausgehen.«

In der Lunchpause wurde Edna umringt. Ob sie denn kein Bild von »ihm« hätte. Und ob er denn nicht einmal herkommen würde, sie abzuholen, damit man ihn sehen könne. Und wann denn das Datum der Hochzeit sei. Das Wort »Hochzeit« faszinierte alle. Anne brach in einen Schlager aus: »Die Glocken klingen für mein Mädel und mich; und die Vöglein singen für mein Mädel und mich.« Dann fragte sie, wie es denn mit Ednas Kleidern stünde. Strahlend berichtete die junge Braut, daß ihr Bräutigam ihr fünfzig Dollar gegeben habe, damit sie sich das Nötigste kaufe.

»Ich weiß gar nicht, was ich ohne das Geld angefangen hätte«, fügte sie treuherzig hinzu.

»Und wo willst du die Sachen kaufen? Bei Stern? Bei Macy?«

»Ich dachte bei Gimbel. Am Donnerstag hat er bis neun Uhr offen …«

Als ob Anne das nicht wüßte! Jede Arbeiterin wußte das, denn die Einrichtung der späten Sperrstunde einmal in der Woche war nur für die arbeitende Frau eingeführt. Es handelte sich hier um Millionen Kundschaften, die mußte ein Kaufmann berücksichtigen. Einige wenige Großkaufhäuser hielten am Mittwoch Abend offen, manche am Montag, aber der traditionelle Einkaufsabend war der Donnerstag. Scharen von Mädchen und Frauen strömten da in die Geschäfte, richtige Menschenströme. Obwohl viele Arbeiterinnen auch den Samstag frei hatten, zogen sie den Donnerstag vor. Am Samstag konnten sie dann der Hauswirtschaft, der Schönheitspflege und den geselligen Verpflichtungen obliegen.

Am Donnerstag nach Fabriksschluß eilten Anne und Edna denn auch zur I. R. T. Untergrundbahnhaltestelle in der Canal Street. Tausende und Abertausende rannten mit ihnen. Man konnte den Frauen vom Gesicht lesen, was sie vor hatten. Die schlecht aufgelegten fuhren nach Hause zu Mann und Kind oder sonstiger Familie, die erwartungsvollen gingen Einkäufe machen. Ihre Hände umkrampften Handtaschen, die das Geld enthielten, ihr Atem ging rasch in freudiger Gier. Die Wagen waren zum Bersten voll. Bei jeder Station kamen neue Menschenmassen, doch schon bei der 14. Straße stiegen viele aus. Dort war eines der billigsten Modezentren, doch sah man den dort gekauften Kleidern die Billigkeit an, und das wollte Edna heute vermeiden. Schließlich besaß sie fünfzig Dollar, ein wahres Vermögen. Man heiratete nicht jeden Tag und sie wollte doch Ray keine Schande machen. Sie war froh, daß Anne mit ihr einkaufen ging. Die würde ihr schon sagen, was ihr gut stand. Anne benahm sich überhaupt furchtbar anständig. Sie hatte Edna unter dem Siegel der Verschwiegenheit gesagt, daß die Arbeiterinnen eine Kollekte veranstaltet hatten und Edna ein Hochzeitsgeschenk zu machen beabsichtigten. War das nicht nett von dem Mädel? Und sie verriet auch, was es war, doch mußte Edna ihr hoch und heilig schwören, daß sie beim Überreichen Staunen heucheln werde. Natürlich, Edna würde das bestimmt tun.

»Es ist ein Complet von Nachthemd und Schlafrock. Ich sage dir das nicht vielleicht aus Tratschsucht, sondern damit du dir nicht am Ende auch so etwas kaufst.«

Das war sehr vernünftig, doch hatte Edna zufällig nicht im entferntesten daran gedacht. Nun fuhr der Zug in die Station der 34. Straße ein und ein Strom von Frauen stieg aus. Hier waren ja nicht nur die großen Warenhäuser Macy, Gimbel und Sacks, sondern eine Unmenge von Schuh- und Handtaschengeschäften, Modistinnen und alle möglichen andern Verkaufsstellen. In diesem Viertel war das ganze Jahr hindurch ein fieberhafter Weihnachtsbetrieb, strahlende Auslagen, Überfülle der Einfälle, Modeneuheiten, Torheiten, Lächerlichkeiten. Doch es war nicht nur ein Paradies der Frauen, auch dem andern Geschlecht war voll und ganz Rechnung getragen. Alles, was den Mann interessierte, von Anzügen bis Blendlaternen, Möbeln bis Füllfederhaltern, Photoapparaten bis Hosenträgern, Büchern bis Gartengeräten waren hier zu haben, für jeden Geschmack und in jeder Preislage.

Um von der Untergrundbahn zum Gimbel zu gelangen, mußte man nicht auf die Straße. Eine Lauftreppe brachte einen direkt zum Souterraineingang.

»Halt«, sagte Anne. »Dort ist ein Würstelladen. Essen wir ein Paar Frankfurter und trinken wir einen Kaffee. Jetzt ist es sechs Uhr, ich habe seit dem Lunch nichts gegessen. Und wenn wir bis neun Uhr durchhalten wollen, müssen wir uns stärken.«

Das war kluge Voraussicht. Sie aßen, tranken und traten zehn Minuten später bei Gimbel ein. Edna war von jedem Tisch, den sie passierten, fasziniert. Spitzen, Bänder, Taschentücher, Wäsche, Blusen, Strümpfe, Socken, Schirme, Hausschuhe, Fichus, Kassetten, Bonbons, Schürzen, Handschuhe, Schirme, Perlenketten, Knöpfe, Federn, Bücher, Diwanpölster, Sonnenbrillen, Shawls, Kochgeräte, Badematten, Parfüms, all dies teils ausgebreitet, teils aufgebaut, teils aufgehängt, auf Puppen montiert, wirbelnd, glitzernd, tanzend, mit Preistafeln, mit Wegweisern, mit Gebrauchsanweisungen versehen; der Raum hoch wie eine Kirche, gleißend wie ein Christbaum, Wünsche weckend, Träume erfüllend, Sinne berauschend; mitreißend, erschöpfend. Hunderte von Angestellten wie von unsichtbarer Maschinerie bewegt; Raumgestaltung von erstklassigen Architekten gelöst; Licht hunderte von Dollars verpuffend; das ganze ein modernisierter Jahrmarkt, dem der Fortschritt der Technik täglich neue Finessen hinzufügte.

Anne drängte Edna vorwärts. »Komm. Wir können nicht bei jedem Tisch stehen bleiben, sonst werden sie das Geschäft zusperren, bevor wir noch alles haben. Nehmen wir den Aufzug in den zweiten Stock. Dort sind die besseren Kleider.«

Ein unendliches Lager empfing sie. Nicht enden wollende Wände waren in Nischen abgeteilt, alle voll mit Kleidern. Man brauchte nur die Glasschiebetüren aufzurollen und konnte jedes Kleid herausnehmen. Über den Nischen waren Tafeln angebracht, die die Größen bezeichneten, schön geordnet von neun bis vierundvierzig. In der Mitte des Raumes waren hohe Metallständer, die auch noch dicht behängt mit Kleidern waren. Dort standen nicht nur die Größen angeschrieben, sondern auch die Preise, gelegentliche Reduktionen und Ausverkäufe. Jedenfalls wußte eine gewiegte Einkäuferin, wie Anne, sofort, woran sie war. Treffsicher griff sie in den Kasten und nahm vier Kleider heraus. Ein Blick auf den Zettel, der an Gürtel oder Ärmel hing, versicherte ihr, daß es auch wirklich die von Edna gewünschte Nummer 14 war. Ein zweiter Blick informierte sie über den Preis. Die vier Stücke bewegten sich von acht Dollar achtundneunzig Cents bis zu siebzehn Dollar.

Nun kam eine Verkäuferin auf sie zu. »Darf ich mit etwas dienen?«

»Meine Freundin will diese vier probieren«, sagte Anne, wie wenn Edna eine Taubstumme wäre, und die drei Mädchen begaben sich in eine der Ankleidekabinen. Diese waren mit Vorhängen versehen, doch niemand nahm sich die Mühe, sie zu schließen. So sah man überall halbnackte weibliche Wesen mit hochroten erregten Gesichtern und zerrauftem Haar, denn das dauernde Aus- und Anziehen der Kleider machte auch die beste Frisur zuschanden. Vor den Kundschaften knieten Verkäuferinnen, die sich mit dem Saum beschäftigten und, obwohl sie Stecknadeln zwischen den Lippen hatten, ununterbrochen redeten. Sie priesen die Ware an, denn sie waren am Verkaufe perzentuell beteiligt.

»Ich garantiere Ihnen«, sagte eine Verkäuferin, »daß Sie in diesem Kleide sehr glücklich sein werden.« Ein etwas gewagtes Versprechen. Die Kundschaft, eine fette Blondine, antwortete: »Vielleicht. Aber dann muß es in den Schultern etwas gehoben werden.«

»Nicht in Ihrem Falle«, belehrte die Knieende und stand auf. Dem Wunsche der Dicken zu willfahren, bedeutete, eine der Schneiderinnen aus der Werkstatt herunter zu rufen, was Zeit kostete. Sie hatte schon genug davon geopfert mit dem Abstecken des Saumes. Wenn diese Kundin noch mehr Wünsche äußerte, rentierte sich der ganze Verkauf nicht mehr, denn derweil versäumte sie, andere Damen zu bedienen. Einer flinken Person konnte sie in derselben Zeit drei Kleider anhängen. Man sollte sich vor diesen korpulenten Weibern hüten. »Wenn die Schultern gehoben werden«, fuhr sie in ihrem eigenen Interesse fort, »dann entsteht unter Ihrer Büste eine sehr häßliche Linie. Sie sind viel zu üppig. Fett muß man kaschieren, nicht noch betonen.« Als sie sah, daß die Unangenehme noch immer nicht überzeugt war, griff sie zu stärkeren Geschützen. »Wenn ich die Schultern hebe, dann sehen Sie aus wie ein kleines Schweinchen knapp vor dem Abschlachten, wenn ich mir die Freiheit nehmen darf, die Wahrheit zu sagen.«

Sie hatte gesiegt.

In der Nebenkabine hatte sich Edna für ein Kleid entschieden, das ihr wirklich sehr gut paßte. Es war aus schwarzer Seide, doch war der kornblumenblaue Oberteil schief geschnitten, so daß diese belebende Farbe den rechten Ärmel und die halbe Brust bedeckte. Die beiden Farben trafen sich über der linken Hüfte und vereinigten sich in einer schönen, großen Masche.

»Der Vorteil dieses Kleides ist, daß du es für jede Gelegenheit anziehen kannst. Es ist elegant genug, um als Dinnerdreß zu dienen und einfach genug, um untertags getragen zu werden.«

»Sehr richtig«, sekundierte die rothaarige Verkäuferin. »Ob Sie nun Ihren Pelzmantel darüber tragen oder Ihr Flauschjäckchen, oder einen schwarzen Seidenmantel, oder sogar Ihren Trotteurmantel, immer wird dieses spezielle Kleid am Platz sein.«

Anne schoß einen zwinkernden Blick auf Edna, doch antwortete ganz ernsthaft: »Ja. Und das einzige, was ihr noch fehlt, ist ein blauer Mantel und den gehen wir jetzt kaufen.«

Mit dem ersten Schatz beladen, gingen sie in die Mantelabteilung, wo sie mit großer Mühe einen Kornblumenblauen fanden, aus gutem Wollstoff, wattiert und in Ednas Größe. Ein schicker Hut aus schwarzem Filz mit einem frechen kornblumenblauen Federchen, eine Handtasche, Handschuhe und ein Paar sämische Pumps vervollständigten die geplante Ausstattung und zwei Minuten vor neun Uhr taumelten die beiden Mädchen in fast gänzlicher Erschöpfung auf die Straße.

Edna strahlte. »Komm, Anne, jetzt führe ich dich in die nächste Cafeteria aus.« Ein bei ihr ganz ungewohnter Übermut. »Wir brauchen jetzt beide einen Kaffee.«

»Und einen Apfelkuchen«, bestätigte Anne ohne Zögern.

Endlich an einem großen Tisch untergebracht, die Pakete um sie herum verstaut, ließen sie alles noch einmal

Revue passieren und Edna zählte ihr restliches Geld. Die ganze Herrlichkeit, die sie erstanden, kostete neununddreißig Dollar und fünfzehn Cents.

»Deinem Bräutigam sagst du natürlich, du hast fünfzig Dollar ausgegeben. Da profitierst du zehn Dollar, fünfundachtzig Cents.«

Edna nickte selig. Das war eine ausgezeichnete Idee.

Am Freitag gegen Fabriksschluß begann ein Flüstern und Raunen unter den Mädchen. Edna, nicht mit einbezogen, wußte diesmal, was es bedeutete, und hatte ein angenehm prickelndes Vorgefühl. Zehn Minuten vor fünf klatschte Miss Swab in die Hände. »Also los, Ihr Mädchen!« Die Arbeitskolleginnen scharten sich um Edna und führten sie in den Hintergrund des Arbeitsraumes, zu Charles' Tisch. Der war mit buntem Papier behangen und mit Kränzchen geschmückt. Eine Flasche Wein stand da und etwa zwanzig kleine Gläschen, eine Schüssel mit Keks, Papierteller und Servietten von Woolworth. In der Mitte aber prangte eine große Schachtel. Obwohl Edna, dank Annes Verrat, schon wußte, was die geheimnisvolle enthielt, stieg doch in ihrem Herzen selige Neugier auf.

»Liebste Edna«, hub Flora an und das Fett ihrer Wangen schwabbelte freundlich, »wir gratulieren dir zu deiner bevorstehenden Hochzeit. Und wir wünschen dir viel Glück. Wir wären gerne zur Zeremonie gekommen, aber erstens hast du nur eine ganz schnelle Trauung auf dem Rathaus, wie es bei diesen Kriegsehen Usus ist, und zweitens haben wir andern ja einen normalen Arbeitstag. Darum haben wir uns entschlossen, dir diese kleine Abschiedsfeier zu arrangieren. Wir haben dir auch ein Geschenk gekauft.« Sie entnahm der Schachtel ein Nachthemd in groß geblümter Seide und einen Schlafrock aus demselben Material. Edna stieß einen Schrei des Staunens aus, der besonders überzeugend herauskam, weil Anne sie in den Hintern zwickte. Die Mädchen äußerten Ahs und Ohs. Alle betasteten das Geschenk, auch Charles, Walter und die beiden Neger befühlten und bewunderten es. Alle fanden, daß es das ideale Geschenk für eine Braut war, sozusagen etwas, was sofort Verwendung finden würde, anders als etwa ein kostbares Kaffeeservice, das vielleicht jahrelang im Kasten verwahrt werden würde. Walter schenkte Wein ein und die Keks wurden herumgereicht. Sylvia drehte ihren Radioapparat auf und die Five O'Clock Tea Musik aus dem Waldorf Astoria gab der Fabriksfeier einen festlichen Hintergrund. Als Edna nun mit jedem ihrer Kollegen anstieß, strömten ihr von allen Seiten freundliche Worte und herzliche Wünsche entgegen. Sogar Miss Swab sagte nachdenklich: »Vier Jahre waren Sie bei uns. Wie die Zeit vergeht. Sie waren eine brave Arbeiterin und ich hoffe, Sie werden dieselbe sein, wenn Sie nach den zwei Flitterwochen zu uns zurückkommen.«

Emily beugte ihren feinfrisierten Lockenkopf Edna zu und küßte sie, und unter allgemeinem Hallogeschrei tat Walter dasselbe. Edna wurde rot, was die Fröhlichkeit noch erhöhte. Von dem lustigen Lärm angelockt, kamen nun auch die Büromädchen in den Arbeitsraum. Da schlug es fünf Uhr und alles stob auseinander. Das Nachhauserasen war ihnen allen so zur zweiten Natur geworden, daß der Spuk des Festes mit einemmal zu Ende war. Berta und Walter waren die einzigen, die zurückblieben, um die schmutzigen Gläser zu waschen und alles wegzuräumen. Edna aber nahm ihr Paket und entschwebte.

Die Hochzeit war für zwölf Uhr angesetzt. Als Mona in

die Schule ging, nahmen die Schwestern einen flüchtigen Abschied.

»Jetzt läufst du einfach davon«, sagte die Kleine bitter, »und läßt mich hier allein mit dem Säufer und der Jammerin. Aber du hast ganz recht, nur an dich selbst zu denken. Wenn ich groß sein werde, dann werde ich auch egoistisch sein.«

»Ich laufe nicht davon, Mona. Ich habe Mutter versprochen, einmal in der Woche herzukommen, gründlich aufzuräumen und ihr Geld zu bringen. Übrigens, momentan arbeitet Vater doch wieder. Also ist die Situation nicht so arg.«

»Na, unterhalte dich gut.« Mona schlug die Tür hinter sich zu. Trotz dieser scheinbar herzlosen Frechheit, fühlte Edna, daß die kleine Schwester dahinter nur Enttäuschung und Abschiedsschmerz verbarg. Das Kind tat ihr leid und sie hatte ein schlechtes Gewissen, weil sie gar nichts für die Kleine tun konnte. Mona jetzt unbehütet und unberaten zu lassen, ebnete den sicheren Weg für das, was jetzt so überhand nahm: jugendliche Kriminalität.

Den Vater sah Edna nicht. Die Mutter weinte. »Ich hatte immer geträumt, daß du in der Kirche heiraten würdest. Diese standesamtlichen Trauungen sind unanständig. Es ist so, als wärest du die Maitresse dieses Menschen.«

»Aber Mutter, jetzt ist Krieg und niemand hat Zeit und Geld für solche Festivitäten. Außerdem hätte der Vater mit mir kommen müssen, um mich dem Bräutigam zuzuführen und ...«

»Ach, für den einen Tag hätte er sich sicher zusammengerafft.« Edna bezweifelte es im Stillen.

»Nur eine kirchliche Trauung kann dauerndes Eheglück schaffen.«

Edna wurde etwas ungeduldig. Mutter hatte in der Kirche geheiratet. Und was war daraus geworden? Wie sie aber die vorzeitig gealterte Frau in ihrer Gebrechlichkeit vor sich sah, weinten sie beide.

Edna nahm nur ein paar persönliche Kleinigkeiten mit sich. Da sie beabsichtigte, einmal in der Woche nach Hause zu kommen, konnte sie nach und nach in die neue Wohnstätte schaffen, was sie brauchte. Sie sagte der Mutter flüchtig adieu und eilte die Stiege hinunter. Mrs. Dunhill trat aus ihrer Tür. Ihr erdbeerfarbenes Haar leuchtete. Sie richtete ihre lüsternen Augen auf Edna.

»Hast du schon probiert, wie er es kann? Oder gibt es heute Abend eine Premiere. Nun wird sie auch noch rot. So ein kleines Gänschen.« Sie lachte, daß es Edna durch Mark und Bein ging.

Als Edna Ray um halb zwölf Uhr in der großen Halle des Amtsgebäudes traf, hatte sie die Befriedigung, daß er sie in unverhüllter Bewunderung und mit offenem Munde anstarrte.

»Baby, du siehst wunderbar aus.«

War dies dasselbe Mädchen? Schick, elegant, modern. Er hatte ihr eine weiße Ansteckblume mitgebracht. Die machte sich gut auf dem kornblumenblauen Mantelaufschlag. Er konnte sich nicht sattsehen an seinem Mädel. Mit einem wohligen Gefühl kindischer Schadenfreude stellte er sich im Geiste vor, was für Augen seine Mutter wohl heute machen werde, wenn er mit seiner jungen Gattin zum Dinner erschien.

Die plötzliche Hochflut von Eheschließungen machte den Beamten viel zu schaffen. Ray und Edna warteten in einem vollgedrängten Raum. Nun bekamen sie Nummern, nun wurden ihre Papiere durchgesehen, nun durften sie auf einer Bank Platz nehmen, nun mußten sie aufstehen und an einer andern Stelle warten, nun erschienen Bill und Charlie, die Trauzeugen, nun warteten sie alle vier. Die meisten Mädchen waren in Straßenkleidung, doch sah man hie und da auch Brautschleier und Seidenschleppen. Bei den Männern herrschten Uniformen vor.

»Ich schäme mich«, flüsterte Ray. »Ich bin noch immer in Zivil. Die werden glauben, ich bin ein Krüppel, derweil ist mein Jahrgang noch nicht dran.«

Um ein Uhr war alles vorbei. Ray küßte seine Frau.

»Gratuliere, Mrs. Garguin«, sagten Bill und Charlie im Chor und küßten sie auch. Die Blume auf dem Mantelaufschlag sah jetzt schon ein bißchen mitgenommen aus. Die ganze Zeit ließ Ray Ednas Hand nicht los.

Dann gingen alle vier zum Lunch und Ray zahlte die Zeche, wonach die zwei Zeugen zu ihren Arbeitsstätten zurückkehrten. Das junge Paar schritt der Untergrundbahn zu. Ray, der jeden Tag seine Einberufung erwartete, hatte den Wagen verkauft. Benzin war rationiert, Vergnügungsfahrten verboten, so war ein Auto ja sowieso kein Genuß mehr. Millionen Menschen teilten Rays Schicksal und verwandelten sich über Nacht in brave Untergrundbahnfahrer.

»Baby, wir fahren jetzt zum Morningside Drive. Ich habe schon alle meine Sachen hingeschafft und könnte mich bei meinen Eltern nicht einmal mehr rasieren. Und du sollst dich ein bißchen niederlegen.«

»Ach, ich bin gar nicht müde.« Sie war es aber doch, als sie bei ihrem Hause ankamen. Ray lachte verlegen. »Eigentlich sollte ich dich über die Schwelle tragen, aber das geht doch nicht in so einem Zinshaus, wo der Portier und die Hausfrau und weiß Gott wieviel andere Leute Zeugen unseres Einzuges sind. Wenn wir einmal unser eigenes Heim haben werden, dann will ich das nachholen.«

Ihr Zimmer war überheizt. Ray riß das Fenster auf. Auf dem Tisch standen Blumen. Eine liebe Aufmerksamkeit der Hausfrau, Mrs. Cleve. Edna verstaute ihre paar Habseligkeiten in den eingebauten Kasten, der schon vollgestopft war mit Rays Anzügen, Mänteln und Hüten.

Das Zimmer war geräumig. Zwei Ehebetten, zwei Nachtkästchen, eine große Kommode, ein Tisch mit zwei Sesseln, ein Toilettetisch mit dreiteiligem Spiegel, ein kretonüberzogener Hocker für schmutzige Wäsche und ein Blumentischchen füllten es in angenehmer Verteilung.

»Mache es dir bequem«, sagte Ray fröhlich. »Ich gehe die Hausfrau in ihrer Küche aufsuchen, um die Türschlüssel von ihr zu verlangen.«

Edna wartete, bis Ray die Tür hinter sich schloß, dann erst zog sie das Kleid aus und den neuen Schlafrock an. Der umfloß sie weich und lieblich und reichte, wie er auch sollte, bis an ihre Knöchel.

Ray kam zurück.

»Baby, du wirst immer schöner«, rief er. Er küßte sie, drängte sie auf das Bett, warf sich neben sie. Doch dann riß er sich los und sprang auf.

»Aber nein. Bin ich denn so ein Rohling? Und noch dazu am hellichten Tag. Verzeih. Du sollst dich jetzt ausruhen.«

Sie verstand nicht recht, was sie verzeihen sollte und sie glaubte auch nicht, daß sie rasten müsse, aber das Bett war so weich, der zarte Duft der Blumen so angenehm, und die Tatsache, daß sie an einem gewöhnlichen Montag faul sein durfte, so sensationell, daß sie in erstaunter Glückseligkeit die Augen schloß. So lag sie eine Weile. Vom Badezimmer kam das Geräusch von rinnendem Wasser, übertönt von Rays lauter Stimme, die sehr gefühlvoll »Die weißen Klippen von Dover« sang. Eine halbe Stunde später kam er ins Zimmer und brachte einen Duft von guter Seife und feinem Eau de Cologne mit sich. Nun breitete er etwa dreißig Krawatten auf seinem Bette aus.

»Stelle dir vor, Baby. Gerade die neue braune habe ich zu Hause vergessen. Ist das nicht ein Pech?« Er wühlte in dem Seidenhaufen und sah recht bekümmert aus. »Und gerade jetzt muß das passieren, wo ich doch nur mehr ein paar Tage Krawatten werde tragen können. Nur die kurze Zeit, wo ich noch in Zivil bin. Ach, Baby, dieser blöde Krieg. Wenn der nicht wäre! Wie glücklich könnten wir sein. Wir würden eine Zweizimmerwohnung mieten und du wärest eine kleine Hausfrau ... Kannst du überhaupt kochen?«

»Ja.«

»Ich meine, wirklich kochen; nicht bloß Konservenbüchsen aufmachen, wie es die Gattinnen meiner Freunde tun.«

»Nein, wirklich kochen, Ravioli und Fleischknödel mit Spaghetti und Gulasch und Hamburger und ...«

»Baby, du setzt mich täglich in größeres Staunen. Ich bin wirklich ein Glückspilz. Schade, daß du in dieser winzigen Küche deine Kochkünste nicht spielen lassen kannst.«

»Ich kann auch backen. Schokoladekeks, Früchtenbrot ...«

»Hurra!« Dieser Jubelschrei galt aber nicht dem Ausmalen des Menüs, sondern der gefundenen Krawatte. Ray drückte sie an sein Herz. Sie war braun mit einem Schuß

Gelb und einem roten Punkt in regelmäßigen Abständen. Edna fand nichts an ihr, äußerte sich aber nicht.

Als das junge Paar zum Dinner in der Garguinwohnung auftauchte, genoß Ray den gewaltigen Eindruck, den Edna machte. Die Mutter konnte ihr Erstaunen nicht verbergen, der Vater sagte strahlend: »Das was ich immer wollte: eine schöne Schwiegertochter. Gut gemacht, Sohn!«, und Sybille betastete den blauen Mantel und seufzte: »So einen wollte ich schon immer.« Es schien, daß Edna einfach alles hatte, was die Verblühte wollte.

Dann kamen die Gäste, Onkel David, Onkel Steve und Tante Muriel mit Geschenken. Fromms hatten Blumen geschickt, konnten aber nicht erscheinen, da der Alte wieder einen seiner argen Schnupfenanfälle hatte.

Sein Siebbein war sein wunder Punkt. Und obwohl alle New Yorker über dasselbe Übel klagten, war es bei ihm doch ein echtes Leiden, das ihn mit Fieber ans Bett fesselte.

Rays Verwandte fragten nach Ednas Eltern, gaben sich aber zufrieden, als die junge Frau erzählte, daß ihre Mutter krank sei und ihr Vater seine Frau pflegen müsse und nicht allein lassen wollte. »So ein braver Mann«, sagte Tante Muriel gerührt.

Das Dinner war in jeder Beziehung erstklassig. Eine Überfülle herrlicher Speisen, ein raffinierter Salat à la Madame Garguin, Weine, Liköre, Torten, Obst, da war kein Ende der Herrlichkeiten. Ray hielt Ednas Hand unter dem Tische. Ein Toast nach dem andern wurde ausgebracht, Händeschütteln und Küsse wurden getauscht. Tante Muriel setzte sich ans Klavier und die ganze Runde gröhlte »Swanee Fluss«, »Die Alten zu Hause«, »Die Marseillaise« und »Glücklicher Geburtstag«, obwohl es niemandes war. Die Stimmung war auf dem Höhepunkt, als David sein Glas hob und »Auf einen baldigen Sieg« schrie, und damit aller Gedanke auf den Krieg wandte. Die Fröhlichkeit schlug in betrunkene Sentimentalität um, Sybille heulte laut, daß Ray doch nun bald fortgehen würde und niemand wußte, ob er nicht von der ersten feindlichen Kugel getroffen werden würde. Mrs. Garguin schob das hysterische Mädchen ins Badezimmer und blieb eine ganze Weile mit ihr. Gegen acht Uhr brachen dann alle auf. Ray entschied, daß sie den elektrischen Waffelbäcker, ein Geschenk seines Vaters, und den schweren, vernickelten Eiskübel, ein Geschenk seiner Mutter, mitnehmen, alles andere aber erst in den nächsten Tagen abholen würden. Dann entwanden sich die beiden jungen Leute dem erneuten Geküsse und den vielen schwitzenden Händen.

Auf dem Morningside Drive angekommen und endlich bei ihrer Wohnung angelangt, konnten sie die Eingangstüre nicht öffnen. Ihre Versuche erzeugten Lärm, so daß einer der Nachbarn auf den Gang trat. Da er die zwei Leute nicht kannte, glaubte er, es handle sich um Einbrecher. Es entspann sich ein beleidigender Dialog zwischen den beiden Männern, dem Edna in wachsender Unruhe lauschte. Als Ray ausholte, um dem andern einen Kinnhaken zu versetzen, warf sie sich auf ihn. Er schob sie so energisch von sich, daß sie gegen ihre Wohnungstüre fiel. Da diese gerade geöffnet wurde von der Hausfrau, der der Lärm aufgefallen war, fiel Edna gleich durch die offene Tür, riß das Tischlein mit den Telephonbüchern um und landete unsanft an der hinteren Mauer des Vorzimmers, wo sie sich auf den Fußboden setzte.

Unterdessen hatte sich die Situation auf dem Gange geklärt, indem Mrs. Cleve Ray nicht nur als ihren neuen Mieter identifiziert, sondern auch die Tatsache seiner Hochzeit bekannt gegeben hatte. Die beiden Kämpfer schlugen einander nun freundlich auf die Schultern und lachten aus vollem Halse über das köstliche Mißverständnis. Sie fanden es urkomisch, daß sie einander vor zwei Minuten totschlagen hatten wollen und jetzt die besten Freunde waren. Nachdem Ray auch noch herausgefunden hatte, daß sie beide weitläufige Verwandte in Kentucky hatten, endete dieser Zusammenstoß in eitel Liebe und Wonne. Mrs. Cleve entschuldigte sich für ein Versehen ihrerseits. Sie hatte Ray zwei Kofferschlüssel anstatt zwei Türschlüssel gegeben, wollte sie aber sofort gegen die richtigen Umtauschen. Es war wirklich komisch, wie geistesabwesend man manchmal war. Aber er nahm es hoffentlich nicht übel.

Plötzlich hatte Ray das Gefühl, daß ihm etwas abginge.

»Wo ist meine Frau?«, fragte er erstaunt. Unter weiterem großen Gelächter hob man sie auf. »Sie ist den Wein nicht gewöhnt«, bemerkte der junge Ehemann entschuldigend. Er hatte keine Ahnung, daß er selbst an ihrem Sturz schuld war. Mrs. Cleve lächelte nachsichtig, während Edna sich jene Stelle ihres Körpers rieb, auf die sie sich so unsanft gesetzt hatte.

»Komm, Baby, du gehörst ins Bett«, rief er. Doch im plötzlichen Bewußtwerden, daß dieser Aufforderung unter den gegebenen Umständen eine spezielle Bedeutung zukam, wurde er rot. »Oh, Baby«, sagte er verlegen.

Es war ein großer Unterschied zwischen einem Abenteuer und einer Hochzeitsnacht. Es wurde ihm jetzt erst klar, daß die Frauen, die er gehabt hatte, alle so aggressiv gewesen waren, daß er mühelos in seinen Eroberungsfeldzug hineinmanövriert wurde. Und die »Verheiratete« war besonders geschickt im Überbrücken ungeschickter Situationen gewesen. Die große Erfahrung einer Frau, die fast vierzig war, hatte etwas Beruhigendes. Er war übrigens erstaunt gewesen, als Edna bei der Ausstellung des Ehescheines ihr Alter mit zweiundzwanzig angegeben hatte. Er hatte sie für wesentlich jünger gehalten, zum Teil wohl wegen ihrer Schüchternheit. Auch jetzt hing sie an seinem Arm, schlaftrunken wie ein Säugling. Er begann sie zu entkleiden. Sie ließ es willig geschehen. Als er sie auf sein Bett trug, kam eine tolle Erregung über ihn. Ihr Körper war von großer Schönheit. Ihre vollentwickelte Büste war die einer griechischen Statue. Das entflammte ihn besonders.

Edna, plötzlich nüchtern, stieß ihn von sich. Ihr Herz klopfte wild. Die Fabriksszene, als der Sohn des Chefs versuchte, sie zu vergewaltigen, stand mit widerlicher Deutlichkeit vor ihr. Sogar die stinkende Feuchtigkeit des Raumes, die Sommerhitze, in der sich die damalige Begebenheit abgespielt, konnte sie riechen und fühlen. Sie fühlte sich erneut gedemütigt und beschmutzt. Sie wollte auf und davon, fortlaufen, flüchten. Tränen der Wut stiegen in ihren Augen auf. Als sie aber Ray ansah, und in seinem Gesicht nichts als Schrecken und hilflose Verblüffung las, wandte ihr Zorn sich gegen sich selbst. Sie warf sich zurück auf den Polster, versteckte ihr Gesicht darin und weinte.

Konnte man sich denn nie befreien aus der Knechtschaft der Gosse? Würde denn Schmutz und Erniedrigung in der Erinnerung ewig mit ihr sein? War man denn für den Rest seines Lebens mit Scheußlichkeit behaftet, so sehr man auch trachtete, herauszukommen aus dem Morast der sozialen Niederungen? War denn das Edle und Schöne, das Ideale und Reine für sie unerreichbar? Blieb sie ihr ganzes Leben die Tochter der Verelendeten und des Trinkers. Das arme

Mädel, an dem jeder sich ungestraft die Schuhe abputzen durfte? War sie denn verfemt? War sie so verdreckt, daß sogar die Liebe für sie nur aussah wie Brunst? Etwas Tierisches, Gemeines, Niedriges? Sie heulte.

Ray sah mitleidig auf sie nieder. Armes Kind. Wie sehr mußte er sie erschreckt haben. Wie rein sie war. Wie unberührt. Wie unwissend. Er mußte behutsam mit ihr umgehen. Es war doch schön, daß es in diesem Sündenbabel New York noch eine keusche Jungfrau gab. Er streichelte ihr Haar. Nun wurde sie ruhiger.

»Take it easy, Baby. Nimm's nicht so tragisch. Du bist doch schon ein großes Mädchen. Eines Tages mußt du doch lernen, was man unter biologischen Tatsachen versteht. Aber, das muß nicht heute sein. Ich lasse dir schon noch ein bißchen Zeit. Du wirst dich an mich gewöhnen.« Er trocknete ihr mit seinem Taschentuch die Tränen. Nach einer Weile war sie es, die sich an ihn drängte. Da war es mit seiner mühsamen Selbstbeherrschung zu Ende. Er löschte das Licht aus und stürzte sich über sie, ihren Schmerzensschrei mit seinem Munde erstickend.

Edna erwachte in der Nacht. Sie war das heiße Zimmer nicht gewöhnt. In ihrem Zuhause fror man im Winter. Manchmal ganz jämmerlich. Aber hier war es ja zum Ersticken. Hatte Ray den Fensterspalt geschlossen? Warum nur? Sie sah hin. Nein, der war offen. Der Vorhang bewegte sich in einer leichten Brise. Die hohen Bogenlampen auf dem Morningside Drive zusammen mit dem bleichen Licht des winterlichen Mondes tauchte das Zimmer in Dämmer. Rays Gesicht, ihr halb zugewendet, gab undeutlich seine Züge zu erkennen. Er schlief fest, während Edna mit jeder Minute wacher wurde. Jetzt, nachdem »es« geschehen war, sollte sie sich ihrem Gatten noch viel inniger verbunden fühlen, aber das war nicht der Fall. Er lag da neben ihr wie ein Fremder. Sie wußte eigentlich gar nichts über ihn.

Vor der Eheschließung hatte ihre eigene Sehnsucht sie über alles hinweggetäuscht, was zwischen ihnen noch nicht etabliert war. Jetzt war die Sehnsucht weg, aber an ihre Stelle war nur Einsamkeit getreten. Dazu kam, daß sie sich wie ein Eindringling in seine Familie vorkam und sich selbst nicht als »gesellschaftsfähig« betrachtete. Wohl war sie seine Frau. Und doch fühlte sie nur zu deutlich, daß seine Mutter sie haßte. Oberflächliche Freundlichkeit konnte darüber nicht hinwegtäuschen.

Und sie selbst? Sie fühlte mit einem Male, daß sie viel stärker an die Mercer Street gebunden war, als sie geahnt hatte. Es war nicht so leicht, ihre Wurzeln aus dem alten Boden zu reißen. Und sogar wenn es ihr gelang, würden sie in dem neuen Erdreich Boden fassen? Wenn überhaupt, wie lange würde das dauern? Wie lange brauchte man im allgemeinen, bis man in einer Ehe zu Hause war? Und diese Zeit erschwerte auch noch alles. Vor allem war da der Krieg, die Unsicherheit der Zukunft, die technische Unmöglichkeit, ein neues Leben zu beginnen. Ein großes Unbehagen kam über sie. Sie seufzte. Wahrscheinlich gingen alle jungen Frauen durch die Ratlosigkeit des Neubeginnens, aber wahrscheinlich war es leichter in einer eigenen Wohnung.

Und dann, »es« war eine Enttäuschung. Es verursachte nur Schmerzen. Würde er es jede Nacht von ihr verlangen? Natürlich wollte sie es tun, wenn es ihn glücklich machte, so wie sie noch viel unangenehmere Dinge für ihn tun wollte und würde. Sie liebte ihn. Sie betete ihn an. Wo wäre sie heute ohne ihn? Aber sie hatte Angst vor ihm ... für ihn, um ihn. Sie hatte Angst vorm Leben. Angst um den Bestand ihres Glückes. Vielleicht würde sie Ray nicht genügen und er würde sie verlassen. Und wenn er bliebe, würde er auch immer fortfahren, sie zu lieben? Nun kamen wieder die Tränen. Sie preßte den Polster gegen ihren Mund, um ihr Schluchzen zu ersticken.

Aber am Morgen war alles anders. Eine strahlende Wintersonne schien ins Zimmer. Ray weckte Edna mit vielen Küssen.

»Baby, komm ans Fenster. Du mußt dir die Aussicht ansehen.«

Der Park prangte in Rauhreif. Das glitzerte und funkelte nur so. Tief dahinter lag das geschäftige Harlem. So einen leuchtenden Wintertag vom warmen, teppichbelegten Zimmer aus zu bewundern, war ein Vergnügen.

Edna schlüpfte ins Badezimmer, um ein bißchen Toilette zu machen. Als sie zurückkam, duftete es nach Kaffee. Das kleine Tischchen war gedeckt; Milch, Butter, Honig und Semmeln standen darauf. Ray rief aus der Küchennische: »Nimm Platz, Baby. Ich komme gleich mit dem Frühstück.«

Das war ja herrlich. Wie hatte er denn das alles hergezaubert? So rasch und so komplett? Was für einen Mann sie doch hatte. Seine fröhliche Tüchtigkeit, seine Fälligkeit, sich selbst zu freuen und andern Freude zu geben, seine ständige Bereitschaft, etwas zu unternehmen, nicht nur zur Befriedigung seiner eigenen Bedürfnisse, sondern auch der der andern, sein überzeugtes Bewußtsein, daß man selber leisten müsse und nichts von den andern als selbstverständlich voraussetzen dürfe, erregte aufs neue ihre tiefste Bewunderung.

»Ray, du bist wunderbar.«

Er lachte. »Ich glaube nicht, daß ich der einzige Mensch bin, der Kaffee kochen kann.« Er schenkte ein. »Fein riecht er. Hier ist Zucker, Baby.«

»Woher hast du denn das alles? Warst du denn einkaufen? Und wann denn? Wieso denn? Du bist doch noch im Pyjama.«

»Gut beobachtet. Aber ich will dir das Rätsel aufklären. Ich ging vor einer Stunde zu Mrs. Cleves Telephon im Vorzimmer und rief den Kaufmannsladen an der Ecke an. Ich bestellte und der Bursche brachte alles herauf. Millionen Menschen machen genau dasselbe in New York. Sollte dir das neu sein?«

Sie bedienten einander, schoben sich gegenseitig die besten Bissen in den Mund, lachten, aßen, tranken, kicherten, tauschten Blicke, Küsse, Händedrücke.

»So ein Frühstück lasse ich mir gefallen. Während der letzten Jahre hatte ich ein sehr einsames. Sybille bereitete es, aber ich aß es allein. Ich wollte oft, sie solle sich zu mir setzen, aber sie war immer zu beschäftigt. Ein fleißiges Mädel. Und die Eltern schliefen länger als wir Jungen. Aber so ist es gemütlich. Verheiratet zu sein ist doch ein Mordsspaß. Von nun an werden wir immer so ein entzückendes Frühstück haben, bloß um zwei Stunden früher, wenn ich ins Büro muß.« Ein Schatten fiel über seine Stirne, als ihm plötzlich einfiel, daß seine baldige Einberufung dem Idyll ein Ende setzen werde.

Sie wuschen das Geschirr, zogen sich an, machten einen Spaziergang in den Morningside Park, gingen zum Lunch in ein kleines, stilles Lokal in der Nähe der Columbia Universität, kauften Zeitungen und Illustrierte, kehrten nach Hause zurück, hielten ein Nachmittagsschläfchen, erwachten durstig, telephonierten um Pepsi Cola, machten Toilette, gingen um fünf Uhr zum Dinner, um sechs in ein Kino, kamen um halb elf Uhr nach Hause und sanken ins Bett.

»Darling«, flüsterte Edna, »das war der schönste Tag meines Lebens. In späteren Jahren, wenn böse Dinge über uns kommen werden, werde ich immer an ihn denken und er wird mein Trost sein.«

»Unsinn, Baby. Was soll denn Böses kommen? Du meinst meine Einberufung? Nimm's nicht so tragisch. Erstens ist sie noch gar nicht da, zweitens wird mein Training mindestens ein Jahr dauern, derweil kann der Krieg längst aus sein. Das furchtbare Bombardement, das die Deutschen über England loslassen, kostet sie so viel Munition, daß sie bald am Ende ihrer Kraft sein werden. Hitler ist ein alter Bluffer, aber mich kann er nicht ins Bockshorn jagen. Du wirst sehen, bis Weihnachten ist alles vorbei.«

»Es ist fabelhaft, wie du alles weißt und alles verstehst, Darling.«

Am nächsten Tag mußte Ray ins Büro. Sein Chef hatte ihm erklärt, daß er ihm unmöglich mehr als zwei Tage freigeben könne, aber wenn er sie im Anschluß an ein Wochenende nähme, dann wären es doch vier und das wäre nicht schlecht. Sie stellten den Wecker auf halb acht und während Ray im Badezimmer war, bereitete Edna das Frühstück mit Grapefrucht, Toast und was sonst noch alles dazu gehörte. Wie einfach und rasch das ging, wenn man alles ins Haus zugestellt bekam und alle Behelfe und elektrischen Geräte zur Verfügung hatte. So zu arbeiten war ja direkt ein Vergnügen. Schlag acht saßen sie beim Frühstück und um halb neun verließ Ray seine Behausung. Um sechs Uhr würde er wiederkommen und Edna versprach, das Dinner auf die

Minute pünktlich fertig zu haben. Das ständige Ausgehen würde zu teuer kommen. Außerdem war es hier zu zweit um so vieles gemütlicher. In der winzigen Küche konnte man wohl keine großartigen Menüs herstellen, aber ein Stück Fleisch abzubraten und mit Gemüse und Reis zu garnieren, das war keine Hexerei. Die zehn freien Tage, die noch vor Edna lagen, waren ein Mittelding zwischen Flitterwochen, Urlaub und Hausfrauenverpflichtungen. Sobald sie wieder in die Fabrik zurückkehrte, war sie wieder ein Arbeiterin, allerdings eine glücklich verheiratete. Ach, die zehn wunderbaren Tage vergingen nur zu rasch.

Als sie am übernächsten Montag in die Canal Street fuhr, harrte ihrer eine Überraschung. Miss Swab teilte ihr mit, daß in der Zwischenzeit ein paar neue Arbeiterinnen eingestellt worden waren und daß man Edna nicht mehr brauchte.

Wie vom Blitz getroffen starrte sie Miss Swab an. Warum hatte man ihr das nicht vor zwei Wochen gesagt? Dann hätte sie sich in der Zwischenzeit um etwas anderes umschauen können. Nun würde sie viele Tage verlieren.

Miss Swab wurde ärgerlich. Was sich Edna wohl vorstelle. Sollte vielleicht der Chef höchstpersönlich zu ihr kommen und ihr mitteilen, wie er seinen Betrieb zu führen beabsichtige? Wenn sie reich genug war, sich zwei Wochen unbezahlten Urlaub zu gönnen, dann werde sie wohl in der dritten auch nicht verhungern. Außerdem sei sie doch jetzt eine verheiratete Frau, solle doch ihr Mann etwas für sie tun.

Von Miss Swabs Gekeife angelockt, kam Anne gelaufen.

»Ich schwöre dir, Edna, ich hatte keine Ahnung, was sie gegen dich im Schilde führten, sonst hätte ich dich verständigt. Ich sah wohl, daß die Neuen kamen, aber ich wußte nicht, daß das deinen Hinauswurf bedeutete.«

»Mischen Sie sich nicht hinein«, fauchte Miss Swab.

»Das geht Sie gar nichts an, wenn ich mit meiner Freundin reden will.«

»Nicht während der Arbeitszeit.«

»Ich bin eine Stückarbeiterin und wenn ich fünf Minuten verschwenden will, dann kostet es mein eigenes Geld.«

»Und ich bin hier die Vorarbeiterin und habe auf Disziplin zu sehen.«

Edna tat es leid, daß sie die unschuldige Ursache dieses häßlichen Streites war.

»Ach, Anne ...«, begann sie.

»Du sei still. Ich will diesem Frauenzimmer einmal meine Meinung sagen. Ich habe genug hinuntergeschluckt während der letzten Jahre.« Sie wandte sich wieder zu Miss Swab. »Sie haben uns immer getreten, um vor dem Chef als gute Antreiberin dazustehen. Die Arbeit haben sie uns erschwert, uns gehetzt, wenn wir nahe an Erschöpfung waren, uns Dinge reparieren lassen, die nur durch Ihre vagen Angaben entstanden. Intrigiert haben Sie und Ihren Lieblingen die gute Arbeit zugeschanzt. Geschenke haben Sie genommen und uns bis zur letzten Minute im Unklaren gelassen über freie Tage oder Änderungen im Arbeitsplan. Sie sind ein boshafter und hinterlistiger Teufel. Aber Ihre Sekkatur wird nicht mehr lange dauern. Die guten Arbeiterinnen werden alle in die Rüstungsindustrie abwandern. Der Chef wird noch bittere Tränen weinen um ein braves Mädchen wie Edna.«

Die Arbeiterinnen hatten ihre Arbeit im Stiche gelassen und drängten sich um die zwei wütenden Frauen. So etwas passierte nicht alle Tage, das konnte man sich nicht entgehen lassen.

»Ich gehe zum Chef«, zischte die Swab. »Noch heute fliegen Sie hinaus.«

»Gehen Sie nur, Sie lausige Stinkerin. Glauben Sie, ich fürchte mich vor ihm? Vielleicht werde ich auch ihm ein paar unangenehme Wahrheiten sagen. War nicht neulich die Überstundenkontrolle da? Und hat er uns nicht dazu veranlaßt, zu lügen und zu sagen, daß wir täglich um acht Uhr abends nach Hause gingen und in Wahrheit war es zehn Uhr? Und warum gab er einigen Arbeitern eine Weihnachtsremuneration und andern nicht? Und warum wird der Stückpreis immer dann heruntergesetzt, wenn eine von uns eine große Geschicklichkeit und Schnelligkeit erreicht hat? Gehen Sie nur zum Chef. Vielleicht gehe ich zum Sohn des Chefs. Und vielleicht wird er mich verstehen. Vielleicht werde ich Argumente haben, die Sie nicht haben, Sie alter, aufgeblasener Hefenteig.«

»Sie Hündin!« Miss Swab holte aus, um Anne eine Ohrfeige zu geben, aber Edna fing ihren schwingenden Arm auf. Die drei Frauen waren mitten in einer wütenden Rauferei. Charles und Walter stürzten herbei und trennten sie, indem sie Anne und Miss Swab festhielten. Edna zog sich von allein zurück. Als sie ging, lief Anne ihr nach. Sie standen eine ganze Weile auf dem kalten, zugigen Gang.

»Kauf dir das ›Journal‹ und sieh die Annoncen durch. Außerdem, wenn du jetzt über den Broadway gehst oder durch die Spring Street, da hängen überall Zetteln mit ›Arbeiterinnen gesucht‹. Da gehst du einfach hinauf. Sei nicht schüchtern und nicht zu bescheiden. Ich glaube, daß du jetzt achtzehn Dollar als Anfangsgehalt bekommen kannst. Und vielleicht kannst du nach ein paar Wochen im Akkord arbeiten. Und wenn du heute nichts findest, dann gehe sofort zur Arbeitslosenunterstützung. Man muß sich zwar stundenlang anstellen, und oft schicken sie einen von Pontius zu Pilatus, aber das muß man eben in Kauf nehmen. Du wirst wahrscheinlich vierzehn Dollar pro Woche kriegen. Wenn dir das genügt, dann laß es doch dabei. Geh doch einfach gar nicht arbeiten. Vierzehn Dollar fürs Ausruhen ist ja nicht schlecht. Allerdings bekommst du sie nicht sofort. Du mußt dich zuerst anmelden und dann dauert es etwa drei Wochen. Und dann werden sie dich wahrscheinlich jeden Tag irgendwo anders hinschicken, um dich los zu werden. Aber sei nicht dumm. Du brauchst nichts anzunehmen, was dir nicht paßt. Zwingen können sie dich nicht. Weißt du, was du jetzt machen solltest? Laß dir die Arbeitslosenunterstützung auszahlen und verwende die Zeit, um einen Kurs als Maschinenarbeiterin zu machen. So kannst du in die Kleiderindustrie hinein kommen. Der Kurs dauert etwa drei Wochen und wird dich fünf bis zehn Dollar kosten, aber das lohnt sich. An der Maschine bekommst du einen Dollar per Stunde, wenn du in einer Gewerkschaft bist, dann vielleicht auch mehr, und wenn deine Firma zufällig Kriegslieferungsaufträge hat, dann bekommst du noch mehr. Jetzt ist unsere Chance. Man braucht Arbeiter, ich selbst denke daran, umzusatteln, bloß weiß ich nicht, wann ich den Kurs machen soll. Ich habe eine Freundin, die ist in der Damenbekleidungsgewerkschaft. Die bekam schon vierundzwanzig Dollar, als wir, du und ich, für sechzehn arbeiteten. Außerdem hat sie bezahlten Urlaub, Krankengeld und Weihnachtsremuneration. Sie sagt, sie will jetzt fünf Jahre fest arbeiten und sparen. Dann will sie sich ein Haus kaufen. Zeig mir ein anderes Land der Welt, wo ein Arbeiter solche Aussichten hat. Mit Fleiß und Tüchtigkeit kannst du ein Millionär werden. Die Depression des Neunundzwanzigerjahres ist jetzt endgültig überwunden. Der Krieg hilft uns auf die Beine. Wenn du klug bist, kannst auch du deinen Anteil daran haben.« Sie klopfte Edna ermutigend auf die Schulter. »Jetzt muß ich zurückgehen.« Sie kicherte. »Mir ist soeben etwas eingefallen, was ich der dreckigen Hündin antun kann.«

Obwohl Annes Lebendigkeit erfrischend war und ihre Weltklugheit Ednas Bewunderung hervorrief, war ihre Stimmung trübe. Von den Segnungen dieses Landes, dem berühmten hohen Lebensstandard, der märchenhaften Kaufkraft des Dollars, von all dem hatte sie nie etwas gespürt. Die Straße, der Block, ja das ganze italienische Proletarierviertel, in dem sie aufgewachsen, schien von den Segnungen einer hochindustrialisierten Wunderwelt ausgeschlossen. Durch ihre Heirat war sie nun in eine menschliche Sphäre gehoben, doch konnte sie nicht von Ray ein Drittel seines Wochenlohnes für ihre verkommene Familie verlangen. Sie mußte einen andern Posten finden, und zwar rasch.

Die seelische Depression des arbeitslosen Menschen senkte sich mit voller Wucht auf sie nieder. Sie fühlte sich ausgestoßen, verfemt. Sie schämte sich, wie sie da über den menschenleeren Broadway ging, der verödet dalag, weil alle andern Menschen arbeiteten. Alle, nur sie nicht. Von den vielen Zetteln, die an den Fabrikstoren hängen sollten, bemerkte sie nichts. Ihre Unruhe stieg. In heller Panik fuhr sie schließlich zum Arbeitslosenamt, zuerst in die 14. Straße, dann in die 40. und zum Schluß in die 90., wo sie auch hingehörte. Die Registrierung mit allem Drum und Dran, den Fragen und Antworten, dem Ausfüllen der Bögen, dem Anstellen dauerte viele Stunden und am Abend, als Ray nach Hause kam, fand er sie in Tränen.

»Ach, sei doch nicht so dumm, Baby, du tust ja so, als ob du ohne Posten morgen schon verhungern müßtest.«

Sie dachte: Nicht ich, aber die Meinen. »Schließlich hast du doch jetzt einen Mann. Das Unglück ist ja nur, daß deine Familie an dir hängt.«

Freilich war es das.

»Aber wenn sie dir auf dem Arbeitslosenamt vierzehn Dollar geben werden, vielleicht wäre das genug für die zu Hause. Nein? Nun, dann kann ich dir ja immer noch zwei bis drei Dollar draufgeben. Das wird uns nicht umbringen.«

Nach einer Pause sagte er: »Vielleicht sollte man mit deinem Vater sprechen.«

Sie sah voll Schrecken zu ihm auf.

»Nun ja. Wenn du ihm seine Verantwortung klar machtest, jetzt wo du verheiratet bist, vielleicht würde das Eindruck auf ihn machen.«

Ach, was redete er da. Ray hatte ja keine Ahnung ...

»Oder soll ich mit ihm sprechen?«

»Um Gotteswillen! Nein!«

»Warum denn nicht? Er wird mich nicht beißen. So eine Aussprache von Mann zu Mann könnte ihm vielleicht die Augen öffnen.«

Ach, was für Szenen hatte es zwischen ihren Eltern gegeben. Bis zu Tätlichkeiten. Die Polizei war oft im Hause gewesen, um die Ruhe wieder herzustellen und das Ärgste zu verhüten. Und jetzt verschwand Vater einfach auf einige Tage. Wie konnte man ihm denn da die Augen öffnen?

»Du hättest wirklich einmal mit ihm reden müssen«, fuhr Ray fort, denn die ausweglose Situation ärgerte ihn doch mehr als er selbst wußte. »Einen Versuch wäre das doch wert gewesen. Wirklich, es ist nicht der Sinn des Lebens, daß man einfach leidet und weint und seine Jugend opfert, so wie du es tatest. Du machtest es ihm sehr leicht. Wenn du versucht hättest, die Sache mit ihm auszukämpfen, dann hättest du nicht nur etwas erreicht, sondern du hättest diesem Schwächling sogar einen Halt gegeben. Durch deine Duldung geriet er immer tiefer in diesen verhängnisvollen Schlendrian, der schließlich seine Familie ins Elend brachte.«

Ednas leises Weinen steigerte sich zu einem hysterischen Anfall. Das auch noch, zu all dem andern, zu Vaters Trunksucht, Mutters Krankheit, Monas Herumtreiberei und dem verlorenen Posten, das auch noch, daß Ray ihr Vorwürfe machte. Daß er sie nicht verstand, ja verachtete. Zwei Wochen war sie verheiratet und schon war es so weit. Sie wünschte, sie wäre tot.

Ray sah, daß er zu weit gegangen war. Er erschrak furchtbar und sein Herz war von Mitleid überschwemmt. Eine Frau oder ein Kind weinen zu sehen, das ging über seine Kraft.

»Baby, es wird schon alles besser werden. Wenn erst der Krieg vorbei ist, dann werde ich an meinen alten Posten zurückkehren und gleich avancieren. Die Chefs werden den Heimkehrern nicht nur die Posten warm halten, sondern die Helden auch gut behandeln. Diesmal haben wir eine demokratische Regierung, einen Roosevelt, nicht einen Hoover, diesmal werden die Veteranen nicht Äpfel an den Straßenecken verkaufen. Dann werde ich es auch in die Hand nehmen, daß dein Zuhause einmal in Ordnung gebracht wird. Deine Mutter könnte man in irgend ein städtisches Alters- oder Siechenheim bringen, die Wohnung auf geben, die Kleine in ein Internat und wenn sie vierzehn ist, muß sie eben dann auch etwas verdienen. Natürlich werde ich das alles so arrangieren, daß es niemandem weh tut. Und wenn dein Vater sehen wird, daß er nicht mehr gebraucht wird, dann wird er entweder von selbst vernünftig werden oder er wird sein Luderleben weiterführen, das ist dann seine Sache. Jedenfalls kann er dann nichts mehr anstellen, nicht mehr die Familie demoralisieren und nicht mehr Schande über euch bringen. Er hat es sich selbst zuzuschreiben, wenn er dann isoliert ist. Jedenfalls wird dann dein und unser materieller Beitrag immer geringer werden und wir können an den Aufbau unseres eigenen Lebens denken. Wohnung, neues Auto, Eiskasten, Waschmaschine, Fernsehapparat, alles, was unser Herz begehrt. Und dann die Kinder. Unsere Kinder.«

Es war herrlich, so in seinen Armen zu liegen und zu lauschen, wie er da Luftschlösser baute. Das häßliche Leben wurde plötzlich schön, Probleme schienen gelöst, die Zukunft rosig. Sein wunderbarer Optimismus riß jeden Menschen mit, um wieviel mehr sie, die nach der Zauberwelt, die er malte, dürstete.

Tatsächlich mußte Ray Kraft für alle aufbringen, denn auch seine Mutter klappte in diesen Tagen einmal zusammen. Diese überraschende, für sie so unwillkommene Ehe und die nervöse Ungewißheit, daß er nun jeden Tag abberufen werden konnte, war zu viel für sie. Die Angst, daß sie ihn vielleicht nie mehr Wiedersehen würde, quälte sie. Falls er wirklich Urlaub bekam, dann war es sicher nur ein kurzer, von dem der größte Teil seiner jungen Gattin gehören würde. Hatte sie dazu ihren Jungen groß gezogen? Sie weinte ihm eine große Szene vor, in der die Sorge um ihn sie unlogisch und aggressiv machte. Doch auch hier fand er die richtigen Worte, so wie »Mom« und »sei doch nicht so dumm« und »was soll mir denn schon passieren?« und »vielleicht komme ich gar nicht weiter als bis zur Ausbildung«. Und schließlich hoffte und lachte auch sie. Obwohl es noch andere Gründe gab, die ihr das Lachen wieder vergehen ließen. Da war zum Beispiel der materielle. Rays Weggang hatte das Budget über den Haufen geworfen. Während der vergangenen Jahre hatte das regelmäßige gute Einkommen der beiden Männer einen bürgerlichen Wohlstand garantiert, der umso eher aufrechterhalten werden konnte, als Sybille nur ein Taschengeld bekam, nicht den ziemlich hohen Lohn, den eine qualifizierte Hausangestellte verlangt und bekommen hätte, und als die beiden Frauen gut und sparsam wirtschafteten. Der plötzliche Entfall von etwa sechzig Dollar in der Woche war bitter, da die Ausgaben für Wohnung, Essen, Neuanschaffungen, Gäste und Vergnügungen praktisch dieselben blieben. Natürlich waren Ersparnisse da, doch die durften für das tägliche Leben nicht angetastet werden. Es konnte Arbeitslosigkeit oder Krankheit kommen, da mußte man gewappnet sein.

Es wurde Mrs. Garguin erst jetzt klar, daß sie immer erwartet hatte, Rays Wahl einer Gattin würde in jeder Beziehung einen Aufstieg bedeuten. Nicht daß sie persönlich davon irgend einen Vorteil erwartet hätte, oh nein, sie hatte alles was sie brauchte. Nicht auch, daß sie für ihren Sohn eine Filmschauspielerin erträumt hätte. Nein. Aber der Sinn des Lebens war doch, emporzukommen, sich zu verbessern, etwas zu werden. Rays Frau hätte neue Wege in eine höhere Gesellschaft und zu einem gehobenen Lebensstandard weisen können und sollen. Sie hätte die Verbindung in die große Finanz- oder Industriewelt herstellen sollen, so daß Ray ganz automatisch auf den ihm gebührenden Platz geschwemmt worden wäre, ein Mitchef, ein großer Beteiligter, nicht ein auf der engen Leiter des Erfolges mühsam Hinaufkletternder. Es hätte auch beim Militär einen Unterschied gemacht. Männer in hohen Posten wurden enthoben. Es hätte sein Leben retten können, wenn er nicht diese kleine Proletarierin aufgelesen hätte. Wie geschickt ihn dieses Frauenzimmer eingefangen hatte. Er erklärte zwar, daß er gerade mit Edna so glücklich war wie mit keiner sonst. Daß ihre bedingungslose Hingabe, ihre Anbetung, die völlige Aufgabe ihrer eigenen Person ihm tiefe Befriedigung gab. Junge Menschen lebten in und von Einbildungen, das war der Mutter klar.

Nun war das Mädel gar ein paar Wochen ohne Arbeit gewesen. Die Arbeitslosenunterstützung, die erst in der dritten Woche ausbezahlt worden war, war nur ein Tropfen auf einen heißen Stein gewesen. Rays Sorgenfalten waren der Mutter nicht entgangen. Nun endlich hatte die Schwiegertochter einen neuen Posten gefunden. Na, hoffentlich taugte sie dort.

An einem kalten, regnerischen Sonntag im April schliefen Ray und Edna bis gegen Mittag. Nach einem ausgiebigen Mahle, einer Kombination von Frühstück und Lunch, nach dem Bade und Ankleiden sahen sie die Zeitung durch, um herauszufinden, in welches Kino sie wohl gehen könnten. Zu einer Dreiuhrvorstellung würden sie bequem zurechtkommen. Das Doppelprogramm würde bis gegen sieben Uhr dauern, dann war es gerade Zeit zum Dinner. Leider waren dann alle Lokale zum Bersten voll. Die Menschen gingen jetzt viel mehr aus als früher, so als wollten sie noch rasch etwas vom Leben haben, da der morgige Tag schon ein Unglück bringen konnte. Doch es war nicht Lebensangst und

Genußgier allein, Der Hauptgrund war, daß alle Leute Geld verdienten, viel mehr als sie zu hoffen gewagt. Die Kriegsindustrie erfaßte Massen, die bisher ferne gestanden waren, entweder aus der Bahn Geworfene oder Menschen, die nie vorher gearbeitet hatten. Hausfrauen, Großmütter, Schulkinder wurden Verdiener. Und nun wollten sie das Geld auch ausgeben. Der Sonntag war dazu die beste, für viele die einzige Gelegenheit. Da sie alle ihre Autos verkauft oder eingestellt hatten, blieb entweder der Sonntagsausflug per Bahn – von dem aber abgeraten wurde, weil viel zu wenig Züge für den ständigen Strom von kommenden und gehenden Soldaten da waren – oder Essen, Trinken, Theater und Kino. Die Menschen standen in langen Schlangen, bis sie eingelassen wurden. Theaterkarten mußte man viele Monate im voraus bestellen. Man tat es, jedoch mit dem kleinen Schauer, der einem über den Rücken lief, wenn man das Datum auf der Karte ansah und sich dabei dachte, daß man zu der fernen Zeit vielleicht schon tot sein konnte.

Ray wußte nicht, wann er verschifft werden würde. Edna wußte nicht, ob die Nazis oder die Japaner nicht auch einmal New York bombardieren würden. Nichts wußte man. Aber heute wollte man essen, lieben, lachen. Die jungen Gauguins schwammen nicht im Geld, sowie viele andere Menschen. Ednas Gehalt floß in die Mercer Street und Rays deckte Zins, Verpflegung, Wäsche, Reparaturen und Zigaretten. Übrig blieb nicht viel, aber doch genug für den Sonntagsausgang.

Während sie die Kinoinserate studierten, läutete das Telephon. Gewöhnlich bediente es Frau Cleve, aber heute war sie entweder nicht da oder sie hielt ein Nachmittagsschläfchen. Jedenfalls rührte sich draußen nichts und die Glocke läutete weiter.

»Vielleicht ist es für uns. Wenn es Charles ist, könnten wir gemeinsam etwas unternehmen.« Fröhlich sprang Ray hinaus. Er ließ die Tür offen, so daß Edna seine Antworten hören konnte. Er hatte recht gehabt, es war tatsächlich für ihn.

»Hier spricht Mr. Garguin. Ja? Ach du bist es, Sybille. Das ist lieb ...« Hier wechselte sein Ton von freundlicher Gleichgültigkeit zu Bestürzung. »Um Gottes willen! ... Aber wieso denn? ... Das ist doch nicht möglich.«

Edna, in dunkler Vorahnung, stürzte ins Vorzimmer. Sie sah, daß er bleich bis in die Lippen war. Ihr Herz klopfte laut.

»Doch nicht schwer verletzt? ... Sybille ... natürlich. Wo denn? Ich komme sofort. Welche Unfallstation? Warte, warte, ich schreibe mir das auf.«

Auf dem Tischchen neben dem Apparat lagen Schreibblock und Bleistift bereit, doch in seiner Aufregung bemerkte Ray sie nicht. Er wollte ins Zimmer laufen, doch Edna hielt ihn zurück und drückte ihm die Schreibutensilien in die Hand. Nun notierte er nach Sybilles Diktat. Dann hängte er den Hörer auf.

»Es ist ... ich muß ...«, er schien seinen Mantel nicht zu finden.

»Ray, was ist geschehen?«

»Der Vater. Er ging zum Bäcker auf dem Grand Concourse und auf dem Rückwege wurde er von einem Lastwagen umgestoßen oder überfahren, Sybille wußte das selbst nicht so genau. Ich fahre jetzt in die Bronx.«

»Aber er lebt doch, Ray. Vielleicht ist er nur leicht verletzt.«

»Das werde ich ja sehen. Also, lebe wohl.«

Er rannte zur Tür hinaus. Hier, der Aufzug wollte wieder nicht kommen. Am Sonntag war eine elende Bedienung in diesem Hause. Offenbar schlief der Portier in seiner Loge. Ray läutete noch einmal. Nach unendlich langer Zeit hörte er das singende Geräusch im Schacht. Dann kam der Aufzug.

Als Ray auf die Straße trat, nieselte es. Auch das noch. Das war so recht angetan, einen noch mehr zu deprimieren. Er beschleunigte den Schritt. Er mußte den Park durchqueren, und zur 125. Straße hinunter nach Harlem gehen. Von dort aus konnte er den D-Zug nehmen; das war die beste Verbindung.

Wie konnte das passiert sein? Vater sah doch nach den Verkehrslichtern, ehe er die Straße überquerte. Es mußte die alleinige Schuld des Chauffeurs sein. Wahrscheinlich war er betrunken. Die Polizei hatte das hoffentlich gleich festgestellt. Seit Kriegsbeginn war die erlaubte Fahrgeschwindigkeit herabgesetzt worden, schon, um die Autoreifen zu schonen, doch diese Kerle hielten sich ja nicht an Verordnungen. Wenn er den schuldigen Fahrer nur in seine Hände bekommen könnte. Zuschanden würde er ihn boxen.

Die Fahrt in die Bronx schien unendlich, obwohl sie tatsächlich nur zwölf Minuten dauerte. Endlich, endlich. Er stürzte aus der Station. Dann rannte er einen Häuserblock in der verkehrten Richtung. Wut und Sorge trieben ihm den Schweiß auf die Stirne. Je näher er dem mächtigen Gebäude des Fordham Hospital kam, desto stärker wurde sein Herzklopfen. Aber nein, er mußte sich zusammenreißen. Man durfte nicht gleich an das Ärgste denken. Vater war doch ein kräftiger Mann in den besten Jahren, dem man nicht leicht alle Knochen brechen konnte. Nein, nein, es konnte, es durfte nichts Arges sein. Es war sicher nur einer von den hunderten kleiner oder mittlerer Unfälle, die täglich, stündlich passierten und deren Bedeutung man in einer Großstadt, vielmehr in der größten Stadt der Welt, nicht überschätzen durfte. Da war unlängst ein englischer Reisender im Büro, der hatte behauptet, London sei die größte Stadt der Welt. Elf Millionen. Lächerlich. Das konnte man hier auch haben, wenn man Yonkers, Westchester und White Plains dazuzählte. Diese Engländer versuchten immer, den Amerikanern eins auszuwischen. Doch sollte das jetzt aufhören, wo die beiden Völker Kriegsverbündete waren.

Als er zum Anmeldepult kam, klopfte sein Herz wieder heftig. Der Mann hinter dem Pult sah die Liste der Neueingelieferten durch. Es war eine Folter, wie lange er brauchte. Er telephonierte um Auskunft, zuckte die Achsel, sah dann in einer andern Liste nach. Endlich wies er Ray zum Aufzug, wo eine junge Schwester sich erbötig machte, ihn weiter zu führen. Sie war jung, rothaarig, sommersprossig und freundlich. Vor ihrer sachlichen Ruhe schämte er sich seiner Erregung. Sie schritten einen langen Gang entlang. Ein Spitalsdiener schob einen mit Speisen beladenen Handwagen an ihnen vorbei. Dort ging ein junger Arzt und pfiff »Pistolenmama« vor sich hin. Rays natürliche gute Laune kehrte wieder. Plötzlich sah er seine Mutter und Sybille auf einer Bank sitzen. Wo war der Vater? Warum waren sie nicht bei ihm? Ray stürzte auf Mrs. Garguin zu. Sie schluchzte. Sybille hatte verweinte Augen. »Faß dich, Tante«, sagte sie mit gepreßter Stimme.

»Mom! Was ist los? Ist er tot?«

»Oh, Ray, Ray. Er kennt niemanden mehr.«

Ray fühlte, daß seine Knie einknickten. Die kleine Rothaarige legte ihre Hand auf seinen Arm.

»Man darf nicht die Hoffnung aufgeben, solange noch Leben vorhanden ist.«

Er riß sich zusammen. Aus der weißlackierten Tür trat eine ältliche Krankenpflegerin heraus.

»Ist dies der junge Mr. Garguin?«, fragte sie. »Sie können jetzt hineingehen und Ihren Vater zum letztenmal sehen.«

Obwohl der Gang erfüllt war vom Lärm vieler Schritte und klappernder Teller, schlich Ray auf den Fußspitzen hinter der Ältlichen her. So als könnte er mit seiner liebenden Behutsamkeit noch etwas retten, den Sterbenden dem Leben zurückgeben.

Sie betraten einen kleinen Saal, der zwölf Betten enthielt. Zwölf Schicksale, zwölf bangende Herzen, zwölf leidende Kreaturen. Zwölf, die Väter oder Brüder oder Gatten oder Söhne waren. Elf, die vielleicht bald nach Hause gingen, und einer nicht?

Das Gesicht des Vaters war Ray nicht vertrauter als die andern. Ein Kopfverband verdeckte es fast zur Gänze, der Rest war fahl, eine dünne, wachsgelbe Nase ragte irgendwie sinnlos empor. Ray erschrak. Konnten ein paar Stunden einen Menschen so völlig verändern? Wohl wenn es ein Sterbender war. Der Sohn trat näher. Die müden Lider hoben sich ein wenig; Ray trachtete in das Blickfeld dieser Augen zu treten. Er war jetzt ganz ruhig. Die beklemmende Angst war gewichen, auch der plötzliche Schrecken von vorhin. Kristallklar und kristallhart stand der junge Mann in diesem Augenblick, der Vergangenheit von Zukunft trennte. Der Vater ging und übergab ihm die Welt.

»Pop«, flüsterte Ray in großer Liebe. Er hatte die Existenz seiner Mutter und seiner Gattin völlig vergessen. »Ich bin hier.«

Die halberloschenen Augen wanderten ziellos umher.

»Ich bin es. Ray.«

Nun sahen sie ihn an. Die mit Blut verklebten Lippen versuchten zu lächeln, doch es blieb beim Versuch.

»Es ist alles in Ordnung, Pop. Mache dir keine Sorgen. Du wirst ein paar Wochen liegen müssen, aber dann wirst du ...« die offenkundige und sinnlose Lüge wollte nun doch nicht heraus. Er beugte sich näher.

»Gott segne dich, Sohn«, sagte Mr. Garguin fast unhörbar.

Die nächsten Wochen waren bitter. Jeder Tag legte erneut Zeugnis ab, wie schwer sich die Lücke um den Toten schloß. Mrs. Garguin weinte viel. Was sie am tiefsten traf, war die Tatsache, daß sie die letzten Monate in steter Sorge um das Leben ihres Sohnes verbracht hatte. Sie hatte kaum an ihren Mann gedacht. Nun war er tot. Der Sohn lebte. Freilich, wie lange noch? Auch Mr. Garguin hatte sich offenbar um den Sohn gesorgt, sonst wäre er nicht so geistesabwesend über den Grand Concourse gegangen. In liebender Sorge hatte er seine eigene Sicherheit vergessen. Und gerade jetzt hätte sie ihn so dringend gebraucht.

Der Mai kam, sie bemerkte es kaum, daß die Parks in lieblichem Grün erstrahlten und plötzliche Sommerglut vor der Tür stand. In früheren Jahren hatte sie um diese Jahreszeit die Villa Agnes in Ordnung gebracht. Sollte sie heuer das Haus überhaupt aufsperren?

Mr. Garguins unzeitgemäßes Ableben war nicht nur eine persönliche, sondern auch eine materielle Tragödie. Er hatte zwei Versicherungen gehabt. Die eine deckte die Beerdigungsspesen, die zweite brachte der Witwe eine Summe von achtzehnhundert Dollar ein. Das Geld war ihr gewiß ganz willkommen, ergab eine beträchtliche Erhöhung ihres Bankguthabens, doch konnte man von ein paar tausend Dollar nicht ein ganzes Leben lang zehren. Kapital sollte man überhaupt nicht angreifen, dazu war es nicht da, seine Mission war Zinsen abzuwerfen. Am besten wäre es natürlich, es in irgend ein Unternehmen zu stecken. Vielleicht eine Lunchstube oder eine chemische Putzerei oder eine Papierhandlung. Leider verstand sie gar nichts von irgend welchen Geschäften. Momentan stand ihre Situation so, daß die zwei regelmäßigen Einkommen der Männer nicht mehr in ihre Hände flossen. Der eine war tot, der andere verheiratet. Sybille liebäugelte mit einem Posten in Washington. Sie hatte einmal, vor vielen Jahren, Maschinschreiben und Stenographie gelernt, aber ihre Kenntnisse nie beruflich verwendet. Bei dem enormen Bedarf, den die Regierung jetzt an Büropersonal hatte, würde es nichts ausmachen, daß sie ein wenig aus der Übung und zudem recht ältlich war. Hier war ihre Chance und es hieß: jetzt oder nie. Alle Leute verdienten jetzt so viel Geld. Man mußte diesen Krieg ausnützen. Er würde wohl nur zwei bis drei Jahre dauern, dann kam sowieso die unvermeidliche wirtschaftliche Depression, so dumm war man nicht, daß man das nicht wußte. Arbeitslosigkeit würde kommen und die Frau war die erste, die dann aus allen ihren Errungenschaften wieder hinausgeschleudert wurde. Verbannung in die Küche und in die Kinderstube. Sybille sah dies alles klar vor sich. Und einmal wollte auch sie aus dem ewigen Einerlei heraus, fort von der Bronx, neue Gesichter sehen, eine andere Luft atmen. Onkel war tot, Ray verheiratet, mit Tante allein zu sein, das war nicht so verlockend. Wenn sie jetzt nach Washington ging, dann war sie noch zum Überfluß patriotisch.

»Weißt du«, sagte Ray zu Edna, »ich habe mit Mora besprochen, daß wir zu ihr übersiedeln. Es hat ja wirklich keinen Sinn, daß wir zehn Dollar in der Woche an Zins verschwenden, während bei ihr die halbe Wohnung leer steht. Du hast doch hoffentlich nichts dagegen.«

Edna schwieg. Nichts dagegen? Das war das Ärgste. Das Zimmer auf dem Morningside Drive war ihr ganzes Glück. Das einzige Gegengewicht gegen die Trostlosigkeit ihres Elternhauses, in das sie einmal in der Woche blickte, wenn sie der Mutter Geld brachte. Der einzige Balsam auch für die unangenehmen, anstrengenden, freudlosen Stunden in der Papierwarenfabrik. Die war in vielen Beziehungen viel ärger als ihr früherer Arbeitsplatz in der Canal Street. Sie verpackte Papierservietten, knüpfte Maschen um Briefpapier, sortierte Karten und klebte Bildchen auf Kalender. Sie verdiente sechsundzwanzig Dollar in der Woche, was entschieden ein Aufstieg war, doch blieben ihr nach Abzug der Steuer und der Sozialversicherung nur einundzwanzig. Davon behielt sie drei für sich selbst und lieferte achtzehn in der Mercer Street ab. Drei Dollar mußte sie für sich selbst haben. Sie konnte nicht jeden Groschen für Eau de Cologne oder Gesichtscreme von Ray verlangen.

Die Vorarbeiterin war ihr aufsäßig. Die Mädchen waren unfreundlich. Edna war ein Neuankömmling und von allen intimen Gemeinsamkeiten ausgeschlossen, außer wenn es eine Kollekte gab, da erinnerte man sich ihrer, da war auch ihr Vierteldollar willkommen. Sie mußte viel Ärger hinunter schlucken und sehnte sich oft nach Anne. Doch war sie bereit, alle Bitterkeiten ihres Lebens zu vergessen, wenn sie mit Ray in ihren eigenen vier Wänden war, und nun sollte das enden. Sie hatte Angst vor Mrs. Garguin.

Am letzten Abend, den sie mit Ray in ihrem eigenen Heim verbrachte, kam plötzlich Tessie hereingeschneit.

Das war eine Überraschung. Und sie war in Uniform. Sie war in eine der freiwilligen Frauenhilfsorganisationen eingetreten und machte jetzt ein straffes Training mit. Sie hoffte, schon im Spätsommer auf einen der Kriegsschauplätze verschifft zu werden.

»Und du bist noch immer in Zivil, Ray?«, fragte sie spöttisch.

Er errötete. »Ich wurde eben noch nicht einberufen.«

»Man kann sich auch freiwillig melden. Nun, das ist ja deine Sache. Ein junger Ehemann hat offenbar andere Sorgen als jemand, der nur Patriot ist. Ich persönlich wählte diese Einheit, weil mir die Uniform so gut gefiel. Die andern tragen khaki oder grau, beides ist so gar nicht kleidsam. Aber dunkelblau ist hübsch.«

»Ja«, stimmte Edna bewundernd bei. »Und die kleine schiefe Kappe paßt Ihnen ausgezeichnet.«

»Nicht wahr, die ist totschick. Und hier, das Cape ist rot gefüttert.«

»Ach, wie entzückend!«, rief Edna.

»Nun bin ich beruhigt, Tessie. Nun können wir diesen Krieg gar nicht verlieren«, sagte Ray.

Die beiden Mädchen ließen sich durch seinen Spott nicht stören. Sie hatten ja so viel zu reden. Über Kleider, Frisuren, die Kantinen für Soldaten und Matrosen, und ein paar neue Tanzlokale.

»Schließlich will man sich doch noch amüsieren, bevor man den Heldentod stirbt«, bemerkte Tessie und steckte einen Kaugummi in den Mund. Bevor sie ging, zog sie Edna mit sich ins Badezimmer. Sie wollte ihr Make-up gründlich renovieren und Edna sollte ihr helfen, die richtige Menge aufzutragen. Sie hatte ein Rendezvous und wollte besonders gut aussehen.

»Und Sie, Edna? Sind Sie glücklich mit Ihrem Ray? Ich muß ja sagen, Sie haben das sehr geschickt eingefädelt. Wie konnten Sie ihn nur in so kurzer Zeit einfangen? Ich kannte ihn viele Jahre und nichts kam zum Klappen. Und dann tauchen Sie auf und schnappen mir den Jugendfreund weg.«

»Oh, Tessie, ...«

»Sie brauchen mich nicht so entsetzt anzusehen. Für mich wäre er ja doch nichts gewesen. Er ist zu weich, zu knabenhaft; ein richtiges Muttersöhnchen. Ray ist ja ganz gelungen, aber wirklich nicht mehr als das. Ich brauche einen Mann, der einen eigenen Willen hat. Energie. Ray läßt sich einfach treiben, versteht es nicht, gutes Geld zu verdienen, eine Karriere zu machen, überhaupt etwas Außergewöhnliches zu leisten. Er geht immer den Weg des geringsten Widerstandes. Er hat ein gutes Herz, das ist wahr. Aber angesichts einer Katastrophe oder auch nur einer Entscheidung würde seine ganze Waschlappenhaftigkeit zutage treten. Wie er heulte, als sein Vater starb. Es war direkt lächerlich. Was hat das überhaupt für einen Sinn, zu trauern? Das ist bloß eine schlechte Angewohnheit. Man lebt, man stirbt, das ist der Lauf der Biologie. Habe ich recht?«

Ehe Edna antworten konnte, fuhr Tessie fort: »Sind meine Augenbrauen richtig gezeichnet. Oder soll ich sie noch einmal wegwischen? So. Das ist besser.«

Am nächsten Nachmittag übersiedelten die jungen Garguins in die Bronx. Es war ein Samstag. Rays Firma war geschlossen, Ednas Papierfabrik war bis ein Uhr mittags in

Betrieb. Um halb zwei war sie zu Hause und eine Stunde später luden sie ihre Habseligkeiten auf ein Taxi und fuhren los. Ray strahlte. Für ihn war es eine richtige Heimkehr. Lärmend betrat er die altvertrauten Räume. Er tätschelte die Hand seiner Mutter, kniff Sybille in die Wange und freute sich über jeden Gegenstand, den er noch am selben Platz vorfand; das Salzfaß, die leeren Coca-Cola-Kisten, Vaters Photo über dem Klavier.

»Wieso bist du noch da, Syb?«

»Ich wollte nicht gerade weg, wenn du zurückkommst. Ich helfe erst Tante, alles wieder ins Gleise zu bringen. Washington läuft mir nicht davon.«

Er schüttelte nachdenklich den Kopf. »Sybille geht nach Washington. Das klingt so, wie wenn du Präsident der Vereinigten Staaten geworden wärest.«

Sie kicherte, zuerst wie ein Glöckchen, dann wie ein ausgewerkeltes Kugellager, bis er gröhlend einstimmte. Ja, zu Hause war es gemütlich. Warum sah Edna so grün aus? Unterhielt sie sich nicht?

Für Edna war es noch schlimmer als sie gefürchtet hatte. Obwohl zwischen ihr und den beiden andern Frauen keine offene Antipathie bestand, war doch eine Wand der Fremdheit da, die unüberwindlich schien. Wenn sie von der Fabrik nach Hause kam und sich trotz ihrer Müdigkeit antrug, beim Bereiten des Dinners zu helfen, konnte sie sicher sein, abgelehnt zu werden. Wenn sie schwieg und einfach bei Tisch erschien, machte eine der Damen gewiß eine diesbezügliche Bemerkung. Die Unterhaltung während des Essens drehte sich um Dinge und Menschen, die sie nicht kannte. Nach dem Essen, wenn es zum Geschirrwaschen kam, fand sie sich plötzlich allein gelassen. Während die lauten Stimmen der andern Drei im Wohnzimmer von regster Unterhaltung zeugten, war sie das – unbezahlte Dienstmädchen.

Durch das Aufstellen einer zweiten Couch war Rays Junggesellenzimmer in ein Ehegemach umgewandelt worden. Wenn sich das junge Paar dorthin zurückzog, wenn endliche Aussprache oder langersehnte Zärtlichkeiten zu ihrem Rechte kamen, dann mochte es passieren, daß die Mutter rief: »Ray, entschuldige bitte, aber kannst du vielleicht einen Augenblick herkommen?«

Einmal hatte sich der Vorhang eingeklemmt und ein anderes Mal war etwas mit dem elektrischen Eiskasten los, ein drittes Mal wollte sie etwas in Vaters Versicherungspolizze erklärt haben. Manchmal blieb Ray zehn Minuten bei ihr und manchmal zwei Stunden. Einmal weinte Edna sich in den Schlaf, während er bei der Mutter war. Am zehnten Mai kam seine Einberufung. In Ednas Schreck und Schmerz mischte sich eine seltsam wehe Befriedigung: das Wohnen mit der Mutter hatte ein Ende.

Noch war es jedoch nicht so weit. Für die erste Drillperiode wurde er einem militärischen Schulungslager in New Jersey zugeteilt. Er durfte das Wochenende zu Hause verbringen. Das bedeutete, daß Edna nun die ganze Woche mit Sybille und der Mutter allein war, und wenn sie auch den ganzen Tag in der Fabrik war und oft auch auswärts aß, so blieb doch die Wohngemeinschaft, in der Ray als das logische Bindeglied doppelt fehlte. Mit Sehnsucht und Unbehagen wartete sie von jedem Sonntag abends, wo er abfuhr, bis zum Samstag mittags, wo er wiederkam. Doch auch wenn er endlich da war, blieb die Enttäuschung nicht aus. Er war müde, hatte Muskelschmerzen und Blasen auf den Füßen. Er hatte sich selbst immer für einen sportlichen Typ gehalten, doch erwies es sich jetzt, daß Rudern und Autofahren wesentlich anders waren, als militärische Übungen. Es ärgerte ihn auch, wenn er Kollegen aus früheren Zeiten traf, die entweder als körperlich ungenügend mit 4 F bezeichnet, alle Arten von Profiten genossen, oder andere, die in einen militärischen Verwaltungsposten hineingerutscht waren, so daß ihr Leben in seinen Grundfesten nicht erschüttert war. Die Unsicherheit seiner Situation nagte an ihm. Niemand konnte oder wollte ihm sagen, wie lange er in New Jersey bleiben werde. So hing das Damoklesschwert einer baldigen Trennung von allem, was ihm lieb, ständig über ihm. Seine Löhnung verbrauchte er, so wie alle andern Soldaten. Er ging mit seiner Frau aus; das Dinner mit nachfolgendem Theater verschlang das Taschengeld der ganzen Woche, besonders, wenn man nach der Vorstellung auch noch ein Glas Wein trinken ging. Aber man wollte doch noch etwas vom Leben haben, man wußte ja nicht, wie lange es noch dauerte. Die Preise waren hoch, die Lokale überfüllt, das Lachen gezwungen, das Vergnügen hektisch. Plakate wie »Der Feind hört zu« oder »Müßiges Gerede kostet manches Leben« erinnerten einen dauernd daran, daß die Gefahr da war und daß man jeden Augenblick in sie verstrickt sein konnte. An Stelle von harmlosem Spaß und freudigem Genießen war eine nervöse Betäubungssucht getreten.

Der Krieg stand nicht gut. Es wurde fieberhaft gerüstet, aber die Deutschen und die Japaner hatten einen Vorsprung von zehn Jahren. Das vielbelachte Göringwort von Kanonen statt Butter bekam jetzt einen mörderischen Inhalt. Und den »Japs« hatte man ja das Alteisen verkauft. Die Dummen hatten noch Geld bezahlt für etwas, was das reiche Amerika wegwarf. Nun war das aber gar nicht mehr komisch. Die

Dollar, die Amerika damals so leicht profitiert hatte, hatten sich in Stahl verwandelt und durchbohrten die Herzen der Söhne jener klugen und gewinnsüchtigen Eisenexporteure.

Rays Lustigkeit hatte einen Knacks bekommen. Das gröhlende Lachen, das seine zweite Natur gewesen, war kaum mehr zu hören. Seine heitere Ahnungslosigkeit, seine burschikose Kameradschaftlichkeit, sein weiches mitfühlendes Herz, seine frische Hilfsbereitschaft, all dies bedurfte offenbar einer glücklichen, behüteten, gesicherten Atmosphäre, um sich zu seiner eigenen und seiner Nächsten Zufriedenheit auszuwirken. Ray litt. Seiner Mutter entging es nicht. Sie gab die Schuld dieser »dummen, kleinen Person«. Edna litt, weil Ray litt. Sie wurde so gedrückt, daß ihre Gesellschaft ihn noch mehr verstimmte. In den kargen Stunden, die sie beisammen waren, gab es Streit oder mißmutiges Schweigen, das dann allerdings im nächtlichen Beisammensein in wilder Leidenschaft ertrank. Denn Edna lernte in den paar Monaten ihrer Ehe, sich wie eine richtige Frau zu benehmen.

Dann kam der heiße Samstag im Juli, wo Ray mit der großen Neuigkeit nach Hause kam, daß er in ein Militärlager im Mittelwesten versetzt worden sei und daß er sich entschlossen habe, die Offiziersprüfung abzulegen, was zwar viele Stunden Studierens erforderte, aber doch einen besseren und verantwortungsvolleren Posten garantierte, wenn er einmal »hinüber« käme. Nicht zu vergessen: die höhere Löhnung.

Er war freudig erregt, als er seiner Familie die Nachricht brachte, so, als käme er nicht etwa in innigere Berührung mit einem mörderischen Weltkrieg, sondern eher mit einem faszinierenden Abenteuer. Als seine Mutter in Tränen ausbrach wegen der bevorstehenden Trennung, küßte er sie in ungelenker Burschikosität und sagte: »Mach dir nichts draus, Mom. Ich bekomme ja Urlaub, bevor sie mich hinüber schicken.« Und zur fassungslosen Edna gewandt, fügte er in gespielter Grobheit hinzu: »Und du mach nicht so ein dummes Gesicht. Du hast gar keinen Grund zum Heulen, denn du gehst mit mir.« Ja, das war eines jener Lager, wo die Soldaten während ihrer Schulungszeit ihre Frauen und Kinder bei sich haben konnten. Kein anderes Land der Welt war so geschickt im Lösen von Problemen. Die psychologischen Berater der Armee hatten durch Umfragen, Abstimmungen, auszufüllende Bögen und nervenärztliche Ratschläge herausgefunden, daß aus solchen Familienlagern die besten Soldaten, gutmütigsten Kameraden, verläßlichsten Helden und intelligentesten Offiziere kamen. Durch den Rückhalt in Familie und gewohnten menschlichen Beziehungen waren viele sonst augenfällige Protesterscheinungen nicht eingetreten und viele seelische Kräfte, die sich sonst im Überwinden widriger täglicher Umstände erschöpften, wären frei für echte und wagemutige Leistungen. Während in andern Ländern Militärdespoten in Bordell und Branntweinration das einzige Gegengewicht gegen eine mögliche Meuterei sahen, tat hier »Demokratie in Aktion« Wunder des gesunden Menschenverstandes.

Schon drei Tage später führte ein überfüllter Zug die jungen Garguins westwärts. Sie reisten eine Nacht und einen Tag und noch eine Nacht. Sie aßen und tranken und versuchten ihre Beine in jede mögliche Richtung zu strecken. Sie hielten einander bei den Händen, gingen in den Speisewagen und stimmten in den Gesang ein, der sich um einen Soldaten mit einer Ziehharmonika gruppierte. Sie schliefen wieder und aßen wieder. Die Waggons waren luftgekühlt, so daß weder die Hitze noch das dumpfe Regenwasser sie tangierte. Edna lernte viele Soldaten kennen und zwei oder drei Gattinnen. Die Männer ohne Ehehälfte zeigten Edna Bilder von Bräuten oder Liebchen oder Filmstars oder Siegerinnen in Seifen- oder Trikotwettbewerben. Edna bewunderte jede einzelne in freigebigen Worten und machte sich dadurch noch beliebter, als sie durch ihre eigene Hübschheit ohnehin schon war.

Die meisten der Burschen waren übertrieben lustig. Andere machten kein Hehl daraus, daß ihr einziger Wunsch war, »die ganze Schweinerei wäre endlich vorüber«, und sie könnten wieder nach Hause, zu Mutter, die ja doch den besten Apfelkuchen der Welt machte. Ein langbeiniger, rothaariger Irländer sagte verbissen: »Das hätte ich mir auch nicht träumen lassen, daß ich einmal an der Seite der verfluchten Engländer kämpfen würde.« In dem Moment ging die Militärpolizei durch den Waggon und die Freunde des Irländers stießen ihn warnend an.

Es waren seltsame Flitterwochen – denn als solche empfand Edna sie –, die sie durchlebte. Das Lager war wie eine kleine Stadt mit hunderten von Häuschen, in denen ein oder zwei Soldatenfamilien wohnten. Man hatte ein oder zwei winzige Zimmer und eine noch kleinere Küche. Wasser, Licht, Brause, das war alles da. Andere Gattinnen klagten, daß die Fenster nicht gut schlossen und die Moskitogitter undicht waren, daß der Druck in der Wasserleitung so gering war, daß das Wasser in den unangenehmsten Situationen einfach zu fließen aufhörte, daß die Toiletten dauernd reparaturbedürftig waren und die Müllabfuhr unpünktlich kam, aber Edna stimmte in diese Lamentationen nicht ein. Die Befreiung von Fabrik und Schwiegermutter gab ihr ein so frohes Gefühl, daß sie geradezu ein neuer Mensch würde. Endlich, endlich hatte sie ihren Mann für sich allein. Sie sah ihn beim Lunch, wenn er vom Drill nach Hause kam; beim Dinner, wenn er von der Schule heimkehrte. Sie kochte mit Hingabe und Phantasie und freute sich wie ein Schneekönig, wenn es dem Gemahl schmeckte. Als sie sah, wie sehr er sich mit den trockenen Prüfungsthemen abquälte, bot sie ihm an, ihn die Fragen zu prüfen und eine neue Gemeinschaft entstand zwischen ihnen. Am Abend machten sie Besuche. Es gab so viele gemeinsame Interessen mit den Nachbarsoldatenehepaaren. Erfrischungen und selbstgebackene Keks belebten die Geselligkeit. Manchmal saß man auch in der kühlen Abendbrise und sang oder lauschte neuen Schallplatten. Da saß sie mit Ray Hand in Hand und dachte, es war ein Traum. Vergessen war die häßliche Wirklichkeit, vergessen schon gar der Krieg, um dessentwillen sie ja hier kampierten. Die Sterne am Himmel funkelten wie ein Versprechen steten Glücks. In den Nächten bestätigte sich ihre Liebe erneut und wuchs an Innigkeit und Reinheit. Edna kannte ihren Mann nun ein volles Jahr, doch schien es, daß erst diese Tage eine wirkliche Gemeinsamkeit mit sich brachten.

Sie sandte gelegentlich ein paar Dollar nach Hause. Die Soldatenlöhnung war knapp. Man konnte nichts Unmögliches tun. Einstweilen mußten die Ihren sich irgendwie durchbringen. Wenn Ray über eines der Meere geschifft wurde, dann würde sie wieder in die Arbeit gehen und der Mutter wieder eine regelmäßige Unterstützung zukommen lassen. Doch jetzt wollte sie sich diesen Traum nicht einmal mit Gewissensbissen verbittern.

Die allgemeine Meinung im Lager war, daß die Ausbildung der Neuassentierten etwa neun Monate dauern werde. Besonders bei den Offiziersaspiranten konnte es ja gar nicht rascher gehen. Die Überraschung war daher groß, als Anfang September der plötzliche Abtransport vor der Türe stand. Hals über Kopf wurde alles abgebrochen. Vierundzwanzig Stunden Urlaub genügten Ray nicht, um nach New York zu fahren. Er rief seine Mutter interurban an, mußte stundenlang auf die Verbindung warten, denn er war nicht der einzige Sohn und Mrs. Garguin nicht die einzige Mutter. Dann endlich war es so weit, daß Edna ihm Lebewohl sagte, auf einer überfüllten Plattform, gedrängt, gestoßen, inmitten von schrillen Pfiffen und Signalen. Ein letzter Kuß. Dann sah sie ihn im Rahmen des Waggonfensters zwischen vielen lachenden Soldatengesichtern; nun bewegte sich der Zug, nun winkte alles, nun waren die Frauen allein und wandten sich langsam dem Ausgang zu. Als Edna sich in der großen Halle des Chicagoer Bahnhofs befand und Umschau hielt, wann und wo sie einen Zug nach New York nehmen könnte, erhaschte sie einen Gesprächsfetzen. Eine elegante Dame sagte zu einer andern: »Dieser Krieg fängt langsam an, mir auf die Nerven zu gehen. Ich habe gehört, daß man jetzt auch noch die Schuhe rationieren wird.«

»Um Gottes willen«, rief die andere. »Nur das nicht. Das wäre entsetzlich!«

IV.

Viele Mädchen suchten und fanden Arbeit in der Kriegsindustrie. Tausende und abertausende von Frauen wurden Schweißerinnen, Dreherinnen, Bohrerinnen, Mechanikerinnen in Flugzeugfabriken, Munitionskonzernen und auf Schiffswerften. Die Plage war groß, doch auch der Gehalt war das Doppelte, ja Dreifache dessen, was sie gewohnt waren. Die Männer hatten Posten im Stiche gelassen, die die Frauen jetzt übernahmen und zur allgemeinen Überraschung gut ausfüllten. Die Löhne waren von vorneherein von Gewerkschaften festgelegt und daher gut. Lohnerhöhungen waren durch das allgemeine Stabilisierungsprogramm unmöglich gemacht, doch die Überstunden, die laut Gesetz eineinhalbmal bezahlt wurden, sicherten fette Schecks. Viele Frauen stellten sich darauf ein, auf ein persönliches Leben für die Dauer des Krieges zu verzichten – den Sonntag brauchten sie zum Schlafen – und ein kleines Vermögen zusammenzusparen. Wenn man achtzig Dollar in der Woche verdiente und nur zwanzig verbrauchte, ergab das eine Ersparnis von dreitausend Dollar im Jahr. Wenn der Krieg drei Jahre dauerte, vielleicht vier, vielleicht sogar fünf, dann konnte man sich schön zur Ruhe setzen. Der Traum jedes Arbeiters, einmal selber Kapitalist zu sein, rückte in greifbare Nähe. Noch lag allen der Schrecken der Depression, die die Jahre neunzehnhundertneunundzwanzig bis neunzehnhundertvierzig gekennzeichnet hatte, in den Gliedern. Andere hochbezahlte Frauen wieder wollten ihr Leben genießen. Mit vollen Händen warfen sie das Geld hinaus für Pelze, Toiletten, Friseur, Schminke, Theaterkarten, Delikatessen, ja sogar Bücher. Man mußte den Genuß – wenn schon nicht das Glück – beim Schopfe packen. Heute war man jung, hatte seine geraden Glieder, morgen war das vielleicht alles vorbei. Drum rasch noch ein seidenes Tuch, ein neuartiges Mieder, eine Tanzunterhaltung, eine Dinnergesellschaft. Die paar Dinge, die nicht zu haben waren, Nylonstrümpfe, Zucker, Fleisch, die mußte man eben im Schleichhandel kaufen. Und die moralische Seite davon? Ach was! Jeder ist sich selbst der Nächste, dachten sie; und wer sich selbst hilft, dem hilft Gott.

Edna hatte nicht genug Initiative, um einen dieser guten Posten zu ergattern. Sie hatte auch Angst vor der wirklich schweren Arbeit. So landete sie in einer Fabrik, die künstliche Blumenarrangements, Kartonfiguren und Puppen für Schaufensterreklame erzeugte. Ihr Anfangsgehalt war achtundzwanzig Dollar die Woche und das schien ihr nicht schlecht. Sie verließ die Wohnung ihrer Schwiegermutter und kehrte in die Mercer Street zurück. Sie gab ihrer Mutter achtzehn Dollar und behielt sich sechs, denn vier wurden ihr für die Steuer abgezogen. So verlief ihr Leben in den alten Bahnen, nur mit dem Unterschied, daß sie jetzt einem bestimmten Ziel entgegenlebte, nämlich Rays nächstem Feldpostbrief.

Solange er in England stationiert war, kamen die Briefe oft und regelmäßig. Es waren herrliche Episteln voll Liebe, Sehnsucht und Vertrauen in eine bessere Zukunft. Er stellte tausend Fragen, wollte alles aus ihrem täglichen Leben wissen, hatte für jede Kleinigkeit Interesse. In gewisser Beziehung waren die beiden jungen Leute in der Entfernung einander noch näher. Störende Unzulänglichkeiten, die sich in den persönlichen Kontakt geschlichen, waren wie weggeblasen und nur die wirkliche Intimität zweier Seelen war geblieben. Ein Idealzustand, den sie beide nicht erwartet hatten. Jetzt störte sie auch niemand, keine Schwiegermutter, keine Nachbarn, nicht die täglichen Verpflichtungen, nicht die anstrengende Disziplin des Lagers, nicht die gesellschaftlichen Ansprüche anderer. Sie waren allein.

Sie las seine Briefe wieder und wieder. Sie konnte sie fast auswendig. Wenn sie die Augen schloß, wußte sie, welches Wort auf welcher Seite stand. Sie, die nie eine Leserin gewesen und außer ein paar Schundromanen auf diesem Wege nichts in sich aufgenommen hatte, schwelgte in Rays Schilderungen, als wären sie die größten Kunstwerke moderner Prosa. Daß dabei so viel Persönliches mitschwang, machte sie umso kostbarer. Er wußte so viele heitere Geschichten über die Engländer zu erzählen, das mußten ja komische Leute sein. Doch waren sie nett zu den amerikanischen Soldaten, die ihnen jetzt die Kastanien aus dem Feuer holen sollten. Ray schrieb zwar, daß er jetzt erst begreife, daß dieser Krieg Amerika anginge, so wie die ganze Welt, doch konnte Edna diesem neuen Gedanken nicht folgen, denn die täglichen Gespräche in der Fabrik drehten sich immer noch darum, daß man doch den Engländern nicht helfen sollte, denn sie hätten es sich um Amerika nicht verdient. Ray schrieb über die herrlichen Blumen, die sie in London hätten, jeder und überall, es sei eine Pracht. »Wir sollten das bei uns haben. Wir sollten diese duftende Farbenschönheit auch zu Hause kultivieren. Das lernte ich hier. Wenn ich zurückkomme, Baby, und wenn wir unser kleines Häuschen haben werden – irgendwo in Long Island, dann werden wir Blumen und wieder Blumen pflanzen. Ich wußte früher nicht, wie glücklich man sein kann, wie ruhig man innerlich werden kann, wenn man Blumen ansieht.«

Er schien ja geradezu anzunehmen, daß das fortschrittlichste, höchstkultivierte, hoch industrialisierte Land, das nicht nur die reichsten Bodenschätze, sondern auch das meiste Gold besaß, noch etwas lernen konnte vom verarmten, zerschlagenen, dekadenten Europa. Doch ließ sie ihn schwärmen. Sie hatte nichts gegen Blumen. Sie wollte alles tun, um ihn glücklich zu machen, auch Knollen in die Erde legen und fleißig gießen. Vielleicht machte das sogar Spaß. Alles wollte sie gerne tun, wenn er nur erst zurück war. Stand denn so zeitlich im Frühjahr England schon in solcher Blütenpracht? Rays Brief vom 3. März schilderte die Krokuse und Primeln in den Parks und Gärten.

»Baby, wenn wieder Friede ist, wenn wir die Nazis und die Japaner erledigt haben und die Welt wieder normal aussehen wird, dann müssen wir einmal gemeinsam nach London fahren, dann werden sie hier auch die Bauschäden repariert haben, dann zeige ich dir die Plätze, wo ich spazieren ging, dann mußt du auch meine neuen Freunde kennen lernen, bei denen ich oft eingeladen bin. Die Huckles. Er ein pensionierter Beamter, jetzt in der Feuerlöschbrigade, sie eine komische Weißhaarige, die mich ›mein lieber amerikanischer Junge‹ nennt. Dann sind da drei erwachsene Töchter, Ellen, Joan und Peggy, alle in der Frauenlandarmee. Sie chauffieren Lastwagen und fahrbare Küchen, helfen Verschüttete ausgraben, Verwundete laben, Ausgebombten Quartier anweisen. Dabei sind sie immer guter Laune und wenn die Sirenen schrillen, lachen sie und sagen: ›Hier kommt Jerry.‹ Die Rationen sind elend; ein Stückchen Butter, zwei Scheiben Speck, ein Ei, kurz, das, was wir bei einem einzigen Frühstück aufessen, das muß hier für eine Woche langen. Als ich das erstemal bei ihnen eingeladen war, hatte ich keine Ahnung von der armseligen Situation – von Fleisch oder Zucker ist ja kaum die Rede, doch das zweitemal brachten wir, Jeff, Abe und ich von unserm eigenen Proviant mit: Schokolade, Zigaretten, Tee, kondensierte Milch, daß ihnen nur so die Augen übergingen. Mutter Huckle sagte: ›Sie werden glauben, die Engländer sind nicht gastfreundlich. Ich schäme mich, etwas von meinen Gästen anzunehmen.‹ Jeff (von Kentucky) grinste und rief: ›Das ist aber Krieg, falls Sie es noch nicht wissen. Da gelten Ausnahmegesetze.‹ Alles lachte. Und wie dankbar die Mädchen sind. Peggy hatte Tränen in den Augen, als ich ihr da neulich ein Glas Orangenmarmelade brachte.«

Auf den nächsten Brief wartete Edna mit nervöser Ungeduld. Dankbar waren die Mädchen? Wenn sie nur nicht zu dankbar waren. Die Gefahren des Krieges waren groß und vielseitig. Wenn er nur endlich vorbei wäre.

Leider sah es nicht nach baldigem Ende aus. Im Gegenteil; sogar die Optimisten gaben zu, daß noch manche Hürde zu nehmen sein werde. Viele Leute murrten, daß das ganze Abenteuer überflüssig und nur Roosevelts Idee gewesen wäre. Er wollte die Demokratie für die Welt retten, doch was ging uns die Welt an? Wenn man diesen Nörglern Pearl Harbour vorhielt, zuckten sie die Achsel. Die Japaner sollte man natürlich ausrotten, das war ja sowieso ein gelbes, minderwertiges Volk, aber wozu mußte man denn so viele Truppen und Schiffe nach Europa senden? Dort hätten wir doch nichts verloren. Nazideutschland war doch für uns keine Gefahr, die wollten nichts von uns. Wir sollten lieber von ihnen lernen, wie man lästige Minoritäten behandelt.

Edna hörte nur diese Stimmen, aber nicht die andern, die voll Idealismus, politischer Weitsicht und aufgeklärter Weltanschauung waren. Sie hörte nicht die intelligenten Radiokommentatoren, sie las nicht Aufsehen erregende neue Bücher, sie kannte keinen Menschen, der aufrecht, klug und fortschrittlich war. Und doch floß ihr etwas von einem neuen Geist und von weltumspannenden brüderlichen Ideen zu, eben aus Rays Briefen. An langen Abenden – offenbar war er doch nicht sehr oft bei den Huckles –, an langen, englischen Regentagen wandte er sich dem Lesen zu. Während andere Soldaten sich herumtrieben oder zu Tode langweilten, während diese ahnungslose Jugend sich Schlachtgetöse wünschte an Stelle dieser enervierenden, endlosen Warteperiode, wurde Ray ein Leser. Neben dem alten Ray, dem lustigen, praktischen, tatendurstigen, bewegungshungrigen, gröhlenden, oberflächlichen, entstand ein neuer Ray, der den Blick nach innen wandte. Zögernd zuerst, staunend, doch mit steigendem Vergnügen. Er las. Und so tat Edna einen Blick in die Literatur, wenn auch nur im reflektierenden Spiegel von Rays Ansichten darüber.

Unterdessen ging ihr Alltag weiter. Die Entbehrungen, die der Krieg so vielen Menschen auferlegte, trafen sie nicht. Die teuren Radioapparate, Waschmaschinen, Autos, deren Produktion hinter Flugzeuge und Kriegsschiffe zurückgestellt, ihren Ankauf in nebelhafte Friedensjahre verschob, waren ihr nie erreichbar gewesen. Für sie war dies alles ein selbstverständlicher Verzicht und nicht ein schmerzendes Kriegsopfer. Die Reduktion im Verbrauch von Delikatessen,

Fleisch, eingelegten Früchten, Kaviar und Whisky tangierte ein Proletariermädchen nicht, die immer nur nach dem billigsten gegriffen hatte. Die Reiseeinschränkungen nach den mondänen Kurorten, die Übernahme der eleganten Hotelpaläste durch Militär, die gedrosselte Einfuhr französischer Parfüms, spanischer Weine, englischer Wollstoffe, Schweizer Uhren und belgischer Spitzen machte ihr keinen Kummer. Ihre persönliche Lage hatte sich verbessert, ihr Einkommen stieg, besonders als zwei unerwartete Dinge zusammentrafen: kontinuierliche Überstunden und eine fleißige Arbeitsperiode ihres Vaters. Nun konnte sie sich zum erstenmal im Leben materiell rühren. Es war ein großer und stolzer Moment, als sie sich ein Sparkassabuch anlegte. Jede Woche zahlte sie ein paar Dollar ein. Schon waren es vierzig, dann fünfzig, dann sechzig Dollar, und wenn die Konjunktur nur noch eine Weile anhielt, dann konnte sie einen hübschen Sparpfennig haben, wenn Ray zurückkam. Wohl wuchs das Sümmchen nicht ständig, denn sie brauchte ein neues Kleid oder ein Paar Schuhe oder irgend etwas anderes. Trotz dieser Ausgaben konnte sie immer etwas ersparen, denn sie verdiente regelmäßig und brauchte der Mutter fast gar nichts zu geben. Vaters Besserung hielt nun schon sechs Wochen an. Vielleicht war er wirklich bekehrt.

Sie sah ihn fast nie. Die Schicht, in der er als Kellner arbeitete, dauerte von vier Uhr nachmittags bis zwei Uhr früh. Bis er die Abrechnung erledigt hatte und sich auf den Heimweg machte, wurde es drei oder halb vier, bis er ins Bett kam, etwa fünf Uhr. So schlief er dann den ganzen Tag. Für Edna war er ein Fremder. Doch Mona lauerte ihm auf, wenn er Geld hatte, und verstand es meisterhaft, ihm etwas davon abzunehmen.

»Tu das nicht«, bat Edna die kleine Schwester. »Vielleicht gibt er dann der Mutter um das weniger.«

»Nein. Er gibt ihr dreißig Dollar und würde ihr keinen Cent mehr geben. Mein Opfer wäre ganz umsonst. Was er verdient, weiß ich nicht, aber ich sah ein ganzes Bündel Banknoten in seiner Brieftasche. Da sagte ich ihm, ich müsse zum Arzt und es koste zwanzig Dollar. Die gab er mir.«

»Mußt du wirklich?« Edna war besorgt.

»Keine Spur.«

»Du lügst ihn an?«

»Einem Trunkenbold gegenüber ist jedes Mittel recht.« Sie kicherte.

Edna schwieg. Monas Zynismus schmerzte sie. Sie hatte versucht, sich dem Kinde zu nähern, etwas über sein persönliches Leben zu erfahren, es kennenzulernen. Sie hatte Fragen über Monas Fortschritte in der Schule gestellt; alles vergeblich.

»Ich bin nicht so dumm wie du, Edna. Ich werde es zu etwas bringen, paß nur auf. Wenn ich erst die blöde Schule hinter mir habe, dann nehme ich einen Posten an, wo ein fescher, junger Chef ist. Den will ich angeln. Doch soll er nur ein Sprungbrett sein. Ich will hoch hinaus. Ich will etwas vom Leben haben. Du hast den ersten besten genommen, bloß weil er dich aus dem Elend herausholte. Nun wirst du dein ganzes Leben lang sein Dienstbote sein. Du bist nicht der Typ, der auf und davon rennt, um sich zu verbessern.«

»Du dummes Mädel. Ich liebe Ray.«

»Warum liebst du nicht einen reicheren? Da sieht man eben, wie hausbacken du bist. Du hast das dolce far niente vom Trinker, aber ich habe den Kampfgeist unserer irischen Mutter. Ich werde bald oben sein.«

Dieser Entschluß eines unreifen, verworrenen, ungeleiteten Mädchenherzens führte zu einem schrecklichen Zwischenfall. Eines Abends wurde es acht und neun und zehn und Mona kam nicht nach Hause. Freilich hatte sie sich immer herumgetrieben, doch nie solange. Edna wurde unruhig, wußte aber nicht, wo sie sie suchen sollte. Sie wußte nicht, wer ihre Freundinnen waren und nicht wo sie wohnten. Zur Schule zu gehen hatte wohl keinen Sinn, die war geschlossen und der Pförtner wußte sicher nichts. Vielleicht war Mona überfahren worden, oder in einem steckengebliebenen Aufzug oder in einen Schacht gefallen, wo sie nicht mehr heraus konnte. Vielleicht lag sie dort mit gebrochenem Fuße und niemand hörte sie rufen. Während die quälenden Gedanken Edna immer heftiger bedrängten, rückte der Zeiger immer weiter gegen Mitternacht vor. Die Mutter schlief und wußte gar nicht, was vorging. Der Vater war in der Arbeit. Plötzlich klopfte es heftig an die Tür. Edna stürzte hin und riß sie auf. Ein Polizist stand draußen.

»Ist das die Wohnung der Mona Scarlatti?«

Edna nickte, unfähig zu sprechen.

»Also, dann sagte sie doch die Wahrheit, wenigstens in dem einen Punkte. Wo sind die Eltern des Kindes? Und wer sind Sie? Warum sind Sie so käsebleich? Reißen Sie sich zusammen.«

»Lebt sie?«

»Ja, natürlich. Der Vater muß sie aber identifizieren und mit nach Hause nehmen, sonst will der Jugendrichter sie nicht entlassen.«

Der Jugendrichter? Edna wurde es schwarz vor den Augen. Ihr war, als hätte sie längst gefürchtet, es werde einmal so kommen. Sie versuchte, ihrer Stimme einen festen Klang zu geben, als sie dem Polizeimann erklärte, daß ihr Vater einen Nachtposten habe, ihre Mutter krank sei, sie aber, als ältere Schwester bereit sei, mit ihm zu gehen.

Als sie mit ihm die Treppe hinunter ging, hörte sie, wie die Gangtüren sich leise öffneten und schlossen. Den Nachbarn in diesem Hause entging nichts. Nun dachten sie alle gewiß, sie werde mitten in der Nacht von der Polizei abgeholt. Tränen der Scham schossen in ihre Augen. Wenn Mrs. Dunhill ihr nur keine Beschimpfung nachrief. Aber alles blieb ruhig. Als sie in den Polizeiwagen einstieg, brannten die Augen der Neugierigen, die aus ihren Fenstern auf sie herabsahen, auf ihrem Rücken. Der Wagen setzte sich in Bewegung und nun erfuhr sie, was passiert war.

Ein paar Matrosen hatten einige junge Mädchen auf dem Times Square angesprochen und in ein verrufenes Haus in der 10. Avenue mitgenommen. Dort war es nicht nur zur gewohnten Orgie gekommen, sondern zu einer Schlägerei, bei der der Zuhälter eines der Mädchen getötet wurde. Nun waren die Mädchen verhört und ärztlich untersucht worden. Auch Fingerabdrücke hatte man ihnen abgenommen, denn es war ja anzunehmen, daß sie von nun an in den Polizeiregistern eine Rolle spielen würden. Die Verbrechen der Jugendlichen nahmen erschreckende Formen an. Mona und ihre Freundinnen waren alle minderjährig. Wenn die Eltern sie nicht unter strengerer Kontrolle halten konnten, dann wäre es das beste, sie in eine der Fürsorgeanstalten der Gemeinde zu stecken. Die Mädchen, bei denen der ärztliche Befund eine venerische Krankheit ergeben hatte, mußten zwangsweise ins Spital; doch wenn dies nicht Monas Fall war, dann konnte über ihr weiteres Verbleiben beraten werden. Alles Nähere werde Edna vom Richter und vom Arzt erfahren.

Mona war noch nicht vierzehn und ihre Eltern waren für sie verantwortlich. Der Polizeimann beruhigte Edna, daß sie ja keine Schuld treffe. Offenbar rührten ihn ihre weitaufgerissenen Augen und die Blässe, in die die Angst ihr Gesicht getaucht hatte. Doch konnte er sein Befremden nicht verbergen über die Tatsache, daß sie so gar nichts über ihre kleine Schwester wußte, nichts über ihren Fortgang in der Schule, nichts über ihren Verbleib nachher, nichts über den Kreis von Burschen und Mädeln, mit dem sie sich abgab. Edna schwieg.

Bald nachher stand sie nun vor dem Richter, der übernächtig und unliebenswürdig war und mit ihr barsch umging. Bevor sie Mona sehen durfte, mußte sie mit dem Arzt und mit der städtischen Fürsorgerin sprechen, deren Meinungen maßgebend waren für das, was weiter mit dem Kinde zu geschehen habe. Edna stand vor den beiden, schamübergossen und zitternd, wie wenn sie die Sünderin wäre. Sie hörte das Ergebnis der ärztlichen Untersuchung und faßte kaum, daß es eine große Erleichterung bedeutete. Mona war nicht nur gesund, sondern auch unberührt. Weil sie nun aber diesmal mit einem blauen Auge davongekommen, war es umso wichtiger, einer künftigen Gefahr vorzubeugen. Sie war offenbar ohne innere Hemmungen und ohne jedes natürliche Schamgefühl. Ihr unglückseliges Heim hatte ihre Zügellosigkeit noch verstärkt. Sie bedurfte einer Führung. Wenn ihre Eltern diese nicht geben konnten, wegen Krankheit oder Ungunst der Verhältnisse, dann sei es das beste, sie für einige Monate in ein Heim zu stecken. Nein, es sei keine Korrektionsanstalt im landläufigen Sinne, dennoch eine mit strenger Disziplin, die Mona nur nützen konnte. Sie durfte einmal in der Woche nach Hause schreiben und einmal im

Monat Besuch empfangen. Edna oder ihre Eltern konnten sich also schon nach vier Wochen von dem moralischen Fortschritt in ihrem Benehmen überzeugen. Das klang alles ganz gut für Ednas Ohren, bis sie dann Mona sah.

Sie erkannte sie kaum, so entstellt waren ihre Züge vom Weinen. Die Finger, schwarz vom Abnehmen der Fingerabdrücke, hatten häßliche Spuren von Schmutz in ihrem Gesicht hinterlassen. Sie sah erbärmlich aus. Edna war von Mitleid überschwemmt, besonders als Mona ihre Unschuld beteuerte, die ja auch der ärztliche Befund bestätigt hatte. Doch der Abgrund tat sich erneut auf, als Mona unter Schluchzen hervorstieß: »Es war ja nicht das erstemal, daß ich es tat. Warum soll ich jetzt gerade bestraft werden? Hunderte Mädchen tun dasselbe. Wir stehen auf dem Times Square herum und dann kommen die Soldaten und die Matrosen, die gerade Urlaub haben und zahlen uns einen Kaffee oder ein Gefrorenes. Dann gehen wir mit ihnen und tun, was sie verlangen. Dafür geben sie uns ein paar Dollar. Ich habe nie etwas anderes getan, als mich nackt ausgezogen und mit andern Mädchen geturnt. Das war sehr lustig und die Soldaten hatten ihren Spaß. Keiner von ihnen rührte mich so gemein an wie der Arzt, der mich untersuchte.«

Schließlich nahm die Fürsorgerin die schreiende Mona mit. Edna ging nach Hause, um die Unterschrift ihres Vaters zu erbringen. Es war sechs Uhr, als er endlich nach Hause kam. Edna konnte sich nicht zurückhalten, ihn mit Vorwürfen zu überschütten. Durch sein Saufen und seine Gewissenlosigkeit durch die letzten Jahre habe er die Familie in einen moralischen Morast gerissen. Mona mußte nun die Rechnung bezahlen. Das Kind sei nun wahrscheinlich für sein ganzes Leben gebrandmarkt.

Mr. Scarlatti gab Edna nicht nur die Unterschrift, sondern auch eine so gewaltige Ohrfeige, daß sie beinahe umfiel. Während sie laut heulte, schrie er: »Das wird dir eine Lehre sein, nicht respektlos mit deinem Vater zu sprechen.« Dann rülpste er und ging zu Bett.

Edna wagte gar nicht, Ray etwas über den Zwischenfall zu schreiben. Sie bemühte sich immer, ihre Briefe heiter zu halten, was nicht immer leicht war. Gewöhnlich zermarterte sie sich das Hirn, was sie ihm überhaupt schreiben sollte. Es fiel ihr so wenig ein. Mit ihm war es anders. Er schöpfte aus einem Born neuer Erlebnisse. Auch hatte er keine Hemmungen, seine Liebe zu ihr zu beteuern, oft in allzu deutlichen Worten. Sie hatte Anne wieder getroffen und las ihr lange Passagen dieser Ergüsse vor. Wenn sie stockte oder einen Passus übersprang, wußte Anne genau, um was es sich handelte.

»Du brauchst gar nicht rot zu werden; das ist doch etwas Natürliches, besonders wenn man verheiratet ist. Und, solange er dir so schwärmerische Zärtlichkeiten schreibt, betrügt er dich wenigstens nicht. Ich habe eine Kusine, die ist verlobt. Ihr Bräutigam ist in Island stationiert. Nun hat er mit einer Einheimischen ein Verhältnis. Was sagst du dazu? Wenn die Männer einmal ein paar Monate ausgehungert sind, dann graust ihnen vor gar nichts mehr.«

Anne und Edna gingen jetzt oft ins Kino und da hatte sie dann Schreibstoff, indem sie den Inhalt der Filme nacherzählte. Rays Antworten kamen prompt und regelmäßig. Bis zum Frühjahr 1944. Da schienen drüben große Dinge vorzugehen. Truppen wurden verschoben und verladen. Es wurde viel von der »zweiten Front« gesprochen, aber niemand wußte, wo sie aufgemacht werden würde. Rays

Schweigen zeigte an, daß er irgendwo »mitten drin« war. Edna verbrachte Tage und Nächte in Sorge. Dann, am 6. Juni, kam die Nachricht im Radio: »Unter dem Kommando von General Eisenhower haben die Alliierten die Invasion der Nordküste Frankreichs begonnen.« Da wußte sie, Ray war dabei.

Und dann kamen die Verlustlisten. Und das Telegramm aus Washington: »... die traurige Pflicht, Ihnen mitzuteilen, daß Ihr Gatte, Raymond Ernest Garguin in Erfüllung seiner Pflicht für sein Vaterland gefallen ist. Sein Andenken ...«

V.

Edna ging in die Fabrik wie jeden Tag, aber sie hörte das Rauschen der Maschinen heute nicht. Nicht das Surren der Drillmaschine, die die Löcher in die Köpfe der hölzernen Auslagenpüppchen bohrte, nicht das Kreischen des Riemens, der um die Kleberolle schnellte, wo die Bildchen auf die Schachteln aufgeklebt wurden, nicht das Knirschen der zwei großen Hebel, die die bunten Tuchstreifen mit einer Heftklammer aneinander hakten. Sie ging einher wie im Traum und tat mechanisch, was sie zu tun gewohnt war. Sie klebte Perücken auf, beschnitt Ränder, bemalte Kugeln, verputzte Spalten, knetete Ton, zählte Zweige ab, wickelte Draht, hing Schildchen an, numerierte Fertigware, kontrollierte Abzeichen, verglich Muster, stand auf, setzte sich, bückte sich, streckte sich, aß, trank, wischte sich den Schweiß von der Stirne. All dies hatte sie gestern gemacht und vorgestern und voriges Jahr, aber jetzt hatte es seinen Sinn verloren. Während der Zweiminutenrast kam die bucklige Lena zu ihr und bot ihr ein saures Bonbon an.

»Warum bist du so traurig, Edna? Ist etwas geschehen?«

Edna schwieg.

»Ist dein Mann …? Ach, ich weiß, wie das ist. Genau weiß ich das. Meiner fiel in Guam. Du bist jung und hübsch, du wirst einen andern finden. Aber was soll ich sagen?«

War Lena je verheiratet gewesen? War Lena überhaupt eine Frau? Hatte sich je ein Mann in dieses krumme Geschöpf verlieben können? Wohl war sie immer tadellos frisiert und sehr sorgfältig geschminkt. Sie roch auch immer fein. Aber konnte ein Mann über diesen Buckel hinweg? Offenbar hatte es einen gegeben, aber der war in Guam gefallen. Das Leben war zu grausam für Worte.

Edna weinte viel in den nächsten Wochen. Konnte nicht schlafen. Konnte sich nicht herausreißen aus ihrer tiefen Depression. Konnte keinen Sinn in ihrem Leben entdecken. Ein Krieg, der sie nichts anging, hatte ihren geliebten Mann getötet, sie selbst in Einsamkeit gestoßen, ihre Zukunft vernichtet. Das war alles. Das waren die Tatsachen. Und nur Tatsachen zählten im Leben. Sie saß und überlas Rays Briefe.

»... das Leben ist ein Kampf, Baby, gleichgültig, ob wir einen Krieg führen oder nicht. Du bist ein liebes, braves, gutes Mädel, aber eines, mußt du noch lernen: für dein Glück kämpfen. Du hast die Neigung, einfach die Hände in den Schoß zu legen, in guten wie in bösen Tagen. Das darf man nicht. Man darf nicht einfach lachen oder weinen, je nachdem, wie die Dinge sind, die einem passieren; man muß kämpfen um dieses Lachen und sich wehren gegen dieses Weinen ...« Das stand in einem seiner Briefe. Ja, wie sollte sie sich denn gegen dieses Weinen wehren? Was konnte er damit gemeint haben? Wurde er wieder lebendig, wenn sie sich wehrte? Ihr Leben war zerstört.

Sie suchte und fand den Weg zu seiner Mutter. Das Verständnis, das sie früher für einander nicht hatten aufbringen können, stellte sich jetzt von selbst ein. Sie lasen gemeinsam seine Briefe, schwelgten in alten Photos, erzählten einander immer neue Einzelheiten seines Charakters oder vieler Erlebnisse mit ihm. Dadurch wurden sie auch persönlich mitteilsam. Mrs. Garguin erzählte aus ihrer

Kindheit in Springfeld, wo sie geboren war, von Schultagen, Jungmädchenbällen, Flirts; wie sie Mr. Garguin kennen lernte; die erste Autofahrt mit ihm; seine Eifersucht auf einen andern Verehrer, den sie hatte; Hochzeit, anfängliche Schwierigkeiten, verschiedene Berufe; dann endlich guten Poste; Übersiedlungen; Rays Geburt; dann feste Anstellung in New York; glückliche Jahre.

Sie waren wie Mutter und Tochter. Außerdem verbunden durch die Gleichartigkeit ihres Lebens. Auch Mrs. Garguin ging in die Arbeit, kam am Abend totmüde nach Hause, plagte sich für ihr Geld, ging am Samstag einkaufen, rastete am Sonntag. Es kam von selbst, daß sie miteinander in die Kirche gingen oder ins Kino. Ein Mahl für zwei Personen zu bereiten, stand schon eher dafür, als für eine allein. Oft saßen sie am Sonntag nachmittags beim Radio, jede mit einer Handarbeit im Schoß. Manchmal kamen Steve, David und Muriel, dann saßen sie alle um den Kaffeetisch und es wurde fast heiter. Fast, denn der Schatten des Verstorbenen war ständig mit ihnen. Manchmal, wenn ein Witzwort aufflog, oder wenn David freundlich polterte, war es wie in alten Zeiten, doch bald sanken sie zurück in ihre Trauer. Die Mutter hatte etwas mehr Haltung und auch scheinbar größere Energien. Sie sagte oft zu Edna: »Wir müssen beide trachten, darüber hinwegzukommen. Ich muß mir eben ein neues Leben aufbauen. Und du, du bist ja jung.«

»Ich werde nie einen andern Mann lieben.«

»Das glaubst du nur. Die Zeit heilt alles. Die Natur will ihr Recht.«

Edna schüttelte den Kopf. »Nach Ray gibt es keinen andern Mann.«

Mrs. Garguin gefiel der starrsinnige treue Schmerz ihrer

Schwiegertochter. So hatte ihr Sohn doch Recht gehabt; an dem Mädel war etwas dran. Es war etwas wie ein Trost, daß er in seinem kurzbemessenen Leben der wahren Liebe begegnet war. Dafür mußte sie diesem einfachen Kinde ja direkt dankbar sein. Sie küßte sie auf die Stirn und Edna brach in Tränen aus.

Während der Woche sahen sie einander nicht. Von der Mercer Street bis zum Grand Concourse war es sehr weit; so eine Reise konnte man nach einem Arbeitstag nicht auch noch machen. Edna nahm oft auch noch Überstunden an. Das tat auch Mrs. Garguin manchmal. Aber am Samstag oder Sonntag konnten sie beisammen sein. Einmal gingen sie in ein Theater, ein anderes Mal mit David soupieren. Das war doch ein wenig Zerstreuung. Es half Edna. Zu Hause, mit der kranken Mutter und dem besoffenen Vater, da wurde sie unweigerlich ein Opfer ihrer Depression. Auch drückte hier die Sorge um Mona. Nach einem Jahr Besserungsanstalt war sie wieder zu Hause und trieb sich herum. Edna litt. Doch wenn sie mit Mrs. Garguin und deren Verwandten war, fühlte sie sich ihrer armseligen, zerquälten Atmosphäre enthoben und etwas befreiter.

Die Nachrichten von den Fronten waren günstig. Man hörte von allen Seiten, daß es ja nun bald »zu Ende sein müsse«. Die Nazis seien »fertig« und den Japanern werde man »es schon noch zeigen«, falls die wirklich allein weiterkämpfen wollten. Das Jahr 1944 neigte sich dem Ende zu.

»Der Krieg steht gut«, strahlte Muriel.

»Das ist mir egal«, sagte Mrs. Garguin hart. »Mein Sohn ist tot. Kein Sieg kann ihn mir wiedergeben.«

»Aber, denke doch ... der Friede. Man wird wieder Autoreifen bekommen, Nylonstrümpfe, Toaster. Die Rationierungen werden aufhören, Butter wird es geben, aber nicht im Schleichhandel, wie wir sie bis jetzt kauften, sondern normal. Die Kriegsproduktion wird auf Frieden umgestellt. Man wird wieder Waschmaschinen kaufen können ...«

»Nun, das ist wahr«, gab Mrs. Garguin zögernd zu. Am selben Abend fühlte sie sich plötzlich nicht wohl und bat Edna, bei ihr zu übernachten. Sie hatte schon seit ein paar Wochen mit dem Herzen zu tun. Kleine Anfälle hatten sie stutzig gemacht. Es war nicht angenehm, in der Wohnung allein zu sein, wenn Herzklopfen und Schwindel einen überfiel. Edna blieb gerne.

Es war an einem Samstag abends, daß Mrs. Garguin einen schweren Herzanfall hatte. Edna versuchte, einen Arzt anzurufen, doch bekam sie mit dem ersten keine Verbindung und konnte vor lauter Aufregung die Nummer des zweiten nicht entziffern. Das Jammern und nach Luft ringen ihrer Schwiegermutter wurde immer ärger. Edna stürzte auf den Gang hinaus, um jemanden im Hause zu Hilfe zu rufen. Vielleicht die Frau des Hausverwalters.

Als sie hinaus trat, wartete eine Gruppe lachender Menschen vor dem Aufzug. Es war Samstag abends, kurz vor Mitternacht. Jemand in diesem Stockwerk hatte Gäste gehabt; nun gingen sie. Zwei aufgedonnerte Damen, ein halbwüchsiger Bursche und ein alter Mann. Trotz ihrer Aufregung schoß es Edna durch den Kopf, daß dies wieder so recht die durch den Krieg hervorgerufene Männernot illustrierte. Wie ging die Schlagerzeile? »Sie sind entweder zu jung oder zu alt.«

»Ist etwas geschehen?«, wandte sich die ältere der Damen an Edna, der man offenbar die Angst vom Gesicht las. Ohne zu zögern, erzählte sie der Fremden, was los war.

»Ich bin Dr. Connawer«, sagte der alte Mann und folgte der dankbaren Edna. Er war vorher bei einer Visite gewesen. So traf es sich, daß er seine Ärztetasche bei sich hatte. Doch für Edna war seine bloße Gegenwart schon die Rettung. Seine Ruhe teilte sich ihr mit. Geschickt assistierte sie ihm, klug folgte sie seinen knappen Anweisungen. Seine Hände waren behaart. Mit einem plötzlichen Schauer war sie froh, daß sie nicht selbst die Patientin war, also von ihm nicht berührt wurde. Zur selben Zeit aber bewunderte sie seine Zielsicherheit, wie er da mit der Injektionsspritze hantierte. Als Mrs. Garguin ruhiger atmete, kam er Edna wie ein Zauberer vor. Er ordnete an, einen Spalt des Fensters offen zu halten, obwohl die Oktobernacht kalt war. Dann stellte er ein paar sachliche Fragen über Alter und Konstitution der Kranken, Ednas Verhältnis zu ihr und die wirtschaftlichen Verhältnisse. Ob Edna ein paar Tage ihrem Posten ferne bleiben und die nötige Pflege übernehmen könnte? Schließlich schickte er sich zum Gehen. Als Edna etwas über Begleichung der Rechnung stotterte, tat er dies mit einer Handbewegung ab. Er sei doch in diesem Hause sowieso auf Besuch gewesen. Doch hier sei seine Karte. Edna möge ihn anrufen, falls eine nochmalige Visite nötig sei.

Edna, der der Schlaf durch den aufregenden Zwischenfall gründlich vergangen war, sah sein Gehen nicht gerne. Sie hatte einmal im Kino gesehen, wie ein Arzt nach einer Entbindung, die die halbe Nacht gedauert hatte, in einem großen Erschöpfungszustand war und wie ihm die halbwüchsige Tochter der Wöchnerin eine Schale Kaffee anbot. Konnte sie nicht dasselbe tun? Umsomehr, als er ein Honorar abgelehnt hatte?

Dr. Connawer, etwas erstaunt, doch halb belustigt, akzeptierte. Als sie einander dann in der Dinette gegenüber saßen, betrachtete jeder den andern. Dr. Connawer war mittelgroß und stämmig. Er hatte breite Schultern, die der teure Anzug noch betonte. Er roch nach einer bitteren Mandelseife. Er hatte eine Glatze, die restlichen Haare waren braun. Edna dachte, er sollte die Haare lieber auf dem Kopf haben, als auf den Händen. Seine Augen waren grau und wässerig. Die Tränensäcke traten hervor. Die Gesichtshaut war blaß, auf den Schläfen sahen die blauen Adern durch. Lachen kleidete ihn gut, umso mehr, als er zwei Reihen blendender, lückenloser Zähne enthüllte. Erst später erfuhr Edna, daß sie falsch waren.

Dr. Connawer kam am nächsten Tag wieder. Auch am übernächsten. Nicht wegen der Patientin, denn der ging es gut. Am 16. November heirateten Edna und ihr neuer Verehrer. Das kam so rasch, so unkonventionell, daß sie seine Vornamen erst durch den Trauschein erfuhr. Er hieß William Charles.

»Meine Freunde nennen mich Bill.«

Ihr war es recht.

Aus Mrs. Garguins Benehmen wurde Edna nicht klug. Einmal sagte sie: »Natürlich, du hast ja ganz recht. Ewig kannst du nicht allein bleiben.« Ein anderes Mal wieder schluchzte sie: »Daß du meinen armen Ray so rasch vergessen konntest!« Ein drittes Mal wurde sie boshaft: »Daß du diesen Alten über dich lassen kannst! Mir wäre er zuwider. Nun ja, er wiegt es ja mit Gold auf.« Dann wieder war sie sachlich: »Edna, du schwimmst ja jetzt im Geld. Könntest du mir nicht, um Rays willen, eine kleine Summe geben, daß ich mich rangieren kann?«

Ja, Edna schwamm im Geld. Es war ihr wie ein Traum.

Sie war fasziniert von des Geldes Glanz. Sie haßte Checks. Was da drauf geschrieben stand, das konnte wahr sein und auch nicht. Bares Geld wollte sie. Scheine, die prall in ihrem neuen saffianroten Lederportemonnaie steckten. Scheine, auf denen die Ziffern 10, 20, 50 oder 100 scharf ins Auge fielen. Scheine, die einem eine Welt von Besitz und Vergnügen öffneten. Man konnte essen bis einem übel war, man konnte die teuerste Dauerwelle haben mit speziellen Massagen und Behandlungen, auch wenn man nachher Kopfschmerzen hatte, man konnte Seidenstrümpfe wegwerfen, wenn sich nur eine Laufmasche ankündigte, denn man konnte im Schleichhandel kaufen so viel man wollte, man konnte im eigenen Auto fahren, denn ein Arzt hatte Ration A, also genügend Benzin, denn das war ja nicht nachzuweisen, ob er zu einem Patienten oder zu einer Unterhaltung fuhr; man konnte jeden Tag ausgehen, auch wenn es langweilig war, man konnte Whisky trinken, dessen Preis jetzt so furchtbar hinaufgegangen war, auch wenn man nachher einen Katzenjammer hatte, man konnte die Gattinnen der andern Großverdiener beim Lunch treffen, auch wenn man kein Wort ihres Tratsches verstand, man konnte alles, man hatte Geld. Nur jetzt nicht nachdenken, innehalten, aufwachen. Das war Rausch. Geld, Reichtum, Faulheit, mehr hatte man doch nie wollen. Parfüm, Schmuck, Schmeichelei derer, die unter einem standen. Daß es solche gab! Endlich solche gab! Das allein war schon Glück. Mit einem Sprunge hatte sie sie alle überholt. Sie war auf dem Gipfel. Und der Preis für die Seligkeit? Bill war siebenundfünfzig und verlangte ihn voll und ganz. Seine haarigen Hände, vor denen ihr immer schon gegraut hatte, waren nicht das Ärgste. Manchmal wollte sie schreien vor Ekel und Widerwillen. Aber nein, das durfte sie ja nicht. Sie durfte Bill nichts merken lassen, mußte gute Miene zum bösen Spiel machen. Wollte denn so eine Nacht kein Ende nehmen? Doch ärger war es an Sonntagnachmittagen. Verzweifelt versuchte sie ihren Gatten zu Besuchen oder Ausflügen zu veranlassen. Manchmal rief jemand an und wenn sie ihn antworten hörte: »Sonntag Nachmittag? Da mache ich gerne ein Schläfchen. Da bleiben wir gerne zu Hause, meine Frau und ich«, da wußte sie, was ihr bevorstand. Er liebte, was er »kleine Spiele« nannte und was sie nur in Scham und Angst versetzte. Als sie einmal auszuweichen versuchte, drohte er ihr, sie anzubinden oder zu schlagen. Da stand ein grausames Licht in seinen wässerigen Augen.

Er liebte sie nicht. Er wollte ihren Körper haben. Er hatte sie geheiratet, weil er in seinem Alter anstrengender Verhältnisse müde geworden war. Er hatte zahllose Frauen besessen, jetzt wollte er seine Ruhe und häusliche Bequemlichkeit anstatt aufregender Abenteuer. Daß sie hübsch war, war angenehm; daß sie jung war, erleichterte ihre Erziehung. Sie mußte lernen, alles so zu machen, wie er es wollte. Für sein Geld konnte er doch wohl anschaffen.

Neben einer Praxis, die nur für die oberen Vierhundert erschwinglich war, neben einigen Millionärspatienten war er Mitbesitzer eines Sanatoriums, besaß er Aktien einer Autofabrik und einer Brauerei. Das Geld verdoppelte und verdreifachte sich, ohne daß er daran zu denken brauchte. Sein Rechtsanwalt, sein Sekretär, sein Bankmann verwalteten alles so, daß er selbst nur den Rahm abzuschöpfen brauchte. Ordination, Wohnung, Wagen, Unterstützung armer Verwandter verschlang einen gewissen, recht hohen Betrag, doch das Vermögen war dadurch nicht angetastet und arbeitete weiter. In seiner Jugend hatte er sein Leben genossen. Weite Reisen gemacht. In der Gesellschaft spielte er eine Rolle. Seine Empfänge waren stets gesucht. Große Namen verschiedener Gebiete gingen bei ihm ein und aus. Eine junge Hausfrau würde den gesellschaftlichen Ereignissen in seinem Hause eine neue Nuance hinzufügen. Es schmeichelte ihm, zu sehen, wie andere Männer, jüngere und feschere als er, sich die Hälse nach Edna ausrenkten. Doch sie gehörte ihm. Die teuren Kleider, die sie trug, der Schmuck, die Frisur hatten sie in wenigen Wochen verwandelt. Leider hielten ihr Benehmen und ihr geistiges Niveau nicht Schritt mit der Besserung ihres Exterieurs. Sie hatte schon peinliche Schnitzer begangen. Nun hielt er Umschau nach einer Anstandsdame, die ihr ein gewisses Savoir Vivre beibringen sollte. Ihre proletarische Vergangenheit, ihr primitiver Geschmack, ihre läppische Schüchternheit, ihre Anerkennung und Ablehnung von Menschen und Dingen am unrechten Platz waren wohl kaum auszumerzen, aber ein gewisser Schliff konnte ihr doch beigebracht werden von einer richtigen Dame. Schon ihre Idee, daß sie zu einem der großen Empfänge eine gewisse Tessie einladen wollte, eine WAC oder WAVE, die gerade auf Urlaub war, zeigte, wie ahnungslos sie war, wenn es um Sitten und Gebräuche ging. Er begriff sehr wohl, daß sie ihren früheren Bekannten gegenüber mit ihrer gehobenen sozialen Position prahlen wollte, doch konnte er eine solche Reduktion des Niveaus nicht zugeben. Sie allein war schon arg genug, doch war sie wenigstens die Frau des Hauses, und viele seiner eigenen Freunde waren geneigt, ihrer Schönheit und Jugend etliche Konzessionen zu machen. Aber einer Tessie? Nein.

Edna fand bald heraus, daß sich die Generosität ihres

Gatten verminderte, je weiter die Zeit fortschritt. Er bezahlte ihre Rechnungen und schloß daraus, daß sie dann nicht mehr als ein Taschengeld für ihren persönlichen Bedarf brauchte. Wenn sie etwas sah, was ihr gefiel, dann konnte sie es kaufen und die Rechnung an ihn senden lassen. Etwas Kleingeld für Taxi, Drinks, Kino, Tee mit ihren Freundinnen und ein bißchen mehr für Bridge gab er ihr gerne, doch eine größere Summe verweigerte er. Dadurch kam Edna um das Vergnügen, in Geldscheinen zu wühlen. Außerdem hatte sie nun der Mutter mehr Geld geben wollen. Sie wagte nicht, ihren Mann um einen regelmäßigen Unterstützungsscheck für ihre Familie zu bitten. Zu oft hatte er seiner Verachtung für »Mercer Street und dergleichen« Ausdruck verliehen. Wohl konnte sie immer sagen, sie habe das Geld beim Bridgespielen verloren, doch kam es zu einem peinlichen Zwischenfall. Sie hatte fünfzig Dollar auf diese Weise unterschlagen, als die Damen, mit denen sie gespielt, zufällig mit Dr. Connawer zusammentrafen. Eine leicht hingeworfene Bemerkung einer gewissen Mrs. Bilsteen über Ednas Glück im Spiel, entzündete den Funken des Verdachtes in des alten Mannes Herzen. Da er an diesem bewußten Abend auch nicht mehr nüchtern war – Whisky war eine seiner Liebhabereien –, entlud sich seine Wut ziemlich hemmungslos. Die Enttäuschung über ihre vielen Unzulänglichkeiten sprudelte aus ihm heraus und während seine Faust auf den schweren Mahagonitisch trommelte, schrie er: »Und zu all dem verwendest du mein Geld dazu, dir einen Liebhaber auszuhalten.«

Ihre Beteuerungen nützten nichts. Er brüllte, er werde ihre Schamlosigkeit öffentlich anprangern, sie hinauswerfen, »arm und nackt, wie er sie aufgelesen hatte« und sich scheiden lassen. In Ednas Brust kämpften Angst vor der altgewohnten Armut, und Freude, den Verhaßten los zu werden. Sie brach in Tränen aus und beteuerte ihre Unschuld, gleichzeitig innerlich wünschend, sie hätte von dem Geld irgend ein Vergnügen gehabt. Aber Dr. Connawer hörte sie nicht mehr. In einen der breiten Fauteuils gesunken, tat sein Schnarchen kund, daß er in den obligaten Whiskyschlaf gehüllt, nun für die nächsten Stunden versorgt war. Gewöhnlich vergaß er nachher vollkommen, daß ein Streit stattgefunden, und schon gar, worum es sich gehandelt hatte. Mit diesen fünfzig Dollar hatte es aber eine eigene Bewandtnis.

Mona hatte Edna, zu deren großem Staunen, schon vor ein paar Wochen gestanden, daß sie studieren wolle. In ihrer eigenen harten Art und Weise hatte sie konstatiert, daß sie nicht »Dummheiten« wolle, so wie etwa Kleider, Tanzunterhaltungen, Picknicks, die Edna ihr schon öfters angetragen, sondern, da ihre große Schwester nun einmal Geld hatte, wollte sie es in ihre Erziehung stecken. Mona hatte die Elementarschule absolviert, nachher die drei Klassen Fortbildungsschule; dann war sie als Laufmädel in einen Buchladen eingetreten, dort hatte sie zum erstenmal in ihrem Leben die weibliche Hochschuljugend kennen gelernt und eine Ahnung davon bekommen, daß Bildung nicht nur ein gewisses gesellschaftliches Übergewicht garantierte, sondern den Weg zu den besser bezahlten Posten ebnete. Nicht daß sie in einem Buchladen bleiben wollte. Nein, es gab viel amüsantere Betriebe. Doch auch dort würde sie nie in die Rechnungsabteilung oder Buchhaltung oder Reklameabteilung aufrücken ohne Schulung. Zuerst mußte man eine Allgemeinbildung erwerben und dann konnte man sich spezialisieren. Man konnte dann Verkaufstechnik, Stenographie, Kundenberatung, Einkauf, Versand, Kassa oder Buchhaltung dazulernen und mit Fleiß und Intelligenz in eine leitende Stelle avancieren. Zwar gab es jetzt, solange der Krieg dauerte, gute Gelegenheiten für ungelernte Arbeiter, in alle möglichen Branchen hineinzurutschen. Nicht nur die jungen Männer waren eingerückt, sondern auch zehntausende Mädchen. Und die Kriegsindustrie absorbierte Millionen. Durch den Mangel an Arbeitern hatten die Chefs Geduld und Nachsicht üben gelernt. Nichtskönner, wenn sie nur willig waren, wurden an Maschinen gestellt, geschult, trainiert und dabei noch bezahlt. Unter normalen Verhältnissen hätte Mona sogar diesen untergeordneten Posten nicht bekommen. Man trug ihr sogar an, Hilfsverkäuferin zu werden, doch wollte sie die Trinkgelder nicht verlieren, deshalb blieb sie lieber beim Austragen. Wenn sie also auch jetzt in eine bessere Position aufsteigen hätte können, so wußte sie doch, daß man die »Ungebildeten« abbauen würde, sobald der Krieg zu Ende war. Deshalb wollte sie etwas lernen, sich spezialisieren, zu ihrer Jugend und Intelligenz noch handwerkliches Können hinzufügen. Das alles erklärte sie der staunenden Edna.

»Ich bin jetzt siebzehn. Nach vier Jahren College kann ich einen Posten bekommen mit vierzig Dollar Anfangsgehalt. In einem großen Betrieb würde das automatisch auf fünfzig, sechzig, ja siebzig steigen. Sobald ich in leitender Stellung wäre, könnte ich auf hundert Dollar per Woche rechnen. Meine Zukunft wäre auf eine sichere Basis gestellt. Das College ist eine Investition.«

Es stellte sich nach den ersten Erkundigungen heraus, daß die Kosten hoch waren. Edna unterbreitete den Plan ihrem Gatten, der aber davon nichts wissen wollte. Es gab einen großen Streit, im Verlaufe dessen er schrie: »Ist es nicht genug, daß ich dich aus der Gosse geholt habe? Soll ich die ganze Familie an mir hängen haben? Jetzt glauben sie alle, sie können mich schröpfen. Wahrscheinlich denken sie, der alte Trottel soll zahlen, wozu ist er denn sonst gut? Am Ende wird die ganze Mercer Street kommen, weil sie eine Melkkuh wittern. Diese College-Idee wäre nur der Anfang. Dann würde Mona vielleicht noch auf die Universität wollen. Womöglich auf eine, wo nur Millionäre studieren.«

Edna sah ein, daß sie da nicht weiter kam. Sie war aber entschlossen, die Sache möglich zu machen, und wenn dies bedeutete, ihren eigenen Mann zu bestehlen. Sie hatte das Gefühl, sie durfte ihre Schwester nicht fallen lassen. Dies war die einzige Chance, früher Versäumtes wieder gutzumachen. Hier lag ihre große Verpflichtung und hier lag auch ihre innere Rechtfertigung, Dr. Connawer überhaupt geheiratet zu haben. Monas Rettung war der einzig bleibende Profit aus all den Erniedrigungen, durch die sie selbst gehen mußte, und aus all dem Ekel, den sie dauernd hinunterschlucken mußte.

Als der Schwindel mit den fünfzig Dollar aufflog und Bill so gehässig reagierte, hatte sie die Idee, einen Check zu fälschen. Sie konnte seine Unterschrift abpausen oder auch nachahmen. Sie übte. Doch im letzten Augenblick verließ sie der Mut. Sie zweifelte nicht, daß ihr Mann, käme er dahinter, sie glatt ins Zuchthaus bringen würde. Vielleicht bekäme sie zehn Jahre, vielleicht zwanzig. Eine plötzliche Angst schnürte ihr die Kehle zu. Vielleicht stand gar der elektrische Stuhl darauf. Nein, sie hatte eine andere Idee. Doch vorher wollte sie Anne wiedersehen.

Was für ein Unterschied war es doch, ob man am Morgen mit den müden Frühaufstehern in überfüllten Zügen ins Fabriksviertel fuhr, oder ob man dieselbe Strecke nahm, gut ausgeruht, elegant gekleidet, im halbleeren Waggon. Was für ein Unterschied, wenn man in der Canal Street ankam und wußte, daß um zwölf die Tore aufbrechen und die Hunderttausende herausströmen würden, und man war nicht unter ihnen, verschwitzt, schmutzig, hungrig, gierig. Man kam her als flüchtiger Gast. Man wollte alte Freunde für ein paar Minuten sehen. Man ging aber nicht mit ihnen zum Lunch in eines dieser vielen schmutzigen, übelriechenden Lokale, in das Inferno von Hast und Gedränge. Nein, man fuhr dann gleich wieder zum eleganten Osten, wo es auf der Madison Avenue kleine, intime Lunchstuben gab, wo weißer Damast, kostbares Porzellan, schimmerndes Kristall und schweres Silber die Pikanterie der delikaten Speisen noch erhöhte, wo eine aufmerksame Kellnerin respektvoll jeden Wunsch notierte und jede spätere Überlegung mit einem Lächeln quittierte, wo ein diskret abgedämpftes Radio Stimmung machte und die gepolsterten Fauteuils dem Rücken wohl taten, wo elegante Menschen um einen herum saßen und Männer geschmackvoll mit einem kokettierten. Dort ging man dann hin. Eine Entfernung von dreißig Minuten mit der Untergrundbahn; hier wie dort das Herz von Manhattan; und doch zwei Welten. Man gehörte zur andern, zur reichen, sorglosen, genießerischen. Man war jemand. Das Rätsel daran war bloß, daß man dennoch nicht glücklich war. Doch die andern sollten nichts wissen. Die andern sollten sie bewundern und beneiden. Dazu ging sie in die Canal Street. Sie war nicht stolz geworden, sie erinnerte sich noch immer gerne an die Genossen alter Tage, sie hatte ihre Freundin Anne nicht vergessen, sie fand es nicht unter ihrer Würde, sie jetzt in der Lunchpause aufzusuchen. Als sie das Gebäude betrat, schlug der Fabriksgong gerade zwölf.

Edna wußte, daß sie gut und in dieser Umgebung geradezu wie eine Königin aussah. Sie hatte für ihren Besuch nicht den Bibermantel gewählt, sondern einen grauen Persianer, der zwar billiger war, aber viel mehr Lärm machte. Er war besonders schick gearbeitet, hatte extra breite Schultern und Knöpfe, die an die Verschlüsse auf Kosakenmänteln erinnerten. Um Taille und Hüften saß er fest, lief aber nach unten in erweiterten Glocken aus. Der Hut war aus demselben Material und wie eine russische Brautkrone gearbeitet. Ednas schwarze Locken, die darunter herausquollen, verstärkten noch das Bild einer großfürstlichen Erscheinung. Die große, rote Lacklederhandtasche hatte achtundvierzig Dollar gekostet und man sah es ihr auch an. Edna mußte lachen, wenn sie daran dachte, daß die Handtasche, die sie vor dieser getragen hatte, denselben Betrag in Cents gekostet hatte.

Als Edna den Aufzug betrat, starrte der Liftjunge sie an, ohne sie zu erkennen. Er war aber nicht wichtig genug, als daß sie das Wort an ihn gerichtet hätte. Sie ging durch den Korridor und in den Arbeitssaal. Im Hintergrund saßen Charles und Walter und hatten ihre Sandwiches auf dem braunen Packpapier, das ihnen als Tischtuch diente, ausgebreitet. Walter hielt den Papierbehälter mit dem dampfenden Kaffee in beiden Händen, um sie zu wärmen. Miss Swab ging gerade zur Wasserleitung. Sie sah Edna und war wie vom Schlage gerührt, noch ehe sie sie erkannte. Die mondäne Erscheinung an sich bannte sie fest. Dann, als Edna sie mit einem freundschaftlichen »Hallo« anrief, gingen in rascher Aufeinanderfolge Staunen, Überraschung, Verlegenheit, Neid, Wut und schlecht gespielte Freude über ihre derben, ältlichen Züge. Eine Minute später war Edna von ihren alten Kolleginnen umringt. Sie wurde begrüßt, betastet und beinahe entkleidet.

»Nein, aber daß du mich besuchen kommst!«, rief Anne einmal über das andere, um nur ja keinen Zweifel darüber aufkommen zu lassen, daß man diese Sensation ihr verdankte. Während sie in ihr halbvertrocknetes Wurstbrot biß – es war neben der Dampfheizung gelegen –, dachte sie allerdings, es hätte der reichen Frau nicht geschadet, wenn sie ihr etwas Gutes zum Essen mitgebracht hätte. Doch ließ sie das nicht laut werden.

Nun kamen auch die Männer herbei, Teile ihres Lunches in der Hand. Aber wo waren Stanley und Curtis? Ach, die waren beim Militär. Walter hatte sich die Zähne richten lassen und sah nun bedeutend besser aus. Doch war er sichtlich verlegen. Den alten Ton traute er sich nicht anzuwenden und einen neuen fand er nicht. Er konnte es kaum fassen, daß diese Filmschönheit je von ihm ein Fünf-Cent-Gefrorenes akzeptiert hatte. Donnerwetter, hatte die eine Karriere gemacht! Der Mann sollte ja ein Millionär sein. Wenn man Edna ansah, konnte man das auch nicht bezweifeln.

»Gehst du auch in den Stork Club? Kommen berühmte Leute zu euch? Was hat das Kleid gekostet? Wieviele Dienstboten habt Ihr?«

Edna erzählte. Besonders ausführlich wurde sie, als sie über die Gastereien sprach, die sie mit ihrem Mann in der herrlichen Wohnung in der Park Avenue gab. Was es da alles zu essen gab. Und zu trinken. Whisky, Wein, Cocktails und alle Arten von Likören flössen in Strömen. Um Mitternacht war alles schon vollkommen besoffen. Das war ein Mordsspaß. Sie verschwieg die Exzesse ihres eigenen Mannes. Dann, als die Zuhörer völlig unter ihrem Bann waren, machte sie sich für ihren Hauptcoup bereit. Wie eine Schauspielerin den Höhepunkt ihrer Szene serviert, so streifte Edna langsam den grauen Lederhandschuh von ihrer Hand. Der große Diamant an ihrem vierten Finger strahlte in faszinierendem Feuer und aller Augen wandten sich ihm zu. Es war der Verlobungsring ihrer zweiten Ehe. Er hatte ein kleines Vermögen gekostet. In einer der scheußlichen Szenen der letzten Wochen hatte ihr Mann gesagt: »Ich kaufte ihn dir, weil ich hoffte, du werdest durch ihn an gesellschaftlichem Werte steigen. Deine proletarische Hand allerdings zerstört seinen Glanz.« Das sagte dieses boshafte Schwein, doch die Mädchen hier schienen diese Diskrepanz nicht zu bemerken. Sie waren verzaubert. Auch die »Neuen« kamen herbei. Verzückte, wispernde, heisere Stimmen baten, flehten: »Laß ihn mich sehen! Laß ihn mich berühren! Ach, für so etwas würde ich einem Manne alles geben. Was für ein herrlicher Ring! Ihn einmal tragen und dann sterben.«

»Ich habe noch andern Schmuck. Ich kann aber nicht alles auf einmal tragen.«

»Ja, ein alter Mann muß zahlen«, sagte Miss Swab und zerriß damit die Stimmung. Im Nu schwang die Verzückung in grinsende Ordinärheit um.

»Kann er denn noch? Wie oft mußt du mit ihm? Hast du geheime Tricks? Laß uns eines deiner Kunststücke hören.«

Edna war wütend. War denn Miss Swab immer noch die Stärkere, daß sie jetzt die Lacher auf ihrer Seite hatte? Und sie selbst, war sie trotz Schmuck, Toiletten und herrlicher Wohnung nichts als die kleine Arbeiterin, an der sich jeder die Füße abwischen durfte?

»Ach, ich muß ja laufen«, sagte sie schnell. »Wir haben Gäste zum Dinner.« Sie küßte Anne ostentativ und entschwebte. Der Besuch in der alten Arbeitsstätte war nun doch nicht so triumphal gewesen, wie sie sich ihn vorgestellt hatte. Nun, der Ring hatte jedenfalls seinen Eindruck nicht verfehlt. Es war ihr eigener Abschied von ihm gewesen. Denn sie hatte sich entschlossen, ihn zu verkaufen. Sein Preis mußte Monas College für ein Jahr decken. Nachher konnte man sich weiter den Kopf zerbrechen. Ihrem Manne wollte sie erzählen, sie habe ihn verloren. Was konnte er ihr schon tun? Schreien, brüllen, ihr vielleicht zwei Ohrfeigen geben. Sie wollte jedenfalls ihre Anstandsdame in der Nähe halten während der nächsten Tage. Zum Schutz. Vor der nahm er sich doch etwas zusammen.

Innerlich so gewappnet, erledigte sie ihr Vorhaben. Die gefürchtete Szene mit Dr. Connawer blieb aus. Er bemerkte das Fehlen des Ringes gar nicht. Er hatte momentan andere Sorgen. Eine seiner Patientinnen, eine Millionärin, war nach einer Injektion auf rätselhafte Weise gestorben und er war in eine unangenehme Untersuchung verwickelt. So verging die kritische Zeit für Edna, ohne daß ihr »Verbrechen« ans Tageslicht kam. Und später? Ach was, später würde sie schon irgend eine Ausrede finden. Eine Zeit lang hoffte sie, er werde schuldig befunden werden und auf zwanzig Jahre nach Sing Sing wandern. Das geschah leider nicht. Seine Unschuld wurde zweifelsfrei festgestellt. Er war in froher Stimmung, kniff Edna in den Hintern und besoff sich an diesem Abend ganz fürchterlich.

Mrs. Lindsay, die Anstandsdame, schlug Edna vor, ihr neues Frühjahrskostüm nach Maß machen zu lassen.

»Warum denn?«, fragte die junge Frau erstaunt. So etwas hatte sie noch nie gehört. Sie kaufte ihre Kleider in einem der eleganten Konfektionshäuser auf der Fifth Avenue. Orbach oder Macy, die früher ein unerreichbarer Traum geschienen, hatte sie längst hinter sich gelassen. Die Ware dieser Geschäfte kam ihr nun selbst nicht gut genug vor. Aber Oppenheim Collins oder Russek oder Constable sollte nicht fein genug sein? Das war etwas Neues.

»Die Frauen der Diplomaten, die großen Schauspielerinnen, die Modeköniginnen kleiden sich alle nach Maß. Eine mondäne Europäerin würde einen Massenartikel überhaupt nicht anziehen.«

»Ach, das rückständige Europa! Die sind eben nicht so weit entwickelt wie wir.«

»In vielen Dingen sind sie weiter. Die Maschine ist nicht alles, Mrs. Connawer. Schnelligkeit ist nicht die einzige Glücksmöglichkeit. In Geschmack und Kultur können wir noch viel von denen drüben lernen. Ich schlage vor, daß Sie Ihr Frühjahrskostüm bei Madame Falcone machen lassen, einer französischen Tailleuse in der 55. Straße.«

»Ach nein, Mrs. Lindsay. Ich sah entzückende Modelle bei ›The Tailored Woman‹ für hundertundzehn Dollar. Das eine ...«

»Ich erkläre Ihnen nochmals, daß die beste Konfektionsware sich nicht vergleichen läßt mit einer Maßarbeit. Es ist einfach etwas anderes. Madame Falcone verlangt zweihundertzwanzig Dollar.«

Edna wurde stutzig. Bei diesem exorbitanten Preis mußte ja etwas spezielles daran sein. Vielleicht war es der Mühe wert, dieser Frau einmal etwas abzukaufen. Ein Frühjahrskostüm um zweihundertzwanzig Dollar mußte ja alle Sprachen sprechen. Wahrscheinlich war es ganz verrückt und in knalligen Farben. Was konnte man schon von einer Französin erwarten. Aber einmal so ganz auffallend gekleidet zu sein, war wenigstens einmal etwas anderes. Vielleicht machte es Spaß. Das Leben war doch öde genug. Die Verantwortung trug Mrs. Lindsay; so konnte auch Dr. Connawer nicht böse werden.

»Also gut«, sagte sie, denn ihre Neugier war geweckt. »Gehen wir heute nach dem Lunch zu dieser Französin.«

»So einfach ist das nicht. Ich muß zuerst anrufen und mich von der Sekretärin für einen Besuch vormerken lassen. Madame Falcone ist sehr beschäftigt. Wann wir hinaufgehen können, das hängt ganz davon ab, wann sie eine Vakanz hat.«

»Das ist komisch. Wenn die Dame solche Schwierigkeiten macht, da wird sie nicht viele Kundschaften haben, die sich drängen werden, zweihundertzwanzig Dollar hinzulegen. In Amerika muß alles schnell gehen. Niemand wartet gerne. Und keine reiche Frau läßt sich Schwierigkeiten machen. Wozu hat man denn schließlich Geld?«

Doch es kam noch viel »schwieriger«. Schon das erste Telephongespräch zwischen Mrs. Lindsay und Madame Falcones Sekretärin war ein Schlag ins Gesicht, denn in hochmütiger Weise erkundigte sich die Dame am andern Ende der Leitung, wer denn eigentlich diese Mrs. Connawer sei. Von der Position des Dr. Connawer war sie nicht beeindruckt und schließlich sagte sie, Madame Falcone habe so viele Aufträge, daß sie kaum eine neue Kundschaft annehmen werde können, es sei denn, daß es sich um einen ganz exzeptionellen

Fall handle. Mit einem roten Kopf fragte Mrs. Lindsay, wie denn ein solcher Fall aussehen müsse. Nun, wenn eine der Damen, die eine führende Rolle in der Gesellschaft spielten, eine Empfehlung hergeben würde, dann könnte Madame Falcone vielleicht in ihren überbürdeten Tag noch eine weitere Bestellung einschieben. Mrs. Connawer kenne doch zweifellos die Herzogin von Windsor, Gloria Vanderbilt oder die Prinzessin Latour. Ein paar Zeilen würden genügen.

Mrs. Lindsay war ratlos. Und wütend. Doch auch sie ging dem wohlausgedachten System der Madame Falcone auf den Leim. Die folgte der einfachen psychologischen Erfahrung, daß Frauen gerade das wollen, was sie nicht haben können. Sie folgte weiter der in der großen Gesellschaft üblichen Taktik, daß jeder, der jemanden kannte, sich schon einbildete, »jemand zu sein«. Sie wußte, daß schon der hohe Preis ihrer Ware die sensationslüsternen Puppen anzog. Sie verstand es meisterhaft, ihre Kunden auf die Folter zu spannen, ihnen ein Modell zu zeigen, das »leider schon verkauft« war, oder den Termin der Anprobe hinauszuschieben, oder die oder jene Dame abzulehnen, oder nur unter gewissen Bedingungen zu akzeptieren. Sie kannte den Gesellschaftsklatsch der Fifth Avenue, sie spielte Rivalinnen gegen einander aus, sie machte sich Feindschaften zunutze. Die paar Frauen, die sie als ständige Kundschaften akzeptierte, fühlten sich geehrt und auserlesen. Es kam vor, daß sie einer Dame sagte: »Es tut mir leid, aber ich kann nicht mehr für Sie arbeiten, Sie haben um die Hüfte zwei Inches zugenommen. Meine Creation würde an Ihnen nicht mehr zur Geltung kommen.« Oder zu einer andern: »Man erzählte mir, Sie hätten einen Gürtel um die Jacke getragen. Das verschandelt die Linie des Kostüms. Ich werde keines mehr für Sie arbeiten.« Oder sie lehnte Kundschaften ab, weil sie nicht ihr Typ waren oder eine schlechte Haltung hatten oder ein zu lautes Benehmen. »Es tut mir leid, aber ich habe eine künstlerische Reputation zu wahren.«

Edna kannte weder die Herzogin, noch die Prinzessin, noch Gloria. Aber Mrs. Lindsays Eifer entdeckte eine Dame aus Dr. Connawers Bekanntenkreis, die in der Realitätenbranche arbeitete. Diese hatte eine Kundschaft, die gerade ein Haus in der Gramercy-Park-Gegend erstanden hatte. Die Realitätendame hatte den Kauf vermittelt, bei dem es um einen phantastischen Betrag gegangen war. Sie selbst hatte dabei ein Vermögen gemacht und ein paar Male mit der Käuferin diniert. Der Zufall wollte es, daß diese Millionärin bei Madame Falcone arbeiten ließ. Nun schrieb sie ein paar Empfehlungsworte für Mrs. Connawer, verschwieg aber, daß sie sie gar nicht persönlich kannte. Mrs. Lindsay triumphierte. Der wichtigste Schritt war getan. Sie würde nicht locker lassen, bevor sie nicht den Besuchstermin hatte. Endlich, endlich hatte sie ihr Ziel erreicht.

Auf der Ostseite, in der 55. Straße zwischen Park Avenue und Madison Avenue, stand ein kleines Haus. Eingeklemmt zwischen zwei Monumentalbauten sah es unscheinbar aus. Hinter der etwas altmodischen Türe war ein winziger Vorraum; dahinter eine Glastüre. Zur Rechten fand man zwei Glocken mit dazugehörigen Namensschildchen. Auf dem einen stand »Madame Falcone«, auf dem andern »Studio Cox«. Mrs. Lindsey drückte den entsprechenden Knopf. Der automatische Öffner surrte. Die Türe sprang auf. Die beiden Besucherinnen traten ein.

Zwei große geschliffene Spiegel flankierten die Halle. Eine schmale, teppichbelegte Treppe führte in den ersten Stock.

Oben erweiterte sich das Geländer in einen Empfangsraum. Die Pastellfarben der Fauteuils, die ruhige Freundlichkeit der Vorhänge, die hellgrüne Schönheit eines Eukalyptuszweiges in einer chinesischen Vase, all dies übte eine wohlberechnete Wirkung. Nach einer kurzen Weile kam eine ernste, junge, blonde Beauté und begrüßte die Neuankömmlinge. Sie lud ein, ihr zu ihrem Schreibtisch zu folgen, wo sie Namen und Adresse eintrug. Edna war erstaunt, daß eine so junge Person schon eine solche Karriere gemacht hatte, bis die Junge sagte, Madame Falcone werde bald erscheinen. Nun erst wußte Edna, daß diese Dame bloß die Sekretärin war.

Kaum waren die Besucherinnen allein gelassen, als eine zweite junge Schönheit erschien, ebenso intensiv rothaarig wie die andere blond gewesen. Wieder glaubte Edna Madame Falcone vor sich zu sehen, als die Rote bat, abzulegen und die Pelzmäntel mit sich forttrug. Das war gut, denn die Räume waren überheizt und Edna hätte nie gewagt, ihren schweren Pelz über einen dieser taufrisch gefärbten Fauteuils zu werfen. Nun waren die Damen wieder allein. Edna, die Einkäufe immer mit Hast, Lärm und Gedränge assoziiert hatte, war etwas verwirrt. Als ihre Neugier aufs Höchste gestiegen – auch das war von Madame berechnet –, erschien die große Tailleuise. Sie war hochgewachsen und schlank und nicht mehr jung. Um ihre Augen waren vielte Fältchen, die Wangen waren müde. Wenn sie ein Make-up hatte, dann war es so diskret, daß man es nicht bemerkte. Ihr Mund war fein und blaß, ihre Augenbrauen dünne Schatten gegen eine sehr weiße Stirne. Ihr Haar war tief schwarz und es war klar, daß die Haarfarben der beiden Angestellten kein Zufall war. Madame trug eine Scheitelfrisur mit einem tiefen Knoten im Nacken. Ihr Kopf war halb Madonna, halb Iphigenie. Ihre großen, grauen Augen machten großen Eindruck. Ihr mattgraues Kleid war von gesuchter Einfachheit und kostbarem Material. Ihre Bewegungen waren voll Grazie und hochmütiger Gelassenheit. Nach den Begrüßungsformalitäten bat sie die Besucher in den nächsten Raum, einen kleinen, intimen Salon.

Mrs. Lindsay fing zu reden an. Warum sie hergekommen seien und was sie wollten. Madame schloß einen Moment die Augen, so wie es eine von Migräne befallene Mutter tut, wenn ihr halbwüchsiger Sohn lärmt. Sie wußte aber, daß man die Dame auslaufen lassen müsse. Unterdessen betrachtete sie ihre prospektive Kundin. Als Mrs. Lindsay eine Pause machte, sagte Madame Falcone zu Edna: »Darf ich Sie bitten, aufzustehen? Sich in die Mitte des Zimmers zu stellen? Sich ganz langsam um Ihre eigene Achse zu drehen?«

Edna willfahrte. Sie fand zwar die Sache dumm, war aber wie unter Hypnose. Ein seltsames Kribbeln rann durch ihre Glieder, als sie sich da den Blicken dieser Frau darbot.

»Sie sind jung und hübsch und haben gerade Glieder. Es sollte demnach ein Leichtes sein, ein zufriedenstellendes Werk für Sie zu schaffen. Und doch hege ich Zweifel.«

Mrs. Lindsay wollte etwas einwerfen, doch mit einer gebieterischen Handbewegung wies Madame sie zur Ruhe. Edna drehte sich langsam.

»Das richtige Kleid für eine richtige Frau ist ein großes Problem. Es kann nur dann gut ausfallen, wenn es die Persönlichkeit der Trägerin fortsetzt. Doch das ist es eben. Wo soll ich fortsetzen, wenn nichts da ist?« Edna verstand kein Wort. Madame saß da, die hohen Beine übereinander geschlagen, die schlanken Hände über den Knien gefaltet, den madonnenhaften Iphigeniekopf etwas zur Seite geneigt.

Edna dachte mit dem letzten Aufwand eigenmächtigen Denkens: »Wie macht das diese Alte, Welke, daß sie so wunderbar ist? Und dabei schminkt sie sich nicht einmal. Was ist ihr Geheimnis?«

»Wie alt sind Sie?«, fragte Madame.

»Fünfundzwanzig.«

»Wirklich? Ich hätte Sie für jünger gehalten. Wie kommt es, daß das Leben noch gar keine Linien in Sie gezeichnet hat? Sie sind nur Hülle. Etwas müssen Sie doch auch erlebt haben. Wo sind die Male von Lust und Leid? Wo ist das Durstige oder das Gestillte? Freilich, wenn man nur im Schönheitssalon sitzt, in die Bar geht oder schläft, dann kann nicht viel in einem gestaltet werden. Doch auch solche Genußpuppen, deren ich einige unter meinen Kundschaften habe, zeigen klare, wenn auch abstoßende Züge. Mit all ihren Frisuren, Schminken, Juwelen und Parfüms können sie ihren eigenen verheerenden Ungeist nicht auslöschen. Ich nenne sie Amerikas häßliche Schönheiten. Doch sie haben wenigstens eine Eigenart und ich kann ihre Gier ummünzen in stolze Kälte, ihren Egoismus in scheinbare Keuschheit, ihren Lebenshaß in Unverwundbarkeit. Doch Ihnen fehlt alles, das Schlechte wie das Gute. Ich könnte das Mädchenhafte in Ihnen betonen, doch es scheint mir irgendwie verschreckt. Ich weiß nicht, was ich mit Ihnen tun soll.«

Edna hatte aufgehört, sich zu drehen. Sie stand da wie in Trance. Sie hatte keine Ahnung, was diese Frau meinte, aber die Stimme allein hüllte sie in süßen Rausch. Sie sah ihre Umgebung, ohne sie richtig wahrzunehmen; Tischchen, Stühle, Tapete. Der Wandkalender, der an einem bunten Band hing, schien unwirklich. Edna sah das Wort Februar in roten Lettern und darunter 1945 in Schwarz, aber all das hatte seinen Sinn verloren. Es war ja auch gleichgültig. Wichtig war nur dieser angenehme Halbschlaf, der sie umfing. Nur jetzt nicht aufwachen. Nur nie mehr hier weg müssen, nicht zurück in die Scheußlichkeit und Hoffnungslosigkeit ihres Lebens, nicht in die haarigen Affenhände ihres verhaßten Mannes, in die leere Lautheit der Cocktail saufenden Gäste, in die Angst, ob sie Mona auch wirklich durch die Collegejahre bringen werde können, in den wehen Verlust ihrer jungen Liebe, in den Ekel vor ihrem Zuhause, in das Mitleid mit der zusehends verfallenden Mutter, in den Abscheu vor dem Vater, der längst wieder in sein verhängnisvolles Saufen zurückgefallen war. Nur hier bleiben dürfen, in der Nähe dieser Faszination. Wie stark war diese Frau, wie unbeugsam, wie unbesiegbar.

»Es tut mir leid, aber ich kann die Arbeit nicht übernehmen.«

Mrs. Lindsay sprang auf. Ein Redefluß entströmte ihrem Munde. Sie hatte kein Gefühl für die Stille hier. Sie schrie. Sie betonte ihren Standpunkt. Sie fuchtelte mit beiden Händen. Sie hatte tausend Argumente. Sie bestand auf der Arbeit. Sie war außer Rand und Band. Sie werde nicht dulden, daß Madame Falcone die Gattin des Dr. Connawer schlechter behandle als die Mrs. X oder Y. Dr. Connawer war ein reicher Mann, ein bekannter Arzt, eine Figur der Fifth Avenue. In seinen geschäftlichen Transaktionen kam er mit Leuten wie Morgan, Ford und Vanderbilt in innigste Berührung.

Als ob die Sache sie selbst gar nichts anginge, betrachtete Edna diesen Zweikampf. Es belustigte sie fast. Mit großer Neugier wartete sie, ob der »Geist« oder die rohe Gewalt siegen werde.

»Wir sind bereit, mehr zu bezahlen. Mehr als die andern Kundschaften. Rechnen Sie uns zweihundertfünfzig, ja sogar dreihundert Dollar ...«

»Ich bitte. Wir sind hier nicht auf der Börse.« Dann war, wie durch Magie herbeigerufen, die Rothaarige mit den Pelzmänteln da. Zwei Minuten später standen die beiden Damen auf der Straße. Während Mrs. Lindsay vor Wut schäumte, war Edna schon vollkommen über den Zwischenfall hinweg gekommen. Als sie um die Ecke bogen und ein paar Schritte auf der Fifth Avenue gingen, sah Edna Auslagen, die sie magisch anzogen. Sie sah ein graues Frühjahrskostüm mit einer interessanten Schulterpartie und noch nie dagewesenen Taschen. Es hatte eine goldene Schließe am Gürtel. Wunderschön. Wer brauchte Madame Falcone? Niemand, solange es eine Fifth Avenue gab. Und Maßarbeit? Darauf pfiff sie. Der Kauf war in zwanzig Minuten erledigt.

»Ich habe einen schrecklichen Durst. Hier ist ein Schrafft.«

Mit Genuß verzehrte sie zwei Portionen Gefrorenes. Eine mit heißer Schokoladesauce, die andere mit Früchten. Ach, es war doch schön, jung und reich zu sein!

Das Kostüm wurde in die Wohnung geschickt. Dr. Connawer bezahlte die Rechnung, dann wurde es in den Kasten gehängt. Um es zu tragen, war das Wetter viel zu kalt. Draußen tobte ein Schneesturm. Am Abend gingen Dr. und Mrs. Connawer zu »Oklahoma«, der Operette, die jetzt so sehr en vogue war, und nachher mit Freunden in eine Bar. Sie kamen erst um vier Uhr früh nach Hause. Edna war sehr übernächtig, als sie um zehn Uhr vormittags am Telephon verlangt wurde. Jemand, der mit ihr unbedingt persönlich sprechen wollte, sagte Mrs. Lindsay, und brachte den Apparat ans Bett. Edna lächelte. Vielleicht der Barsänger von gestern? Er hatte ihr solche Augen gemacht. Dr. Connawer, der Trottel, hatte nichts gemerkt. Ein eleganter Mensch, der Sänger. Doch warum rief er so zeitlich an? So ein Schlimmer! Wahrscheinlich quälte ihn die Sehnsucht nach ihr.

»Ja«, sagte sie gedehnt, »hier spricht Mrs. Connawer.«

»Edna«, sagte Mona am andern Ende des Drahtes. »Die Mutter ist heute morgen gestorben.«

Das waren böse Tage. Sie hatte nicht gewußt, daß sie sich aus der Mutter so viel machte. Jetzt, da sie tot war, ging sie ihr plötzlich ab. Sie machte sich auch Vorwürfe, daß sie nicht mehr für die Kranke getan. Jetzt, da sie die Frau eines reichen Mannes war, hätte sie es irgendwie zustande bringen müssen, sie in ein Sanatorium zu stecken oder sie wenigstens von einem erstklassigen Spezialisten untersuchen zu lassen. Dr. Connawer hätte sie ja auch einmal ansehen können. Sie hatte ihn nicht einmal darum ersucht. Sie hatte nicht gedacht, daß es so arg um die Mutter stand. Hatte gehofft, sie werde noch lange leben und dann werde ja noch Gelegenheit genug kommen, ihr mehr zu geben als die paar Dollar. Mehr Aufmerksamkeit und Liebe. Die Mutter war noch nicht fünfzig gewesen. Das war zu jung zum Sterben. Andere Menschen wurden siebzig oder achtzig.

Am Grabe weinte der Vater heftig und betete laut auf Italienisch. Oder war das Latein? Edna wußte es nicht. Sie genierte sich wegen seines zügellosen Benehmens. Nach dem Begräbnis wechselten Vater und Töchter ein paar Worte über ihre Pläne. Mona wollte ins College zurück. Vater wollte die Wohnung aufgeben. Man hatte ihm einen Posten angetragen in einem Gasthaus in Brooklyn; dort konnte er auch schlafen. Nun, das traf sich ja gut. Man trennte sich wie Fremde. Edna nahm ein Taxi und fuhr nach Hause.

Wenige Tage später bereitete ihr der Vater eine unangenehme Überraschung. Er suchte sie auf. Es war rätselhaft, wie es ihm gelungen war, den Portier und den Liftjungen zu passieren. Als er dann in der Wohnung stand, wurde Mrs. Lindsay mit ihm nicht fertig. Das Geschrei rief schließlich Edna herbei. Vater brüllte gerade und kämpfte mit dem Butler, der ihn entfernen wollte.

»Ein betrunkener Landstreicher, Mrs. Connawer. Er behauptet ...«

Es war ein peinlicher Moment, als sie antworten mußte: »Lassen Sie ihn los. Er ist mein Vater.«

Auf ihren Wunsch entfernte sich der entrüstete Diener. Edna sandte auch die fassungslose Mrs. Lindsay hinaus, die aber keine Zeit versäumte, sondern Dr. Connawer anrief, er möge unverzüglich nach Hause kommen. Unterdessen hatte Edna eine erregte Aussprache mit ihrem Vater.

»Warum soll ich arbeiten, wenn ich eine Tochter habe, die Millionärin ist? Schon seit Wochen hätte ich es nicht mehr müssen, doch wartete ich, daß du es mir von selbst antragen würdest. Deine arme Mutter ließest du in Armut verrecken; willst du mir dasselbe antun?« Ihrer Beteuerung, daß kein Bargeld durch ihre Hände ginge, schenkte er keinen Glauben. Sie wurde heftig. Es sei hart genug gewesen, beiseite zu schaffen, was sie bis jetzt für Mutter und Schwester getan hatte; wenn er aber nun hieher ins Haus käme und ihre Stellung vollends untergrabe, dann erreiche er gerade das Gegenteil von dem, was er wollte. Sie beschwor ihn, zu gehen. Er schrie und wütete. Plötzlich stand Dr. Connawer mitten im Zimmer. Wie aus dem Erdboden gewachsen. In der Türe stand ein Polizist, den er gleich mitgebracht hatte. Der Betrunkene wurde abgeführt.

Mr. Scarlatti hatte sich selbst nicht genützt, seiner Tochter aber geschadet. Dr. Connawer war wütend.

»Seit ich dich geheiratet habe, hast du nichts wie Schande über mich gebracht. Meinen Ruf hast du untergraben, in der Gesellschaft bin ich unmöglich, meine besten Patienten wenden sich von mir ab. Das war meine dümmste Idee, mich mit dir einzulassen. Allerdings wußte ich nicht, daß ich dich aus der allertiefsten Gosse gezogen hatte. Daß ich da eine ganze verlotterte Familie mitheiraten würde, das habe ich nicht geahnt.« Plötzlich schlug seine Stimmung um und mit einem häßlichen Lachen rief er: »Zieh dich aus. Ich will wenigstens etwas haben für mein Geld.« Er stieß sie vor sich her ins Schlafzimmer. Sie haßte ihn.

Sie wünschte, sie hätte ihn nie kennengelernt. Sie wünschte ihm den Tod. Sich selbst auch. Als er ihr aber am St. Valentin-Tag eine Brosche schenkte – ein Herz aus Gold mit einem Rubin in der Mitte –, da fand sie ihn wieder erträglich. Zu Washingtons Geburtstag führte er sie in die Metropolitan Opera. Sie trug ein neues Abendkleid aus hellgrünem Lamé und war erstaunt über ihre eigene Schönheit, als sie sich im Spiegel sah. Die langen Glacéhandschuhe verbargen ihren einzigen körperlichen Makel: ihre Hände.

Sie taumelte von einem Vergnügen ins andere. Je mehr sie hatte, desto mehr wollte sie. Gönnte sich keine Rast, gestattete sich nicht nachzudenken. Noch dieses Kleid, noch diesen Tanz; Einladungen, Theaterkarten, Autofahrten, Schmuckstücke, eine neue Frisur – haben, haben, haben. Was in der Welt vorging, kümmerte sie nicht. Roosevelt starb und eine ganze Welt weinte, die San-Francisco-Konferenz zog aller Augen auf sich. Mussolini fand seinen tausendfach verdienten Tod, V-E-Tag kam und das Morden in Europa hörte auf, die Potsdam-Konferenz versuchte das Fundament für einen ewigen Frieden zu legen, Edna tanzte, trank, flirtete. Die Hitze brach in New York aus und sie packte ihre Koffer, um nach Atlantic City zu fahren. Ihre drei ständigen Bridgepartnerinnen waren schon dort. Mrs. Lindsay hatte zwei Wochen Urlaub und war zu ihrer Tochter nach Boston gefahren. Es war eine Erholung, sie los zu sein. Edna legte eigenhändig vier neue seidene Nachthemden in das Köfferchen, als ihr ein überraschender Besuch gemeldet wurde. Das Herz stand ihr still. Am Ende war das wieder der Besoffene. Oder war mit Mona etwas los?

»Wer ist es denn?«

»Eine Dame.«

»Eine Dame? Und unangesagt? Was will sie denn?«

»Sie sagte, es sei dringend.«

»Das ist mir egal. Ich fahre morgen aufs Land, habe tausend Dinge zu erledigen. Weisen Sie sie ab.«

Der Butler kam zurück. »Es tut mir leid, aber Mrs. Garguin besteht darauf, Sie zu sehen.«

»Mrs. Garguin? Warum sagten Sie das nicht gleich?«

Die Besucherin war in großer Aufregung. Ihre Wangen brannten; das konnte nicht New Yorks Julihitze allein sein. »Sie will Geld«, dachte Edna. »Sie hat sich mit irgend etwas verspekuliert. Sie will mich erpressen. Es heißt auf der Hut sein.«

Ein heiseres Schluchzen brach aus Mrs. Garguins Kehle. »Oh, Edna! Ein Glück und ein Unglück zugleich. Oh, mein Gott, was hast du getan?«

»Was habe ich getan? Ist sie verrückt?«

»Oh, Edna, Edna, denke dir, …«

»Fasse dich doch. Kannst du denn nicht zusammenhängend reden?«

»Oh, mein Gott!«

Wie oft würde sie noch »oh, mein Gott« sagen? Das war ja idiotisch. Nun, sie war im Wechsel. Man mußte Geduld mit ihr haben.

»Er lebt. Denke dir, er lebt.«

Sie mußte übergeschnappt sein. Mr. Garguin hatte vor langer Zeit einen Unfall gehabt und war im Fordham-Spital gestorben. Längst war er begraben. Die arme Frau. Sie redete ja irre.

»Edna, du sagst ja gar nichts. Hier, lies das Telegramm vom Kriegsministerium. Lies es. Oh, es ist so zerdrückt. In meiner Aufregung habe ich es ganz zerknittert. Aber du kannst es sicher entziffern. Es war an dich. Aber da es Mrs. Garguin hieß, machte ich es auf. Du heißt ja nicht mehr Garguin. Aber das wußten die dort nicht. Hier, lies: Ray lebt.«

Das Zimmer drehte sich um Edna. Kalter Schweiß brach aus ihrer Stirne. Ihre Knie gaben nach. Das Gesicht der Schwiegermutter verschwamm vor ihren Augen.

»Komm, reiß dich zusammen, Kind. Du darfst jetzt nicht ohnmächtig werden. Wir müssen beraten, was zu tun ist. Der arme Junge. Was muß er gelitten haben. Und nun kommt er zurück und du bist verheiratet.«

»Er lebt«, flüsterte Edna. »Er lebt. Er lebt.«

»In einem deutschen Gefangenenlager war er die ganze Zeit. Halbverhungert, als die Alliierten ihn befreiten. Er war nicht der einzige. Eine ganze Reihe totgeglaubter amerikanischer Soldaten wurde so entdeckt. Man hatte sie zum Straßenbau verwendet. Schreiben durften sie nicht. Aber nun ist er auf einem Transportschiff auf hoher See. Auf dem Wege nach Hause.«

Woher Mrs. Garguin nur alle diese Details wußte. Sie hatte doch noch keinen direkten Kontakt mit ihm. Oder doch? Nein, natürlich nicht. Wer gab ihr also diese Informationen?

»Syb. Sie ist in Washington. Als ich das Telegramm erhielt, rief ich sie an. Sie erkundigte sich gleich an den richtigen Stellen. Dann rief sie mich an und erzählte mir alles.«

Er lebte. Das war das einzig Wichtige. Alles andere war nebelhaft.

»Wenn er nur erst da wäre. Ich werde ihn schon aufpäppeln. Es soll ihm an nichts fehlen. Ich will ihn richtig verwöhnen. Er soll wissen, was es heißt, wieder bei Mom zu sein. Ja, aber nun zu dir. Wie wird denn das werden? Jetzt hast du zwei Männer. Das ist eine schöne Geschichte.«

»Ich werde heute noch mit meinem ... mit Dr. Connawer sprechen. Ich gehe sofort weg von ihm. Ich gehe zur dir und erwarte Ray dort.«

»Nein, nein. So einfach ist das nicht. Sprich noch nicht mit deinem Mann darüber. Sprich mit niemandem. Hüte das Geheimnis bis Ray da ist. Du mußt es zuerst mit ihm besprechen. Sobald du es Dr. Connawer erzählst, wird es publik und dann kommt es vielleicht gar in die Zeitung. Stell dir vor, wie schrecklich es für Ray wäre, wenn er die Neuigkeit auf so rohe Weise erführe. Wir wissen doch gar nicht, in welchem Zustand er ist. Außerdem soll man nie etwas Übereiltes machen. Es liegt in deiner Hand, welche der beiden Ehen du lösen willst. Willst du Reichtum und Unabhängigkeit wegwerfen und Ray in Armut und Unsicherheit folgen? Seine alte Firma besteht nicht mehr. Vielleicht ist er krank, kann und will dich gar nicht ernähren, findet das die beste Lösung. Vielleicht hat er dich vergessen in den langen Jahren. Also: nichts Übereiltes.«

Als Mrs. Garguin gegangen war, blieb Edna wie in einer Betäubung zurück. Der Name Ellen Huckles zuckte plötzlich durch ihr Hirn. Der Gedanke schmerzte. Es konnte auch Joan oder Peggy sein. Und sie selbst hier – verheiratet. Die Situation war qualvoll.

Am Abend sagte sie Dr. Connawer, sie fühle sich nicht wohl und habe deshalb die Hotelbestellung abgesagt. Sie werde sich in den nächsten Tagen entscheiden, ab und wohin sie gehen werde.

»Und deine Bridgepartnerinnen? Hast du mit ihnen Streit gehabt? Irgend eine Tratscherei?«, fragte er spöttisch.

Sie würdigte ihn keiner Antwort. Dann konstatierte er, daß sie wirklich schlecht aussehe, fragte nach speziellen Schmerzen und, ob er sie untersuchen solle. Er war plötzlich merkwürdig nett zu ihr.

Es vergingen drei Tage. Dann lief das Schiff ein. Riesenaufschriften prangten im Hafen: »Willkommen, Jungens«, »Gut gemacht« und »New York begrüßt euch«. Auf dem Pier wartete eine freudig erregte Menge. Von den drei großen Decks stieg ein einziger Begrüßungsschrei aus vielen tausend Soldatenkehlen. Die Ausschiffung dauerte viele Stunden. Es waren auch Kranke und Verwundete darunter. Die wurden von bereitstehenden Ambulanzen in die entsprechenden Spitäler oder Erholungsheime transportiert. Rote Kreuzschwestern wimmelten herum. Edna renkte sich den Hals aus. War Ray auf einer dieser Tragbahren? War er der im Rollstuhl? Oder der Junge, dem der Kopf in nervösem Zucken hin- und herflog?

Die Menge wartete mehr oder minder ungeduldig. Die Frauen sprachen miteinander. »Drei Jahre haben wir uns nicht gesehen.« »Ob seine Hand wirklich ausgeheilt ist, so wie er schrieb?« »Unser Kind ist zweieinhalb Jahre, jetzt wird er es zum erstenmal sehen.« »Ich habe unsere Wohnung aufgegeben; jetzt weiß ich gar nicht, wo wir hin sollen.« »Er soll mir nur nicht erzählen, daß die Europäerinnen hübscher sind.« »Ich habe im Schleichhandel Zucker gekauft; er trinkt den Kaffee gerne süß.«

Edna verspürte Durst. Oder war ihr nur die Kehle zugeschnürt von all der ängstlichen Erwartung? Sie kaufte ein Pepsi Cola bei einem der fliegenden Verkäufer. Es war ein heißer Tag, obwohl vom Hafen und vom Hudson eine kühle Brise wehte. Edna trug ein hauchdünnes Seidenkleid mit einem großgeblumten Muster auf gelbem Grund. Sie sah ein bißchen chinesisch aus und sehr apart. Ihr großer Strohhut mit der durchbrochenen Krempe brachte ihre wohlgepflegten schwarzen Locken sowie das Oval ihres Gesichtes zu vorzüglicher Geltung.

Hatte ihr Make-up durch die Hitze gelitten? Sie erneuerte es, obwohl sie wußte, daß Ray nicht gerne Lippenstift schmeckte. Doch es war weit wichtiger, daß sie schön war, wenn nach so langer Zeit sein Blick auf sie fiel. Liebte er sie noch? Hatte er sie vielleicht wirklich vergessen? Konnte das sein? Wie weit war sein Flirt mit der Engländerin gegangen? Viele Soldatenehen waren in die Brüche gegangen. Man konnte es täglich in den Kurzgeschichten der Fünfcentmagazine lesen. Zu lange waren die Männer in fremden Ländern in der Etappe gelegen. Und sogar im Feindesland hatten sich süße Fäden angesponnen und keine noch so strengen Fraternisierungsverbote hatten diesen mächtigen Naturtrieb unterbinden können. War das nicht eine verrückte Welt? Hier stand sie, Dr. Connawers Gattin, und wartete auf Ray. Der würde sie in seine starken Arme nehmen und sie würde endlich wieder wissen, was Liebe war. Am liebsten würde sie gleich mit ihm ins nächste Hotel gehen, noch bevor sie zu seiner Mutter in die Bronx fuhren.

Eine große Sehnsucht kam über Edna. Sie zitterte. Sie wollte in seinen Armen liegen, das war ihr einziges Ziel. Aber wie war das? War sie dann eine Ehebrecherin? Eine Bigamistin? Da standen ja hohe Strafen darauf.

Hier kam eine Gruppe von Soldaten, die ihre Formalitäten glücklich überstanden hatten. Einer ging an einem Stock. Sein Freund sagte lachend: »Junge, der Krieg war ja ein Kinderspiel, verglichen mit dieser Fragerei und Warterei.« Zwei Frauen lösten sich aus der Menge und flogen den beiden entgegen. Es gab Küsse und Tränen, zu Boden fallende Handtaschen, sich auflösende Frisuren, Lachen, Schluchzen. Ein einschichtiger Soldat zwinkerte einer Mädchengruppe zu: »Und mich küßt keine?«

Dort hinten ging ein anderer, ein Großer, Breiter. Er grinste und zeigte schöne weiße Zähne. Es gab Edna einen Riß. War das nicht ...? Sie ging näher. Aber natürlich! Ja, ja, ja. Ihr Herz klopfte zum Zerspringen. Ein erstickter Laut kam aus ihrer Kehle. Der Fesche wandte sich ihr zu. »Ray«, schrie sie. Da sah sie, daß er es gar nicht war. Doch einer hinter ihm hatte aufgehorcht. Der kam jetzt näher, fixierte sie, wollte weiter, blieb, wie durch Magie gefesselt, stehen. Sie blickte ihn an. Unter seinen Augen waren blaue Schatten. Sein braunes Haar war grau meliert, obwohl er nicht alt sein konnte. Um seinen müden Mund liefen traurige Striche. Auf der rechten Wange hatte er eine rötliche Narbe. Die Uniform saß lose. Er mußte viel Gewicht verloren haben. Als er näher kam, war ihr so, als habe sie ihn schon einmal im Leben gesehen. Nun bewegte er die Lippen, wie um sie anzusprechen. War das ... ? Nein, das konnte ja nicht sein. »Ray«, sagte sie leise und dann noch einmal schreiend »Ray« und stürzte auf ihn zu. Jetzt erst dämmerte Erkennen in seinen Augen, es zuckte in seinen Zügen. Sie hielten sich umschlungen.

»Oh, Baby«, sagte er leise und etwas heiser an ihrer Wange. »Ich hätte dich beinahe nicht erkannt. Du hast dich so verändert. Du bist so erwachsen geworden, ganz anders als wie ich dich verließ. Nun, weine nicht.«

Aber sie konnte nicht anders. Die Erschütterung des Wiedersehens war zu groß. Zu stark auch die Überraschung, ihn so völlig verändert zu finden. Das war ja nicht mehr derselbe Mensch. Das war nicht Ray. Sie bemerkte erst, als er ein Lachen versuchte, das allerdings mißlang, da ihm drei Vorderzähne fehlten. Sie wandte sich ab. Ach seine schönen Zähne! Es war ein Jammer. Ray faßte ihre Hand. Nun schritten sie der Straße zu.

»Nehmen wir ein Taxi. Ist Mom zu Hause?«

»Ja, natürlich. Sie erwartet dich. Sie wollte, daß ich dich allein abholen sollte, um unser Wiedersehen nicht zu stören. Ist das nicht lieb von ihr? Und dann wollte sie alles herrichten für deine Heimkehr. Ich glaube, ich sollte sie anrufen und ihr sagen, daß du angekommen bist.«

»Wozu? Um sie schonend auf mein Aussehen vorzubereiten?«

Edna schoß das Blut in die Wangen. So hatte er sie also durchschaut. Er wußte also, wie er aussah. Das war arg. Doch war es noch lange nicht das Ärgste. Er war so verändert, so fremd. Sie wußte nicht, was sie mit ihm reden sollte. Wie sie ihn behandeln sollte. Sie wagte nicht, Fragen zu stellen. Dunkel ahnte sie, daß es besser war, den Abgrund dessen, was er erlebt und erlitten, nicht aufzureißen. Hätte er den Wunsch zu sprechen, dann täte er es wohl unaufgefordert. Andrerseits wollte sie dieses Schweigen nicht ins Unendliche wachsen lassen. Sie hatte Angst, daß die Mauer zwischen ihnen mit jeder Minute höher würde. Ach, sie hatte ihn verloren. Nicht an den Krieg, nicht an Ellen, doch an etwas, das nicht minder erbarmungslos schien. Nun saßen sie im Taxi. Er hielt ihre Hand.

»Und ... und wie war die Überfahrt?«, fragte sie. »Ich meine, hattet ihr gutes Wetter?«

»Es war alles sehr angenehm«, sagte er sarkastisch und das Blut stieg vor Ärger in seine Wangen. »Ich verbrachte einen netten Krieg, der alles bot, was gut und teuer war: Seuchen, Torturen, Stacheldraht und Erniedrigungen.«

Sie starrte ihn fassungslos an.

»Verzeih, Baby«, sagte er in plötzlicher Reue. Was konnte sie denn dafür? Sie hatte ja dieses Morden nicht angezettelt. Sie hätte ihn ja am liebsten dabehalten. Warum ließ er sie nun seine Verbitterung entgelten? Ach, er wußte ja nicht, was er sprach oder tat. Er war zerstört, ausgelöscht, ein Nervenbündel. Wenn man durch Jahre so viel Schreckliches, Gemeines, Niedriges gesehen, wenn man ohne Essen und Trinken hinter Stacheldraht geschmachtet hatte, wenn Hoffnung und Menschenwürde in einem zertreten war, dann war man doch nicht mehr für seine Handlungen oder Worte verantwortlich. Hier in den Straßen gingen gutgekleidete und wohlgenährte Menschen. Die Auslagen barsten mit Waren. Knappheit? Wo denn? Nicht hier. Die hatten den Krieg nicht gespürt, die wußten auch gar nicht, um was es gegangen war, er allein und die paar treuen Kameraden, die auf der Strecke geblieben waren, die hatten die ganze Rechnung bezahlt. Edna war so schön, so gepflegt, so elegant. Das sollte ihn freuen, erweckte aber auch nur Ärger in ihm. Sie hatte gewiß einen guten, hochbezahlten Posten, den ein Mann verlassen, der an der Front unter Qualen krepiert war. So war auch seine eigene Frau, Mom, Syb, alle Nutznießer des Geschehens im schaurigsten Kapitel der Weltgeschichte. Ach, er wollte nicht nachdenken. Er wollte vergessen, versuchen zu genesen. Doch konnte er sich nicht vorstellen, daß er jemals wieder ein normales Leben führen werde, ins Büro gehen, im Auto fahren, bei Toffenetti essen, eine Zeitung kaufen, seine Frau küssen, Mutters Apfelkuchen essen. Das alles mußte in einem andern Leben vor sich gegangen sein. Nichts hatte er gewußt, gar nichts, und jetzt wußte er zu viel, das war ein Sprung, den kein Hirn mitmachen konnte.

»So war ich also totgesagt?«

»Ja, Ray. Schon vor zwei Jahren.«

»War es arg für dich?«

Statt jeder Antwort weinte sie leise an seiner Schulter. Der Schmerz von damals und von heute flossen ineinander. Was konnte sie tun, als weinen? Eine völlige Hoffnungslosigkeit umfing sie. Wenn sie sagen hätte können: »Nun ist alles gut. Du lebst, du bist wieder da. Ich werde dich gesund pflegen und gesund lieben.« Aber das konnte sie nicht, denn sie war die Frau eines andern. Wenn sie sagen hätte können: »Ich bin in einer dummen Lage, aber du mit deiner Kraft, deiner Jugend, deinem sieghaften Lachen wirst es schon wieder in Ordnung bringen.« Aber das konnte sie auch nicht sagen, denn dieser Mann neben ihr war ein Wrack.

»Wie geht es Muriel und David?«, fragte er.

Sie biß sich auf die Lippen. Was sollte sie denn antworten? Sie konnte ihm doch nicht sagen, daß sie sie seit Monaten nicht gesehen, ja, daß sie den Kontakt mit den Seinen völlig verloren hatte, weil ... Er schien aber keine Antwort zu erwarten, sondern blickte apathisch aus dem Wagenfenster.

Als sie in der Wohnung ankamen, war Edna erstaunt über Mrs. Garguins Haltung. Nicht ein Muskel in ihrem lachenden Gesicht verriet den Schock, den Aussehen und Benehmen des Sohnes ihr bereiteten. Edna bewunderte die ungeahnte Stärke dieser Frau.

»Ray, mein Sohn! Da bist du ja. Wenn das nicht eine wunderbare Überraschung ist!«

»Mom!«

»Kaffee und Kuchen steht bereit. Ganz wie in alter Zeit. Ich werde dich schon auffüttern. Geh ins Badezimmer und wasche dir die Hände. Was sagst du zu unserer Hitze?«

Als er folgsam hinter der weißen Tür verschwand und die beiden Frauen allein waren, verbargen sie ihre Bestürzung vor einander nicht. Sie wisperten hastige Fragen und Antworten und lächelten gezwungen, als er zu ihnen trat.

Während sie aßen und tranken und die Mutter die Hauptkosten der Unterhaltung trug, kam der Abend immer näher und Edna geriet in eine nervöse Spannung. Wie sollte sie Ray beibringen, daß sie nicht dableiben konnte? Sie bedauerte, daß sie Dr. Connawer nicht die Wahrheit gesagt, sondern sich von Mrs. Garguin in die Geheimnistuerei hineindrängen hatte lassen. Jedenfalls war Ray nicht in einem seelischen und körperlichen Zustand, daß man ihm eine so weittragende Nachricht so ohne weiteres mitteilen konnte. Andrerseits konnte sie nicht einfach nicht nach Hause gehen oder Dr. Connawer anrufen und ihm kühl mitteilen: »Ray ist hier. Ich bleibe bei ihm. Unsere Wege trennen sich.« Nein, das konnte sie nicht tun. Der war imstande und kam her und die beiden Männer gerieten aneinander. Oder er ließ sie von der Polizei abholen. So dumm war sie nicht, um nicht zu wissen, daß die Sache auch eine juridische Seite hatte.

»Euer Getue hat etwas Unnatürliches«, sagte Ray plötzlich. »Ihr behandelt mich, wie wenn ich ein Geisteskranker wäre. Du stellst überhaupt keine Fragen, Mom. Interessiert es dich nicht, in welchem Gefangenenlager ich war? Wie ich befreit wurde? Entlaust? Endlich wieder in einem Bett schlief?«

»Ray, du hast viel mitgemacht. Mit der Zeit wirst du ruhiger werden und dann wirst du uns alles erzählen. Es wäre unrecht, es in den ersten Stunden aus dir herauszupressen.«

Er lächelte zum erstenmal. Schloß die Augen und lehnte den Kopf gegen die spiegelglatte Wand der Dinette. »Du bist gar nicht so dumm, Mom.« Nach einer Weile sagte er: »Wie spät ist es? Ich bin müde. Ich bin schrecklich müde. Komm, Edna, gehen wir schlafen.«

Ihr stand das Herz still. Jetzt mußte sie etwas sagen. Hilflos starrte sie Mrs. Garguin ins Gesicht. Die ergriff denn auch die Initiative.

»Ray«, hub sie an, in jenem outriert fröhlichen Ton, den man Kindern gegenüber anwendet, »ein kleiner, dummer Zwischenfall ist passiert, aber ich bin überzeugt, er läßt sich ohne Aufregung reparieren. Ich sehe zwar, daß du von den Reisestrapazen müde bist, aber es hat doch keinen Sinn, daß man wie die Katze um den heißen Brei herumgeht. Nicht wahr, du willst doch wissen, was in deiner Abwesenheit passiert ist. Nun, sei ein guter Junge und höre ruhig zu, was Edna dir zu sagen hat.«

Er blickte verwirrt von einer zur andern. Edna brachte kein Wort hervor. Ihre Kehle war wie zugeschnürt.

»Edna hat dir ein Geständnis zu machen«, sagte Mrs. Garguin und tätschelte seine Hand.

Er sah Edna an. Plötzlich wurde er furchtbar rot. Freudige Erregung erzeugte Fieberflecken auf seinen eingesunkenen Wangen. Die Narbe leuchtete wie Blut.

»Wir haben ein Kind«, stotterte er heiser. »Ist es das?«

Ach, nun war die Sache noch viel schlimmer. Mrs. Garguin mit ihrem schäkernden Ton hatte eine ganz falsche Atmosphäre geschaffen. Es war nun viel schwerer, ihn aus einer Hoffnung herauszureißen. Ärger über ihre Schwiegermutter stieg in Edna auf. Sie riß sich zusammen. Man mußte den operativen Schnitt tun.

»Ray, ich bin verheiratet. Du warst totgesagt ... ich trauerte, aber, als die Zeit verging ... nun bin ich eine Bigamistin, aber ohne meine Schuld. Da muß es doch ein Gesetz geben; irgendwie muß das doch in Ordnung kommen können. Mein Mann ... ich meine, mein zweiter Mann hat sicher keine Rechte. Er wird auch keine Schwierigkeiten machen ... man muß einen Rechtsanwalt fragen. Aber ich kann nicht hier bleiben. Ich meine, nicht über Nacht. Vielleicht sollte ich auch nicht zu ihm gehen, aber ich habe kein Geld für ein Hotel. Und Privatzimmer bekommt man keine. Du hast keine Ahnung von unserer Wohnungsnot hier in New York. Es ist schrecklich. Es ist am besten, ich gehe nach Hause und ordne die Sache mit ihm. Und morgen ...«

Während sie in Hast und Verlegenheit diese Sätze hervorstieß, wurde Rays Gesicht zu Stein. Seine Lippen waren jetzt weiß und er sah so aus, daß beide Frauen Angst vor ihm hatten. Mitleid wallte in Edna auf.

»Ray«, bat sie und wollte ihn umarmen. Er stieß sie weg.

»Also, das hast du getan? So eilig hattest du es? Du trauertest, aber konntest nicht zwei Jahre warten? Konntest nicht warten, bis dieser Krieg aus war, mußtest, kaum daß ich verscharrt war, lieben, tanzen, dich mit Fetzen und Schmuck behängen? Wie wenn ich nie existiert hätte? Ist das Liebe? Ist das der Sinn der Liebe? Wenn der eine stirbt, dann nimmt man sich eben einen andern? Das ist ja sehr einfach. Und deine Liebesschwüre und Beteuerungen! Pfui Teufel! Du fandest schnell ein anderes Objekt. Geh mir aus den Augen und laß dich nie mehr blicken.«

»Ray!«

Er stieß sie wieder zurück, diesmal heftiger.

»Sage deinem Mann, ich verzichte auf dich. Sage deinem Anwalt, ich willige in eine Scheidung und deine zweite Heirat ist rechtskräftig. Und jetzt verschwinde, bevor ich mich vergesse.«

Edna ging. Mrs. Garguin lief ihr zum Aufzug nach. »Keinen unüberlegten Schritt, Edna. Hörst du? Nach ein paar Tagen wird alles anders aussehen. Du mußt ihm jetzt Zeit geben, die Sache zu verdauen.«

Edna war so verstört, daß sie kaum hörte, was die ältere Frau zu ihr sprach. Sie fuhr hinunter, trat auf die Straße und winkte einem Taxi. Zu Hause angekommen, stürzte sie in Dr. Connawrers Arbeitszimmer. Bevor er noch Zeit hatte, zu fragen, warum sie so spät nach Hause komme, stieß sie hervor: »Ray Garguin ist zurückgekommen.«

VI.

Als Mrs. Garguin vom Aufzug, wohin sie Edna begleitet hatte, zu ihrem Sohne zurückkehrte, warf er sich weinend an ihre Brust. Das war wohl seit zwanzig Jahren nicht geschehen und ihr Mitleid mit ihm wurde von einem Gefühl tiefer Befriedigung verdrängt. Nun war sie wieder die einzige. Das hergelaufene Mädel war ausgeschaltet. Die Gattin hatte versagt, was nun blieb, war »Mom«. Mom, die nicht nur den besten Apfelkuchen in der Welt machte, sondern die auch die Berufenste war, ihm Halt und Stütze zu sein, wenn das Leben ihn umzuwerfen drohte. Ein Muttersöhnchen? Und wenn! War das etwas Schlechtes? Dieser Krieg war für die meisten jungen Männer ein grausamer Prüfstein gewesen. Andere hatten noch schlechter abgeschnitten als Ray. Sie hatte mit Staunen in den Zeitungen gelesen von der hohen Anzahl von seelischen Zusammenbrüchen. Schon im Ausbildungslager hatte es sich gezeigt, daß viele nervöse Störungen auftauchten und daß eine erschreckende Menge von Soldaten felddienstuntauglich waren. Angstzustände, Nervenschmerzen, Sprachstörungen waren an der Tagesordnung gewesen. Der Übergang von einer wohlbehüteten Heimatmosphäre zur eigenen Verantwortlichkeit war zu jäh gewesen. Von den »Starken« waren dann viele im ersten Geschützfeuer zusammengebrochen. Der sogenannte »Schußschock« hatte die Feldlazarette mit unerwarteten Patienten gefüllt. General Patton hatte einen Soldaten geohrfeigt, um einen Gegenschock auszuüben. Es hatte dem jungen Menschen nicht genützt, der Reputation des alten Haudegens aber sehr geschadet. Jetzt nach Schluß der Feind-Seligkeiten waren die Sanatorien mit »seelischen Krankheitsfällen« überladen. Da mußte sie doch noch froh sein, daß ihr Ray bloß in einer psychischen Depression war, hervorgerufen durch Dinge, die er in der Gefangenschaft mitgemacht hatte und über die er ihr sicher eines Tages allerhand erzählen würde, wenn sie ihm nur jetzt Ruhe ließ. Daß ihn hier eine unangenehme Überraschung erwartet hatte, war ein tragisches Zusammentreffen. Sie persönlich hatte allerdings immer erwartet, daß Edna eine Enttäuschung für ihren Sohn werden müsse. Vielleicht war es besser, die Sache ging nun mit einem hörbaren Krach auseinander. Das war der operative Eingriff, der oft rascher zur Heilung führte, als langes Siechtum. Jedenfalls hatte er dieses Frauenzimmer kurzerhand hinausgeworfen. Und nun war »Mom« da, um ihm über die ersten Tage und Wochen hinwegzuhelfen. Die beste Lösung wäre, wenn die zweite Ehe rechtskräftig wäre und Dr. Connawer plötzlich sterben würde; Herzschlag oder so etwas ähnliches. Dann wäre Edna eine steinreiche Witwe und ohne lange Formalitäten wieder Rays Frau. Mrs. Garguin wußte nicht viel von der juridischen Seite der Angelegenheit. Sie ließ sich ihren Wunschtraum durch logische Korrekturen nicht stören. Sie dachte bloß, wenn Edna plötzlich einen Haufen Geld ins Haus brächte, so wäre das gar nicht übel. Rays Sorgen um eine Zukunft, sein Bangen um einen Posten wären dann null und nichtig. Das wäre schön. Leider gingen die Dinge im Leben nicht so glatt. Nein, nein, sollte Edna nur bei dem Alten bleiben, hier brauchte man sie nicht. Ray hatte sie ja hinausgeworfen. Recht hatte er. Der gute Junge.

Inzwischen war sein Schluchzen leiser geworden. Mrs. Garguin führte ihn zur Couch, bettete ihn hin, wusch sein Gesicht mit lauem Wasser, ließ ihn am Eau de Cologne riechen.

»Ach, Mom. Warum tat sie das? Nun hat sie den letzten Rest meines Lebens zerstört. Zu meinen Entbehrungen und Erniedrigungen, zu Hunger, Skorbut und Tortur, die ich erduldete, zu meinem Zweifel an der Welt, zum Verlust meines Glaubens an Gott, zu meiner Unfähigkeit, eine Zukunft aufzubauen, zu meinen Angstträumen, dem Bewußtsein meiner verlorenen Jahre, meiner zerstörten Gesundheit kommt nun noch das dazu. Eine treulose, leichtfertige Frau. Und ich glaubte an ihre Liebe. Je länger die Trennung dauerte, desto fester glaubte ich. Ich dachte, wenn auch die ganze Welt in moralische Trümmer geht, wenn auch der Faschismus zuerst eine ganze Welt versklavte und jetzt, nach seiner Niederwerfung, den Erdball mit seinem Gift infiziert, eine Sache ist doch unzerstörbar: das ist die Liebe. Und kaum bin ich tot, liebt sie einen andern. Kann man denn so leicht vergessen? Ein Tier würde doch sogar bei der Leiche des erschlagenen Gefährten trauern, bevor es zu neuer Paarung eilen würde.«

Die Mutter saß neben ihm am Rande der Couch und streichelte seine Hand. Vertraut war er ihr und doch so fremd. Diesen veränderten, ausgemergelten Körper würde sie schon wieder auf gleich bringen. Viel Spinat, Fruchtsäfte, Salate, Gefrorenes, Steak und Apfelkuchen. Sie verdiente jetzt gut, konnte auch Überstunden machen und er bekam wohl unter dem Soldatengesetz seine Löhnung weiter und auch eine Etablierungsabfertigung. Sie hatten noch keine Zeit gehabt, über die materielle Seite seiner Heimkehr zu sprechen. Aber irgendwie würde sich das schon ordnen lassen. Seinen alten Posten konnte er wohl nicht wieder bekommen, doch vielleicht konnte ihn der alte Chef irgend wohin empfehlen. Doch nein, Ray war momentan nicht in der Verfassung, zu arbeiten. Auf jeden Fall war es gut, daß er dieses Mädel nicht an sich hängen hatte.

Während sie sich im Geiste damit befaßte, wie sie ihn aufpäppeln werde, fühlte sie immer deutlicher, wie fremd ihr seine Seele geworden, seine Ansichten, sein Ausblick in die Welt.

»Wenn es umgekehrt gewesen wäre«, fuhr er zerquält fort, »wenn ich von ihrem Tode vernommen hätte, nie mehr hätte ich eine andere Frau angerührt. Der Gedanke an Edna hätte sich immer zwischen mich und die andere geschoben. Und ihr macht das gar nichts. Sie geht hin und schläft mit einem andern. Liebt einen andern.«

»Nein, das siehst du ganz falsch. Diesen Mann kann man nicht lieben. Ein alter, häßlicher Glatzkopf, aber sehr reich. Eine Geldheirat, die sich rentierte, sonst nichts.«

Ray schwieg. Man konnte in seinem grauen Gesicht lesen, wie schwer und mühsam seine Gedanken arbeiteten.

»Das ist noch schlimmer, Mom. Ihre einzige Entschuldigung wäre gewesen, daß sie in eine neue Leidenschaft verstrickt war. Das wäre für mich eine Enttäuschung, aber doch menschlich verständlich. Aber sich kühl zu verkaufen, das ist viel gemeiner.« Er lachte bitter und entblößte dabei die häßliche Zahnlücke. »Da kam ihr ja mein Tod äußerst gelegen.«

Mrs. Garguin seufzte. Man konnte es ihm nicht recht machen. Was immer sie sagte, er würde daraus nur Gift saugen.

»Wenn wir frierend und hungernd in den Baracken saßen, sprachen wir von unsern Frauen. Ihr Bild hatte man mir abgenommen, aber ich sah sie vor mir, sowie ich nur die Augen schloß. Jeder der Kameraden führte irgend etwas besonderes über seine Frau oder sein Mädchen an. Die eine war besonders geschäftstüchtig, die andere hatte einen verantwortungsreichen Posten, die dritte war eine ausgezeichnete Köchin, die vierte eine gute Mutter, die fünfte hatte einen Preis bei einer Schönheitskonkurrenz gewonnen, die sechste las alle laufenden, amerikanischen Romane. Keine dieser Lobhudeleien konnte ich auf Edna anwenden.« Er zögerte einen Moment, denn es wurde ihm klar, daß sie in seiner Abwesenheit sehr schön geworden war. Hätte er sie je so gesehen wie heute, dann hätte er wohl mit ihrer Erscheinung prahlen können. Waren das nur die teuren Kleider? »Doch eines«, fuhr er fort, »konnte ich zu ihren Gunsten sagen: daß sie mich liebte, daß sie an mir hing. Daß sie zu mir aufsah und nach keinem andern blickte. Daß sie treu war und ergeben. Die Kameraden sagten oft: Ray, sagten sie, du hast den besten Teil erwählt. Das klingt ja beinahe so gut, wie wenn du mit einer Europäerin verheiratet wärest.«

Was redete der Junge für einen Blödsinn?! Da sah man am besten, wie verwirrt sein Geist war. Die Kameraden konnten doch so etwas Dummes, Falsches gar nicht gesagt haben. Kein Amerikaner würde so etwas sagen. Die ganze Welt wußte, daß die Amerikanerin die schönste, beste, gepflegteste, eleganteste, tüchtigste und intelligenteste Frau der Welt war.

»Ich lernte Engländerinnen und Französinnen kennen. Die Kameraden kannten Italienerinnen, Griechinnen, Serbinnen, je nach den Fronten, an denen sie gekämpft. So verschieden diese Mädchen auch waren, je nach Klasse, Herkunft und Alter, wir entdeckten doch Eigenschaften, die ihnen gemeinsam waren, sozusagen typisch. Sie sind echt, nicht falsch; aus Fleisch und Blut, nicht Puppen; sie glauben an den Wert und nicht an den Preis des Wertes. Die grenzenlose Überschätzung des Erfolges ist ihnen fremd. Sie bejahen die Wechselwirkung zwischen Welt und Menschen, zwischen Mann und Frau, Wachstum und Erfahrung. Sie wollen nicht nur empfangen und einheimsen, aufstapeln und hamstern, sie wollen Leistung mit Gegenleistung quittieren. Sie kennen nicht die unbefriedigte Befriedigung unserer Frauen, nicht die kalte Berechnung, ihren Besitz zu buchen an Mann, Möbeln, Geld. In der Seele der amerikanischen Frau bleibt alles unverdaut. Sie überfrißt sich und bleibt doch hungrig. Dann entdeckt sie, sie will auch etwas geben, dann drängt sie sich auf; ihrem Mann, den sie damit stört, ihren Kindern, die sie damit seelisch verkrüppelt, ihren Arbeitskollegen, die Ruhe wollen. Dann flüchtet sie in Wohltätigkeit, besessen von der hysterischen Angst, die Welt könnte eines Tages besser werden, so daß jeder Mensch Brot, Kohle und ein Dach überm Kopf hatte, dann würden auch die Armen sie ablehnen und dann hätte sie überhaupt nichts mehr in der Welt.«

Mrs. Garguin zweifelte nicht mehr daran, daß mit Rays Verstand etwas los war. Seine Ansichten waren verrückt. Plötzlich fiel er in eine große Erschöpfung. Sie stand leise auf und ließ ihn schlafen.

Auch die Debatte zwischen Edna und ihrem Mann dauerte lange.

»Ich habe oft bedauert, dich geheiratet zu haben, Edna.

Deine niedrige Abkunft, dein schlechtes Benehmen und deine unglaubliche Unreife verursachten mir Ärger und Unannehmlichkeiten. Das weißt du. Doch gerade in der letzten Zeit zeigtest du Anzeichen von Besserung. Auch Mrs. Lindsay konstatierte das. Du bist jung und hast dich zu einer richtigen Schönheit ausgewachsen. Ich habe mich an dich gewöhnt. Wenn Garguin in die Scheidung willigt, so ist es mir recht. Mein Anwalt wird die legale Seite dieses Zwischenfalles in Ordnung bringen. Er ist ein geschickter Kerl.«

Sie weinte. Sollte Ray ihr wirklich endgültig verloren gehen, nachdem er ihr auf so wunderbare Weise wiedergegeben war? Der Gedanke, ihn hier in New York zu wissen und nicht bei ihm zu sein, machte sie wahnsinnig. Sie mußte noch einmal mit ihm sprechen. Er hatte ihr keine Chance gegeben für eine Erklärung. Das war unfair. Er mußte, mußte sie anhören.

»Ich nehme natürlich an, daß, soweit es auf dich ankommt, du bei mir bleiben willst. Ich kann mir nicht vorstellen, daß du alles, was ich dir biete, einfach aufgeben würdest, um einem armen, kranken Heimkehrer in aussichtslose Entbehrungen zu folgen. Nach dem Luxus, den du durch die letzten zwei Jahre gewohnt warst, dürfte dir Fabriksarbeit, elendes Wohnen und Verzicht auf jede Freude wohl nicht sehr willkommen sein. Deine zweite Ehe war ein großer Aufstieg. Nicht jedes Mädel macht so ein Glück. Ich glaube nicht, daß eine Frau, die ihre fünf Sinne beisammen hat, eine so leicht gewonnene Karriere aufgibt.«

»Ich liebe Ray«, dachte Edna, doch sie sprach es nicht aus. Sie begann plötzlich auf das zu hören, was Dr. Connawer da so kühl und sachlich aussprach, und erkannte, daß ein Körnchen Wahrheit in seinen Argumenten steckte. An seiner Seite hatte sie alles, was das Herz begehrte. Wenn sie auch wenig Bargeld zur Verfügung hatte, so konnte sie doch alles kaufen, was ihr Freude machte. Sie hatte sich an diesen Zustand gewöhnt und lernte jeden Tag eine neue List dazu, um diesem reichen Alten ein Extra abzuzapfen. Sie lächelte in der Erinnerung an den klugen Coup, den sie vor ein paar Wochen ausgeführt hatte. Sie war, ohne Mrs. Lindsay, zur Modistin gegangen und hatte ein Modell um fünfundsechzig Dollar gewählt. Sie hatte, wie gewöhnlich, die Rechnung an Dr. Connawer senden lassen. Als die Sekretärin gerade dabei war, die Rechnung zu tippen, sagte Edna nonchalant: »Würden Sie so freundlich sein, hundert Dollar einzusetzen und mir die fünfunddreißig auszuzahlen?«

»Aber gewiß«, sagte die Chefin mit einem freundlichen und verständnisvollen Zwinkern, »wir erweisen unsern Stammkundschaften gerne kleine Aufmerksamkeiten.« So einfach war das also gegangen. Der »alte Idiot« hatte keine Ahnung davon. Dieser und ähnliche Streiche machten Spaß. Sie war an Wohlleben gewöhnt. Entbehrung wäre eine bittere Pille. Das breite, weiche Bett mit dem Himmel darüber, die federleichten Daunen, das duftende Bad, Hände, die sie bedienten, Parfüm, Massage, Seidenwäsche; das Frühstück ins Bett; die feinsten Leckerbissen, Bridge, Kino, Theater, Cocktails; Nachtlokale, Kurorte; nun würde man auch bald wieder Benzin in Hülle und Fülle bekommen, dann konnte man reisen. Ach, Florida, Kalifornien, die Rocky Mountains, die ganze Herrlichkeit dieses Landes, von der sie nichts kannte. Man konnte auch einmal im Clipper nach Europa fliegen, obwohl ja dort jetzt alles Schutt und Asche war. Trotzdem konnte man einmal ein paar Stunden in London oder Paris verbringen, bloß um mitreden zu können.

Während ihr Verstand fortfuhr zu denken, brannte ihr Herz in Sehnsucht nach Ray. Dr. Connawer rief das Waldorf Astoria an und bestellte ein Zimmer für seine Frau.

»Es ist besser, du schläfst nicht hier, solange die Sache nicht geordnet ist. Ich möchte nicht in Unannehmlichkeiten kommen.« Sie ging nur zu gerne. In ihrem kleinen Zimmerchen des Riesenhotels ging sie stundenlang auf und ab, wie ein gefangenes Tier. Der Morgen dämmerte im Osten, als sie endlich in einen nervösen Halbschlaf fiel. Um neun Uhr schreckte sie auf, badete, zog sich hastig an, befand sich bald in der heißen Straße, eilte in eine nahe Drogerie, bestellte ein komplettes Frühstück, von dem sie aber nur den Orangensaft hinunterbrachte. Dann, rasch in ein Taxi und in die Bronx. Konnte der Chauffeur denn nicht rascher fahren? Endlich war sie im Fahrstuhl und fuhr zu Rays Wohnung hinauf.

Sie läutete einmal, zweimal, dreimal. Endlich hörte sie ein Geräusch hinter der Tür. Ray öffnete; Mrs. Garguin war ja in der Arbeit.

Er war zerrauft. Seine Augen waren geschwollen. Er sah noch mitleiderregender aus als gestern. Sein brauner Bademantel war halb offen; darunter sah man den zerknitterten Pyjama, der an seiner hageren Gestalt schlotterte. Sie drängte sich in die halb offene Tür, noch ehe er sich von seiner Überraschung erholt hatte.

»Ich muß mit dir reden, Ray. Bitte, schick mich nicht weg!«

Er machte eine müde Geste.

»Gut, Baby«, sagte er. »Reden wir.«

Sie traute ihren Ohren nicht. Hatte er wirklich »Baby« gesagt? Das altvertraute Kosewort wirkte in gewohnter Magie. Sie umarmte ihn und preßte ihren jungen, blühenden Körper an seinen armen, zerquälten. Er wehrte sich nicht, doch fühlte sie auch keine Erwiderung ihrer Zärtlichkeit. Wortlos schritten sie in die Küche.

Ray stellte das Wasser für den Kaffee hin und deckte den Tisch. Er suchte und fand Zucker und Salz, das Brot in Cellophan, den Toaster, die Butter, die Milch. Er tat das alles mit einer Art trauriger Gelassenheit, die ihr in die Seele schnitt. Was war aus dem lebensüberschäumenden, wilden, tatenreichen Ray geworden. Er lebte, das war wahr, aber ansonsten hatte dieser Krieg an ihm ganze Arbeit gemacht.

Dann saßen sie beim Kaffee.

»Nun, was hast du mir zu sagen?«

Seine Kälte und Sachlichkeit machte es ihr schwer. Die Fremdheit zwischen ihnen wuchs. War das ihr Mann, ihr Geliebter? War das der Eine und Einzige, auf den es ankam? Das Leben war grausam.

»Ich weiß es nicht«, sagte sie leise, so als ob seine seelische Erschöpfung sich auch ihr mitgeteilt hätte. »Ich glaube, es ist zu spät für Worte. Ich glaube, ich sollte lieber gehen.«

Er warf ihr einen schnellen Blick zu. Die Echtheit ihrer Antwort berührte ihn.

»Trink deinen Kaffee aus und dann sage mir, was du mir zu sagen hast! Nicht daß ich etwa glaube, es würde helfen; weder dir noch mir; noch der Welt; aber weil es das letztemal ist. Aus einer gewissen Ordnungsliebe. Dann gehst du zurück in deine Pracht und ich werde versuchen, gesund zu werden. Vielleicht wird es mir nicht gelingen; vielleicht wird es zehn Jahre dauern. Zehn? Dann käme ich gerade zurecht, um für den nächsten Krieg felddiensttauglich zu sein.«

Sie schwiegen und seine groteske, bittere Bemerkung lag noch eine Weile in der Luft.

»Was immer geschah, Ray, ich liebe nur dich. Als ich dich traf, begann mein Leben. Und als ich dich verlor, endete es. Und was dir draußen im Krieg geschehen ist, dafür kann ich nichts. Ich habe ihn nicht angezettelt.«

»Aber du hast auch nichts getan, um ihn zu verhindern.«

»Was hätte ich tun können? Ich, ein Niemand?«

»Wenn die Niemande nur ein Interesse gehabt hätten an den Vorgängen in der Welt, dann hätte das Weltgewissen nicht so ruhig schlafen können. Aber du und ich und wir alle dachten, was geht es denn uns an, wenn Minoritäten versklavt werden, Juden ermordet, Kinder vergast, irgendwo, das ist nicht unsere Sache, das ist weit weg, Konzentrationslager sind eine innerdeutsche Angelegenheit, das kann uns nicht stören, solange wir, das reichste Land der Welt, nur alles haben, was wir wollen. Wir nennen uns zwar ein christliches Land, aber das hinderte uns nicht, so unchristlich zu denken. Und wir machten noch Geschäfte mit Nazideutschland, wir sagten kein Wort, als Lindbergh und Konsorten ihre Sympathien für das Regime offen kund taten, wir Niemande schwiegen. Wir sagten kein Wort, als Faschisten und Kommunisten in unserm Lande Roosevelt mit Gift bespritzten, als unsere Stahlindustrie im Geschäft mit Japan fette Profite machte. Wir Niemande sagen auch heute kein Wort, wenn dieses Land gut Freund ist mit Franco. Und was geschah in Italien? Wir waren froh, als Mussolini draußen war, verhinderten aber eine gründliche Reinigung von faschistischen Elementen und einen geplanten Wiederaufbau, den die Untergrundkämpfer, die anständigen Antifaschisten, vornehmen wollten. Wir fielen ihnen in den Arm, aus lauter Angst, ihr Land könnte zu weit nach links rutschen. Jetzt sehen wir ruhig zu, wie Italien verhungert und verreckt. Wir sagten kein Wort, als die Engländer Griechenland versklavten. Du sagst: Was kann denn ich tun? Das darf ein entrechteter Untertan in einem Sklavenstaat sagen, wo es keine Wahlen gibt und wo jeder, der den Mund aufmacht, in ein Konzentrationslager kommt. Aber hier? Wir haben eine Regierung des Volkes, durch das Volk und für das Volk. Wenn du das vergessen hast, dann hast du deinen Lincoln schlecht gelesen.«

»Ich habe ihn gar nicht gelesen«, dachte Edna in Trotz und Staunen, wagte aber nicht, Ray zu unterbrechen. Was sie am meisten verwirrte, war, daß er über Dinge sprach, die sie beide nichts angingen. Ob Faschismus oder Kommunismus in andern Ländern herrschte, das hatte doch mit ihrem persönlichen Glück nichts zu tun. Was hatten denn Deutsche, Japaner, Griechen und Spanier damit zu tun, ob sie mit Ray wieder zusammenzog, ob sie Dr. Connawer los wurde, ob Ray ihr verzieh und alles wieder wurde, wie es war, oder besser noch. Was hatte Lincoln mit ihrer Ehetragödie zu tun? Mit ihrem persönlichen Glück? Und das allein stand auf dem Spiel. Doch stand sie wie eine ertappte Sünderin, als sie Rays nächsten Satz hörte.

»Unsere Staatsmänner sind wirtschaftliche Isolationisten, wir sind seelische. Wir denken nur an unser persönliches Glück und glauben, es ist unabhängig von dem, was in der Welt vorgeht. Wir sind nicht reif für unsern eigenen technischen Fortschritt. Unsere Flugzeuge bringen uns in wenigen Stunden an einen andern Kontinent, sobald wir aber dort sind, sagen wir: das geht uns gar nichts an. Die Welt schrumpft zusammen und wir haben noch nicht gelernt, wie man mit den andern zusammenlebt, Güter brüderlich teilt, Verantwortlichkeiten gemeinsam trägt, Wissen austauscht. Wir sind so dumm und unerzogen, daß wir, während des Nachbars Haus brennt, die Decke über unsern Kopf ziehen und befriedigt sagen: es ist ja nicht mein Haus. Wenn uns schon unsere angebliche christliche Nächstenliebe nicht veranlaßt, hinauszustürzen, um löschen zu helfen, dann sollten wir wenigstens Verstand genug haben, um zu argwöhnen, das Feuer könnte auf unser Haus übergreifen. Unser kindischer, gieriger Egoismus wird uns noch teuer zu stehen kommen. Diesmal bezahlte ich die Rechnung, ich und Abe ...«, seine Stimme versagte, als er an den grausam durchlöcherten Leichnam des teuren Kameraden dachte, »... und Millionen andere Burschen, die mit Idealismus auszogen, den Karren aus dem Dreck zu holen, und mit Enttäuschung in eine unveränderte Welt zurückkehrten, *wenn* sie zurückkehrten. Kriegsgewinner, Reaktionäre, skrupellose Politiker, Schleichhändler schöpften den Rahm ab. Aber nächstesmal werden sie auch in Mitleidenschaft gezogen werden.«

»Wir kommen immer weiter vom Thema ab«, dachte Edna müde. Ob Ray wohl je im Leben wieder lachen würde? Sein lautes, wildes, mitreißendes Lachen? Es war nicht anzunehmen, wenn man die hageren Züge sah, die stechenden Augen, die wie in weite Ferne blickten und den bitteren Mund. Sie schwiegen und die Stille zwischen ihnen breitete sich aus. Jetzt muß ich sprechen, dachte Edna; jetzt oder nie.

»Wenn du dich so gut in die Lage der Griechen und Italiener hineinversetzen kannst, dann darf ich doch wohl erwarten, daß du auch versuchst, meinem Gedankengang zu folgen«, hub sie an. »Du weißt, daß das Leben mich nie mit Glacéhandschuhen anpackte. Als ich dich fand, lernte ich erst kennen, was Frohsinn und Glück ist. Ich begann gerade etwas aufrechter zu gehen, als der Krieg kam. Deine Briefe waren mein Leben. Als die aufhörten, war es, als hörte mein Herz zu schlagen auf. Mit deiner Todesnachricht kam eine völlige Apathie über mich. Ich vegetierte nur mehr. Dann kam Connawer und sein Heiratsantrag. Warum auch nicht? Was hatte ich noch zu verlieren? Ich hatte alles verloren. Dich und meine Liebe. Nun war ja alles egal.«

»Du dachtest, warum nicht in Reichtum vegetieren«, spöttelte er, »wenn denn schon vegetiert sein muß. Besser, man tut es in Luxus und Verwöhntheit.«

»Wem hätte es geholfen, wenn ich sein Geld ausgeschlagen hätte?«

»Niemandem. Ich bin bloß erstaunt, daß sich die Erinnerung an mich nicht zwischen euch beide drängte. Daß es dir so leicht fiel, einem andern anzugehören, so bald nach meinem Tode.«

»Es war nicht leicht. Es widerte mich immer an. Er …«

»Verschone mich mit Details. Alles, was du zu deiner vermeintlichen Rechtfertigung anführst, macht den Abgrund zwischen uns nur breiter und tiefer. Ich könnte dich nie wieder berühren.«

»Warum nicht? Liebst du mich nicht mehr? Du wirfst mir vor, daß ich mich rasch getröstet habe. Und du? Was für eine Liebe war denn deine, daß du mich so einfach von dir stoßen kannst?«

»Du hast unsere Ehe zerstört, nicht ich.«

»Aber unwissentlich.«

»So oder so, du hast meinen Glauben an Liebe, Reinheit, ja die Menschheit erschüttert. Darüber komme ich nicht hinweg.«

»Kannst du nicht einen neuen Glauben finden?«, fragte sie verzweifelt.

»Nicht an deiner Seite. Vielleicht allein. Von unserer Gemeinschaft ist nichts übrig geblieben. Unsere Liebe hast du verraten, meinen Glauben an die Menschheit hast du geschändet. Du selbst bist so verändert, daß ich eine fremde Frau in den Armen halten würde. Wenn ich das will, dann lieber gleich eine neue, die nicht mit Schuld beladen ist. Doch zweifle ich, ob ich jemals wieder eine Frau berühren werde. Ich glaube, nicht nur meine Seele, auch meine Mannbarkeit ist in der Gefangenschaft zerstört worden.«

Er schwieg und da war wieder diese lähmende, ausweglose Stille zwischen ihnen. Dann fuhr er fort, wie zu sich selbst.

»Ich zog hinaus mit den andern. Hatte meinen jugendlichen Idealismus wie sie. Dachte mir, die jungen Männer Amerikas müssen kämpfen, damit ihre Lieben zu Hause verschont bleiben. Dachte, wir Jungen müssen den ewigen Frieden für unser Land sichern. Doch in der Gefangenschaft änderte sich mein Weltbild. In Marter und Qual, Hunger und Durst, Erniedrigung und Verlorensein, in Debatten mit den andern und im Nachdenken während vieler schlafloser Nächte wurde mir klar, daß mein Land gar nicht willens war, den Faschismus und Imperialismus in der Welt zu bekämpfen, sonst hätte man das schon vorher am grünen Tisch, durch ökonomische und diplomatische Maßnahmen erreichen können, sondern daß sie im letzten Moment ihre Jungen auf die Schlachtfelder schickten, um ihre eigene reaktionäre Machtposition zu stärken. Es wurde mir klar, daß unsere Bankmagnaten lieber ihre leiblichen Söhne verbluten lassen, als daß sie ihre Profite riskieren. Du wirst dich erinnern, welcher Sturm über das Land ging, als Roosevelt vorschlug, die Einkommen sollten mit 25 000 Dollar im Jahre limitiert werden. Nein, sagten die Reichen und Mächtigen; aber auch die Getretenen, die bloß träumten, sie könnten einmal reich und mächtig werden, schrien, der Präsident ist ein Kommunist. Nein, schrien sie; nehmt unsere Söhne, laßt sie in Drahtverhauen krepieren, laßt sie blind werden, taub, Krüppel, aber rührt nicht an unser Geld! Wen hast denn du im Jahre 1944 gewählt?«

»Ich?« Sie stotterte. »Gar nicht.«

»Ich hätte mir die Frage ersparen können. Das interessierte dich nicht. Ich zog hinaus mit all meinem Idealismus und meiner Opferbereitschaft. Wir müssen kämpfen, dachte ich, damit so etwas nicht wieder passieren kann. Wie hieß das Schlagwort? ›Sichern wir diese Welt für die Demokratie.‹ Die Zeitungen, die ich im Spital sah, zeigten mir, was vorging. Stärkung der Reaktion in diesem Lande, Propaganda gegen Rußland, Kampf um die fetten Bissen. Habe ich dafür das alles gelitten? Ich war in der Normandie. Die Landung allein war wie ein Angsttraum. Der Vormarsch geschah in großer Verwirrung. Wir hatten eine K-Ration pro Tag. Oft kein Wasser. Auf Schritt und Tritt lagen zwischen uns die Verwundeten und Erschöpften herum. Schließlich wollten wir nur mehr schlafen. Mitten im Kampfe dachten wir nicht an Sieg, sondern nur an Rast. Bin paar Tage heraus, ach, einen Tag wenigstens. Es waren aber bestenfalls Stunden. Da verkroch man sich in Erdlöcher. Wie die Tiere. Manchmal gruben wir selbst welche, manchmal benutzten wir die, welche die Deutschen gegraben und dann im Stich gelassen hatten. Doch auch in dieser Rastperiode hatte man keine Ruhe. Da kamen Schüsse aus dem Hinterhalt, aus Bäumen, Schutthaufen, Heuschobern, Gebüsch. Das war gespenstisch. Einmal verfolgte ich mit zwei Kameraden solche unsichtbare Freischärler. Es war nach der Schlacht in der Bretagne, nach dem Durchbruch von St. Lo. Dort wurden wir gefangen. Das war im August 1944. Dann begann die Qual der verschiedenen Lager. Der Hohn der ›Überrasse‹. Wohl ging es uns nicht ganz so schlecht wie den polnischen oder französischen Sklavenarbeitern, wir wurden nicht dem langsamen Hungertod, dem Kältetod, dem Tod durch medizinische Experimente, dem Prügeltod und dem Gastod preisgegeben, denn ein letzter Rest von Verpflichtung, sich an internationale Abmachungen zu halten, schlummerte sogar in den entarteten Nazihirnen. Und doch, wie viele unserer Fallschirmspringer wurden an die Wand gestellt, wie viele unserer Soldaten gezwungen, bei Straßenbau oder in Bleibergwerken zu arbeiten, wobei sie wie die Fliegen starben. Doch am ärgsten schien mir der Schmutz, die Willkür der Nazimachthaber, der Spott über unsere Trauer, das Abgeschnittensein von der Welt, die Unmöglichkeit, unsern Angehörigen die Nachricht zukommen zu lassen, daß wir am Leben, die Resignation, daß auch das Rote Kreuz nicht bis zu uns gelangte. Dort lagen wir, verlaust, verkommen, verloren. Und doch waren unsere Hirne wacher denn je, unsere Nerven verletzbarer. Aller Freude und Ablenkungen beraubt, in unseren normalen Lebensfunktionen gestört, ohne Liebe, Arbeit, Beruf, gewohnte Umgebung, Entspannung, schrumpfte das Leben zu einem nackten Gerüst zusammen und wir sahen die wirklichen

Zusammenhänge der Welt. Zuerst verloren wir den Glauben an Gott, dann an die Menschheit. Später, nach unserer Befreiung, als ein katholischer Geistlicher zu uns kam, wies einer der Kameraden ihn mit den Worten hinaus: ›Die Kirche segnete ja die Waffen. Noch dazu auf beiden Seiten. Das zeigt, daß auch sie lieber ihre lebenden Söhne opfert als ihre Machtposition.‹ Da prägte man auf uns das Wort der gottlosen Heimkehrer. Wie falsch das war. Wir sehnten uns mehr nach Religion, als Menschen es je können, die in ahnungslosem Genießen leben. Aber wir waren und sind nicht bereit, leere Schlagworte zu akzeptieren. Man muß auch seinen Glauben selbst schaffen, sich ihn erkämpfen, sich mit ihm identifizieren. Einfaches Nachbeten, was ein anderer sagt, das ist in meinen Augen Blasphemie. Kämpfen, das ist es. Und du gingst nicht einmal wählen. Versuchtest nicht einmal, durch deine Stimme den richtigen Mann auf den richtigen Platz zu setzen und so Demokratie und Gerechtigkeit zu stärken. Kämpfen muß man. Aber, ich bin zu müde. Jetzt hätte ich dich gebraucht, um mich aufzurichten. Aber du bist eine Fremde, in fremden Kleidern und fremdem Make-up.«

Nach einer langen Pause sagte Edna: »Ich bin eine andere geworden. Aber du bist auch nicht mehr derselbe. Der Krieg hat alles umgedreht, verändert. Warum bist du so unversöhnlich wegen meines Vergehens, wo doch die ganze Welt sich vergangen hat, und schwerer als ich. Du hast dich verändert und doch bin ich bereit, dich immer noch, oder neu zu lieben. Wenn ich für dich eine Enttäuschung bin, so vergiß nicht, daß du für mich auch eine bist. Und doch glaube ich, wir sollten es noch einmal versuchen. Wenn wir auch miteinander nicht reich sind, so sind wir doch ohne einander noch ärmer. Wenn du mit Idealismus auszogst, so saß ich hier und wartete mit romantischen Vorstellungen deiner Wiederkehr. Einen Helden erwartete ich, doch es kam ein Gebrochener. Wo ist dein Lachen, deine Kraft, deine männliche Schönheit? Und doch biete ich dir die Hand zu neuem Bunde. Wenn wir uns jetzt entscheiden, daß du nicht in die Scheidung einwilligst, dann bleibt Dr. Connawer nichts anderes übrig, als die Annullierung der zweiten Ehe zu akzeptieren.« Mit einer ihr neuen obstinaten Würde sagte sie: »Entscheide dich!«

Ray sah gedankenvoll vor sich hin. Ja, er hatte sich verändert. Das war richtig. Mit diesem Argument hatte sie die schützende Schale seines trotzigen Hasses eingebrochen. Die Sicherheit seiner Härte war nicht mehr intakt.

»Es ist besser, Edna«, sagte er mit zitternder Stimme, »ich betrachte dich als Fremde. Dann empfinde ich wenigstens keinen Schmerz.«

Von dem neuen Tone berührt, trat sie näher. Er packte sie bei beiden Armen und schüttelte sie. »Denn wenn du keine Fremde bist, dann muß ich dich hassen für das, was du getan.«

Als er sie los ließ, wollte sie ihn umarmen, doch er schlug sie ins Gesicht. »Du Hure, mit dem alten Schwein im Bett zu liegen! Macht er es besser als ich?«

Obwohl ihre Wange brannte, obwohl der Schreck über seinen Ausbruch ihr in allen Gliedern saß, empfand sie doch eine Art wollüstiger Freude. Er liebte sie. Und wenn er sie auch schlug, so war dies doch die erste körperliche Intimität seit seiner Rückkehr.

Er gewann seine Selbstbeherrschung nur langsam zurück.

»Geh«, sagte er zwischen den Zähnen.

Als Edna nach Hause kam, fiel es ihr auf, daß der Portier einen neugierigen Blick auf sie schoß. Auch der Liftbursche starrte mit offenem Munde. Sie erfuhr später, daß ein Reporter bei Dr. Connawer gewesen. Das ganze Haus wußte nun die Neuigkeit. Die Zeitungsleute arbeiteten rasch. In der Mittagsausgabe stand die ganze Geschichte. Um drei Uhr kam ein anderer Reporter, diesmal zu ihr. Und ein Photograph. Warum hatte es Dr. Connawer so eilig gehabt, die Sache in die Öffentlichkeit zu tragen? Sie stellte ihn zur Rede. Er verantwortete sich, er habe bloß mit seinem Anwalt telephoniert. Und mit der Sekretärin in seiner Ordination. Aber geheimhalten ließ sich so etwas auf die Dauer nicht; und es war auch keine Schande. Im Gegenteil, es sei interessant, eine richtige Sensation. Die Nacht verbrachte Edna wieder im Hotel.

Am nächsten Morgen war ihr Bild in der Zeitung. In einem gedruckten Interview stellte Dr. Connawer sich auf den Standpunkt des rechtsmäßigen Gatten. Am übernächsten Tag waren Photos von Ray und seiner Mutter in der Zeitung. Veteranen- und Wohlfahrtsorganisationen, Radiostationen, Frauenklubs bombardierten Edna mit Einladungen und Anfragen. In einem Interview sagte sie unvorsichtigerweise, daß ihr erster Mann die Scheidung verlange. Damit war sie nun festgenagelt. Als sie einen neuerlichen Besuch bei Ray machte, ließ er sie nicht ein. Da stand sie, trommelte mit den Fäusten an die Tür und mußte erfahren, daß er nun offenbar entschlossen war, sie nicht wiederzusehen. Seine Härte stachelte ihre Liebe zu ihm zu wilder Gier auf. Die Wiederherstellung ihrer ersten Ehe erschien ihr unumgänglich notwendig. Ray zu verlieren, schien ärger als der Tod.

Seine Unbeugsamkeit machte sie rasend. Sie liebte ihn. Sie begehrte ihn. Ihr Blut schrie nach ihm. Sie irrte stundenlang in den Straßen umher, ehe sie todmüde in ihr Hotel kam. Nun sehnte sie sich nach Ruhe. Doch ihre Nerven waren zu aufgepeitscht. Der Schlaf floh sie. Sie tastete auf dem Nachtkästchen herum, bis sie die Schachtel mit dem Veronal fand. Ein Schlafmittel, das war die Rettung. Sie wollte, sie mußte schlafen. Sollte sie eines nehmen? Würde es wirken? Zwei? Sie wollte ganz sicher sein. So nahm sie vier.

Jetzt wurde sie ruhiger. Auch der bittere Geschmack ließ nach. Die Nacht war dunkel und tief. Sie wurde noch dunkler und noch tiefer. Edna fühlte sich gewichtlos. Sie schwebte auf einer Wolke. Vor ihr war ein schwarzer Schleier. Warum war er da? Was verhüllte er? Ein Geheimnis? Das letzte Geheimnis? Sie wollte ihn wegschieben, konnte aber die Hand nicht heben. War das nicht seltsam? Die Hand war so schwer. Nun traten Schmerzen in der Magengrube auf. Ein Brechreiz würgte sie. Nun wurde er ärger, trieb ihr die Tränen in die Augen. Sie bekam keine Luft. Was war das? Erbrach sie?

»Das ist jetzt der ganze Mageninhalt«, sagte eine ihr unbekannte Männerstimme.

»Ich glaube, jetzt kommt sie zu sich, Doktor.«

»Das Herz ist sehr schwach.«

Jetzt war es wieder Nacht um sie. –

Als Dr. Connawer zum drittenmal telephonierte, erhielt er die Auskunft, daß wenig Hoffnung sei. Die überraschende Wendung in der Geschichte des »Heimkehrers Garguin« erreichte die Zeitungen. Eine zu große Dosis Veronal? Ein Selbstmordversuch? Eine jener Nachkriegstragödien?

Ray kämpfte mit sich. Was ging ihn die ganze Sache denn

an? Und wenn sie starb, was war dabei? War er nicht »gestorben« und hatte sie sich nicht rasch getröstet? Doch die logische Analogie schuf ihm keine Befriedigung. Er konnte seine Gedanken nicht losreißen. Er konnte weder schlafen noch essen. »Ich bin schuld«, sagte er schließlich. »Ich habe sie gemordet. Ich stieß sie von mir. Ich ließ sie nicht ein. Wenn sie stirbt, bin ich ihr Mörder.«

Mrs. Garguin seufzte, als sie ihren Sohn so elend sah. »Das Proletariermädel macht uns nichts wie Unannehmlichkeiten«, sagte sie zornig zu sich selbst. »Wird denn das nie ein Ende nehmen? Hoffentlich stirbt sie. Was hat denn das für einen Sinn, wenn er sich wieder an sie kettet? Er kann am besten gesund werden, wenn er sie vergißt und ich ihn aufpäpple. Wenn er dann soweit ist, wird sich ein nettes Mädchen finden für ihn. Vielleicht eine mit Hochschulbildung. Jedenfalls eine aus gut bürgerlichen Kreisen. Die soll er dann heiraten. Hoffentlich hat die neue auch ein bißchen Geld.«

Am zweiten Tage schwebte Edna noch immer zwischen Leben und Tod. Am dritten bekam Dr. Connawer die telephonische Auskunft, daß sie über dem Berg sei. Aber er durfte sie nicht sehen.

Am Nachmittag besserte sich ihr Zustand so, daß die Schwester sie fragte, ob sie ihren Mann auf fünf Minuten sehen wollte.

»Ja«, sagte Edna mit schwacher Stimme. »Rufen Sie Mr. Garguin an.«

Die Schwester starrte entgeistert. Die sensationelle Heimkehrertragödie war auch in dieses Spital gedrungen. Die Schwester befand sich in großer Verlegenheit. Was sollte sie tun? Sie eilte in ihr Zimmer. Rief ihre vorgesetzte Stelle an.

Dann eine höhere. Alle waren ratlos. Zwei Stunden früher hatte man Dr. Connawer nicht vorlassen wollen und nun sollte Mr. Garguin kommen? Das sah ja so aus, als ergreife man Partei in einer Angelegenheit, die juridisch noch nicht entschieden war. Während man noch unsicher hin und her riet, traf der Zufall eine andere Entscheidung. Ray war, wie von Furien gejagt, ins Spital geeilt. Er hatte plötzlich Angst, es könnte zu spät sein. Er könnte ihr nicht mehr abbitten. Er hatte beim Empfangsschalter nach seiner Frau gefragt. Ersucht, man möge ihn zu ihr lassen. Sie sei nach einer Veronalvergiftung. Er sei soeben von der Front zurückgekehrt, wie seine Uniform und die Narbe in seinem Gesichte beweise. Der Beamte am Schalter telephonierte an verschiedene Stellen. Lange. Schließlich nahm sich eine junge Fürsorgerin des aufgeregten Heimkehrers an und fuhr mit ihm im Aufzug hinauf. Geleitete ihn zu Ednas Zimmer. Es ergab sich, daß Edna allein war, weil die diensthabende Schwester eben noch über den seltsamen Fall Erkundigungen und Richtlinien einholte. Die junge Fürsorgerin führte Ray an das Bett. Edna schlug die Augen auf.

Die Blässe ihrer Haut, die schwarzen Locken auf dem weißen Polster, ihre Schwäche und Hilflosigkeit erschütterten ihn. Während ihre Tränen flossen, formten sich auch in seinen Augen dicke Tropfen. Die junge Fürsorgerin fühlte, daß sich hier noch ein anderes Drama abspielte, als das von Leben und Tod.

»Sie dürfen Ihre Frau nicht aufregen«, warnte sie ernst aber nicht unliebenswürdig. »Sonst müssen Sie gleich wieder gehen.«

Nein, das wollte er nicht. Nicht bevor ... bevor was? Er trat einen Schritt näher. Edna hob ihre Hand in einer kindlichen, hilflosen Geste. Er war seiner selbst, ihrer und der Situation so unsicher, daß er nicht wagte, sie zu berühren. Und doch wußte er in seinem Herzen, daß er dieses arme Kind liebte, daß er nichts wollte, als diese Ehe wieder herstellen. Wenn er auf seiner Ehe bestand, dann wurde Dr. Connawers einfach annulliert. Nicht im juridischen Teil lag das Problem. Es lag in der Frage, ob sich aus zerbrochenen Stücken noch einmal etwas Ganzes machen ließe, aus zerstörten Seelen noch liebesfähige und liebenswerte Gebilde. Konnte man aus der Verwirrung dieser Zeit herausfinden? Konnte man sich aus dem Schutt einer kriegsverwüsteten Welt herausarbeiten? Allein nicht. Zu zweit – vielleicht.

»Weinen Sie nicht mehr, Soldat! Nehmen Sie die Hand Ihrer Frau. Behutsam. Hier, sie reicht sie Ihnen«, sagte die junge Fürsorgerin. Er gehorchte.

»So ist es recht, Soldat! Sie ist zu schwach, um zu sprechen. Aber ich sehe es ihr an den Augen an: sie verzeiht Ihnen.«

Sie mir? dachte er. Sie mir? Ja, natürlich sie mir.

Er beugte sich über sie und küßte sie leise und andächtig auf die Stirne.

»All right, Baby«, flüsterte er. »Werde nur gesund! Und dann werden wir, du und ich und unsere Kinder diese Welt neu aufbauen.«

Glossar

Rendezvous in Manhattan ist voller Bezüge auf das New York der 1940er Jahre, auf das damalige Kulturleben, auf wirtschaftliche, politische wie gesellschaftliche Ereignisse in den Vereinigten Staaten sowie auf das Kriegsgeschehen. Heute Unbekanntes, nicht mehr Geläufiges oder Missverständliches wird im Folgenden erläutert. Sprachliche Eigenheiten – so etwa österreichische bzw. süddeutsche Wendungen wie »hieher« statt »hierher« oder »andern« statt »anderen« – sind beibehalten worden, um den Klang des Originals nicht zu verfälschen. Gleiches gilt für die bisweilen recht eigentümlichen Satzkonstruktionen von Grete Hartwig-Manschinger, die Verben nach poetischer Art ausließ, so dass beispielsweise das »war« oder »hätte« nach heutigen Lesegewohnheiten fehlt, was jedoch Absicht war.

S. 15
Ohrbach's war eine bis 1987 existierende Ladenkette, die vor allem Mode und Accessoires verkaufte. Die erste Filiale eröffnete 1923 am Union Square.

S. 17
Negerburschen: Im 19. Jahrhundert löste das vom lateinischen *niger* (*schwarz*) abgeleitete deutsche Wort *Neger* die Bezeichnung *Mohr* zunehmend ab. Seit der Bürgerrechtsbewegung in den USA, die Mitte des 20. Jahrhunderts die Überwindung der Rassentrennung erstritt und den Rassismus bekämpfte, wurde die Formulierung – die in den Vereinigten Staaten lange als Selbstbezeichnung firmierte – immer seltener verwendet. Im 21. Jahrhundert gilt sie als rassistisch. Im Roman wird mit ihrer Verwendung an die starren Grenzen erinnert, die in den 1940er Jahren zwischen Weißen und Schwarzen in den USA herrschten – und daran, dass selbst in einem sich ausdrücklich als Einwanderungsgesellschaft verstehenden Land nicht mit automatischer Solidarität zwischen der migrantischen Bevölkerung und den Nachkommen einstiger Sklaven zu rechnen ist.

S. 22
Red Skelton (1913–1997): Komödiant; **Lucille Ball** (1911–1989): Schauspielerin und Fernsehkomikerin; **Errol Flynn** (1909–1959): Abenteuerheld im Hollywood-Kino der 1920er und -30er Jahre; **Bing Crosby** (1903–1977): Sänger und Schauspieler der 1930er Jahre; **Frank Sinatra** (1915–1998): be-

rühmter und einflussreicher Sänger; **Allan Ladd** (1913–1964): Western-Schauspieler.

S. 23
Toffenetti: 1940 eröffnete der italienische Immigrant Dario Toffenetti an der Ecke Broadway/43rd Street ein Restaurant mit Kapazität für 1000 Gäste; **achtzig Grad**: Gemeint sind Fahrenheit. 80 Grad Fahrenheit = 26 Grad Celsius.

S. 25
»Daddy, du willst das Beste nur für mich«: Sammy Kaye, »Daddy« (1941); **»Die Zeit wartet auf keinen«**: Ginny Sinns, »Time Waits For No One« (1944); **»Meine Mutter sagte mir«**: Betty Martin, »My Mother Told Me« (1944); **»Oh ich versteh' und tadle dich drum nicht«**: Bob Eberly, »I Understand« (1945)

S. 28
Gefrorenes: Speiseeis.

S. 29
96 Grad Fahrenheit sind 35 Grad Celsius.

S. 33
»gelyncht wie in Georgia«: Zwischen 1900 und 1930 kam es allein im US-Bundestaat Georgia zu rund 300 von Weißen an Schwarzen verübten Lynchmorden.

S. 41
Der **Greenwood-See** ist ein etwa 12 km messender, länglicher See auf der Grenze zwischen den US-Bundesstaaten New Jersey und New York.

S. 45
Hedy Lamarr (1914–2000): In Österreich geborene Kino- und Fernsehschauspielerin, entwickelte zu Beginn des Zweiten Weltkriegs ein Patent zur Funkfernsteuerung von Torpedos, dessen Weiterentwicklung (Frequency Hopping Spread Spectrum) in der Technologie des 21. Jahrhunderts fortwirkt; **Dorothy Thompson** (1893–1961): US-amerikanische Journalistin, 1934 aus Nazi-Deutschland ausgewiesen; **Herzogin von Windsor**

(1896–1986), Duchess of Windsor, vor ihrer dritten Ehe Wallis Simpson, war die Ehegattin des Duke of Windsor, geboren als Prince Edward Albert Christian George Andrew Patrick David (1894–1972), vom 20. 01. 1936 bis zu seiner Abdankung am 11. 12. 1936 König von Großbritannien und Nordirland.

S. 46
Bristol: Hotel zwischen Broadway und Fifth Avenue.

S. 51
Catskills: Gebirge im Bundesstaat New York, Ausleger der Appalachen, bis heute beliebtes Naherholungsgebiet der Bevölkerung von New York City.

S. 57
Harry James (1916–1983): Musiker und Bandleader.

S. 58
Charles Boyer (1899–1978): Französisch-amerikanischer Schauspieler; Child's: Child's Restaurants, eine der ersten landesweiten Restaurantketten in den Vereinigten Staaten und Kanada, die ihre größte Ausdehnung in den 1920er und 1930er Jahren mit etwa 125 Standorten erreichte; Henry Fonda (1905–1982): Theater- und Kinoschauspieler.

S. 59
Das Astor war ein Hotel am Times Square in Manhattan, das von 1904 bis 1967 in Betrieb war.

S. 67
Schrafft's: New Yorker Restaurantkette mit hohem Umsatz und moderaten Preisen, die mit dem Bostoner Lebensmittel- und Süßwarengeschäft Schrafft's verbunden war.

S. 68
Victor Herbert (1859–1924): Komponist, Cellist und Dirigent.

S. 69
Horn & Hardart: Schnellrestaurant, in dem einfache Speisen serviert wurden und Getränke in Automaten angeboten wurden.

S. 73
Gloria Vanderbilt (1924–2019): US-amerikanische Prominente, Künstlerin und Erbin, Mitglied der New Yorker Familie Vanderbilt; **Hearsts und Fords**: William Hearst (1863–1951), Verleger und Medien-Tycoon, und Henry Ford (1863–1947), Großindustrieller und Gründer der Ford Motor Company; **Dillingers**: gemeint ist der Gangster John Dillinger (1903–1934), der während der *Great Depression* berüchtigt wurde, mitsamt der von ihm geleiteten »Dillinger Gang«.

S. 75
nahm an der glasgedeckten Psyche Platz: Das bleibt wohl das Geheimnis von Grete Hartwig-Manschinger.

S. 81
fünfundsechzig Dollar wären heute inflationsbereinigt rund $ 1100.

S. 82
Vivian Leigh (1913–1967): britische Schauspielerin; **Garbo, »Ninotschka«**: Schauspielerin Greta Garbo (1905–1990) spielte 1939 die Titelrolle in dieser Komödie, in der das Sowjetregime als trist und unmenschlich dargestellt wurde.

S. 83
Great Neck: Region auf dem Long Island; **Sund**: nicht eruierbarer Ort.

S. 85
zwei Dollar dreißig wären heute inflationsbereinigt ca. $ 38,50.

S. 86
St. Georgs-See: möglicherweise der lange, schmale am Nordosten des Bundesstaates New York gelegene See namens Lake George.

S. 88
Patterson ist eine Stadt in Putnam County im Bundesstaat New York.

S. 90
St. John's-Strand: nicht eindeutig bestimmbarer Ort.

S. 91
Bear Mountain ist einer der bekanntesten Gipfel der New Yorker Hudson Highlands.

S. 93
Casablanca: Wohl das Hotel Casablanca in New York.

S. 94
›Irische Augen, die lächeln‹: »When Irish Eyes are Smiling«, von Chauncey Olcott und George Graff, Jr. 1912 geschriebenes Lied.

S. 95
»Zuckerväterchen«: heute als *Sugar Daddy* im Deutschen geläufiger; Astor: New Yorker Hotel, 1904 bis 1967 in Betrieb; Sardi: 1927 eröffnetes »kontinentales« Restaurant zwischen Broadway und Eighth Avenue.

S. 96
I. R. T. Untergrundbahn: Die Interborough Rapid Transit Company war der private Betreiber der 1904 eröffneten, ursprünglichen unterirdischen Untergrundlinie von New York.

S. 97
»Der Mohr hat seine Schuldigkeit getan ...«: nicht korrektes Schiller-Zitat.

S. 100
Roosevelts Schlagwort vom »Arsenal der Demokratie«: Devise, die US-Präsidenten Franklin D. Roosevelt in einer Radiosendung am 29. Dezember 1940 ausgab; Roosevelt versprach, das Vereinigte Königreich im Kampf gegen Nazi-Deutschland durch den Verkauf von Militärgütern zu unterstützen, während sich die Vereinigten Staaten aus den eigentlichen Kampfhandlungen heraushalten würden.

S. 102
»der ›fröhliche weiße Weg‹«: infolge der allerersten, nur aus weißen Glühbirnen bestehenden Reklametafeln wurde die Gegend um den Broadway als »The Great White Way« bezeichnet; »Wir haben nichts zu fürch-

ten als die Furcht selbst« entstammt der Antrittsrede von Präsident Franklin D. Roosevelt vom 4. März 1933.

S. 105
Beechnut: das Lebensmittelunternehmen Beech-Nut bot u. a. Kaffee in Dosen an.

S. 118
»Die Glocken klingen für mein Mädel und mich; und die Vöglein singen für mein Mädel und mich.«: Gemeint ist der Song »For me and my gal« von Judy Garland und Gene Kelly aus dem gleichnamigen Musical-Film von 1942.

S. 119
Stern, Macy, Gimbel: große New Yorker Kaufhäuser.

S. 120
Sacks: eigtl. Saks, luxuriöses New Yorker Kaufhaus.

S. 126
Waldorf Astoria: luxuriöses und prestigeträchtiges Hotel.

S. 131
»Die weißen Klippen von Dover«: »White Cliffs of Dover«, von Vera Lynn (1917–2020) gesungener Song von 1942.

S. 132
»Swanee Fluss«: »Swanee River«, ein 1851 entstandenes volkstümliches Lied; »Die Alten zu Hause«: »Old Folks at Home«, offizieller Titel jenes als »Swanee River« bekannten Songs; »Glücklicher Geburtstag«: im Deutschen später nur noch als »Happy Birthday« bekannt.

S. 143
das ›Journal‹: *New York Journal-American*, Tageszeitung, die von 1937 bis 1966 in New York City erschien.

S. 147
Hoover: Herbert Hoover (1874–1964), von 1929 bis 1933 31. Präsident der Vereinigten Staaten.

S. 153
Das **Fordham Hospital** war das erste öffentliche Krankenhaus in der Bronx.

S. 154
Yonkers: Stadt in der Westchester County im Bundesstaat New York; **Westchester**: County in dem Bundesstaat New York; **White Plains**: Stadt in der Westchester County im Bundesstaat New York; **»Pistolenmama«**: Vermutlich der Song »Pistole Packin' Mama« von Al Dexter and His Troopers (1943).

S. 156
Gran Concourse: eine 5,2 Meilen lange Durchgangsstraße in der Bronx.

S. 163
4 F: Bezeichnet im *Selective Service System* – der US-Behörde, die alle potenziell Wehrpflichtigen erfasst – jemanden, der untauglich ist; **»Der Feind hört zu« / »Müßiges Gerede kostet manches Leben«**: Im Zweiten Weltkrieg warnten die USA ihre Bevölkerung mit einem Plakat davor, Belange, die die nationale Sicherheit gefährden könnten, offen zu diskutieren. Darunter etwa »The ENEMY is listening. He wants to know what *you* know. KEEP IT TO YOURSELF« oder »Careless talk costs lives«; **Kanonen statt Butter**: Fälschlicherweise Hermann Göring zugeschrieben, tatsächlich von Rudolf Heß in einer Rede von 1936 verwendete Losung; **»Japs«**: Abkürzende wie abwertende Bezeichnung für Japaner während des Krieges.

S. 168
interurban: gemeint ist ein Ferngespräch.

S. 173
hier kommt Jerry: nicht eindeutig eruierbares Zitat.

S. 183
Guam: die Schlacht von Guam 1944.

S. 187
»Sie sind entweder zu jung oder zu alt«: »They're Either Too Young or Too Old«, 1943 von Frank Loesser und Arthur Schwartz komponiertes Lied, ein Jahr später von Bette Davis gesungen.

S. 192
WAC: *Women's Army Corps* (WAC), eine während des Zweiten Weltkriegs gegründete Einheit der US-Armee, die Frauen ermöglichte, fernab vom Kriegsgeschehen zu dienen; **WAVE**: besser bekannt als WAVES (*Women Accepted for Volunteer Emergency Service*), war die Frauenabteilung der United States Naval Reserve während des Zweiten Weltkriegs.

S. 199
Der **Stork Club** war zwischen 1929–1965 ein Nightclub in New York City.

S. 201
Sing Sing: *Sing Sing Correctional Facility*, Gefängnis im Bundesstaat New York.

S. 202
Oppenheim Collins: war ein auf Damenartikel spezialisiertes Kaufhaus; **Russek**: eigentlich Russeks, Kaufhaus in der Fifth Avenue; **Constable**: Arnold Constable & Company war eine Kaufhauskette im Großraum New York.

S. 202
The Tailored Woman: Modegeschäft in der Fifth Avenue, Ecke 57. Straße.

S. 205
Gramercy-Park-Gegend: Der Gramercy Park liegt zwischen 20. und 21. Straße sowie zwischen Park Avenue und Third Avenue; er verlieh seiner umliegenden *Neighborhood* den Namen.

S. 209
Morgan: Gemeint ist J. P. Morgan Jr. (1867–1943), Bankier und Finanzmagnat; **Vanderbilt**: Nicht weiter bezeichnetes Mitglied der Magnatenfamilie Vanderbilt.

S. 210
Hier ist ein Schrafft: Deonym, gemeint ist ein Kaltgetränk der gleichnamigen Restaurantkette (siehe Anmerkung zu S. 67).

S. 210
»Oklahoma«: Musical von Richard Rodgers (Musik) und Oscar Hammerstein (Librett), das 1943 uraufgeführt wurde.

S. 214
V-E-Tag: englisch *VE-Day* (*Victory in Europe-Day*), Kriegsende in Europa am 8. Mai 1945; **Atlantic City:** Stadt im Bundesstaat New Jersey, etwa 200 Kilometer südlich von New York, lange von der Bevölkerung New Yorks frequentierter Vergnügungsort.

S. 218
Fünfcentmagazine: Als 2-Cent- und 5-Cent-Magazine wurden eine Reihe populärer Zeitschriften bezeichnet, die zu diesem Preis erhältlich waren.

S. 226
General Patton: Nach der Landung der Alliierten in der Normandie befehligte US-General George Smith Patton Jr (1885–1945) die 3. US Army.

S. 234
Clipper: Die Boeing 314 Clipper, von 1938 bis 1941 produziert, war ein Flugboot großer Reichweite, das ab 1939 für Linienflüge über den Atlantik eingesetzt wurde.

S. 237
Lindbergh: Charles Augustus Lindbergh, Jr. (1902–1974), US-amerikanischer Pilot, überquerte 1927 als erster den Atlantik.

S. 238
Lincoln: Abraham Lincoln (1809–1865), der 16. Präsident der Vereinigten Staaten, schaffte die Sklaverei ab, bei einem Attentat ermordet.

S. 239
Lage der Griechen: Im März 1946 begann der griechische Bürgerkrieg, der zwischen Kommunisten auf der einen, Monarchisten und Nationalisten

auf der anderen Seite tobte. Nachdem die Zivilbevölkerung des Landes im Zweiten Weltkrieg von deutscher Besatzung, Terror von Wehrmacht und SS sowie von systematischer Ausplünderung schwer getroffen worden war, fand sie sich nun bis 1949 dem nächsten Krieg ausgesetzt.

S. 240
Schlagwort: ›Sichern wir diese Welt für die Demokratie.‹ Woodrow Wilson (1856–1924), von 1913 bis 1921 28. Präsident der Vereinigten Staaten, warb in seiner am 2. April 1917 vor dem Kongress gehaltenen Rede mit den Worten »The world must be made safe for democracy« für den Eintritt der USA in den Ersten Weltkrieg.

S. 242
als Roosevelt vorschlug, die Einkommen sollten mit 25 000 Dollar im Jahr limitiert werden: In seiner Botschaft vom 27. April 1942 an den Kongress erklärte Präsident Roosevelt, dass Diskrepanzen zwischen niedrigen und sehr hohen persönlichen Einkommen verringert werden sollten und dass »in Zeiten dieser ernsten nationalen Gefahr, in denen alle überschüssigen Einkommen dazu dienen sollten, den Krieg zu gewinnen, kein amerikanischer Bürger ein Nettoeinkommen von mehr als 25 000 Dollar [inflationsbereinigt ca. $ 419 000] pro Jahr haben sollte, nachdem er seine Steuern bezahlt hat.«

S. 243
Durchbruch von St. Lo: Schlacht im Juli 1944 im Gebiet von St. Lo in der Normandie.

Proletarisch lieben

VOJIN SAŠA VUKADINOVIĆ

»Ein Mann hat Heimweh« lautet der Titel eines Gedichts, das in den 1960er Jahren zunächst in einer von Mimi Grossberg (1905–1997) herausgegebenen Anthologie namens *Kleinkunst aus Amerika* erschien und in einer späteren Lyrik-Sammlung, *Geschichte im Gedicht*, erneut abgedruckt wurde:

Die Heimat verloren, die Träume zerronnen,
ich hab' es getragen, ich glaub' wie ein Mann.
Ich habe mein Leben von vorne begonnen,
New York ist der Schmelztiegel, wo man das kann.
    Wenn ich Heimweh hab', bild' ich mir ein,
    dass mein Coca-Cola ein Glas Wein,
    dass der Woolworth der Herzmanzky ist
    und im Hudsontal die Donau fließt.
    Ist der »Hector« nicht ein Ringcafé
    und die Eastside der Franz-Josefs-Kai?
    Und der Times Square ist der Stefansplatz
    und das Drugstore Counter-Girl mein Schatz;
    für Grand Central setz' ich die Westbahn hin,
    für die Liberty – die »Spinnerin«;
    und der Bronxer Zoo mein Schönbrunn,
    wo der Aff' sich kratzt am After-noon.
    Wenn ich Heimweh hab', bild' ich mir's ein
    und dann fühle ich mich nicht so allein.

Ich sparte endlich und legte das Geld schön beiseite
und endlich, da fuhr ich auf Urlaub nach Wien.
Doch alles war anders, die Stadt und die Leute,
's war seltsam! New York ging mir nicht aus dem Sinn.
Ich hab' Heimweh! Und so will ich mein
g'wohntes Coca-Cola, keinen Wein;
einen Woolworth, wo Herzmansky ist,
einen Hudson, wo die Donau fließt,
einen »Hector«, nicht ein Ringcafé
und die East Side statt dem Franz-Josefs-Kai;
einen Times Square, keinen Stefansplatz
und ein Drugstore Counter-Girl als Schatz.
Westbahnhof? Da g'hört Grand Central hin!
Liberty anstatt der »Spinnerin«!
Einen Bronxer Zoo anstatt Schönbrunn
wo sich jeder kratzt am After-noon!
Ich kann diesen Wandel nicht verstehn.
Wien, ach warum ließest du mich gehn![1]

Das Gedicht mit Reimen im österreichischen Idiom[2] macht einen »emigrationsspezifischen Zugehörigkeitszwiespalt«[3] zum Thema. Getroffen hat das beschriebene Schicksal, aus Österreich geflohen, nach Ende des Zweiten Weltkriegs in den Vereinigten Staaten geblieben zu sein und sich später von der alten Heimat entfremdet gefühlt zu haben, viele – weitaus mehr als die, die auch darüber zu dichten in der Lage gewesen waren. Diejenige, die diese kollektive Erfahrung in Form der Sehnsuchtsbekundung eines unbekannten »Mannes« zwischen zwei Großstädten auszudrücken vermochte, hieß Grete Hartwig-Manschinger (1899–1971).[4] Mit zahlreichen anderen zählt sie zu jenen »österreichische[n]

Schriftstellerinnen der Zwischenkriegszeit«, die »heute völlig vergessen« sind, wie Johann Sonnleitner an einem ähnlichen Beispiel pointiert hat.[5]

Was dieses Vergessen anbelangt, ist gleichwohl anzumerken, dass diese Autorin in jenen Jahren noch vorwiegend mit Schauspielerei und Gesang befasst war und im Gegensatz zu weitaus prominenteren Berufsschriftstellerinnen jener Ära, darunter Marta Karlweis, keine umfänglicheren Prosaarbeiten veröffentlicht hatte. Dass Hartwig-Manschinger im 21. Jahrhundert noch vergessener ist als ihre Schwester Mela Hartwig (1893–1967), deren Romane und Novellen zum Teil wieder verfügbar sind,[6] mag deshalb auch dem Umstand geschuldet sein, dass letztere gegen Ende der Weimarer Republik bereits einige Aufmerksamkeit erfahren hatte, während viele Schriften der Jüngeren noch dem Ausprobieren zufielen und einige davon mit der Flucht aus Österreich bzw. in den Exilstationen verloren gegangen sind.[7] Zudem hatte sie zu Lebzeiten nur einen Roman veröffentlicht, *Rendezvous in Manhattan*, der 1948 in Wien erschien und schon damals keine breite Rezeption erfuhr, was mitunter an der Distanz zwischen der indes in den USA lebenden Schriftstellerin und dem Publikationsort in Österreich gelegen haben wird. Ferner galt das erst einige Jahrzehnte nach 1945 einsetzende literaturhistorische Interesse an der Erfahrung des Exils vor allem denjenigen, die »sich aktiv zusammenschlossen und öffentlich – soweit es möglich war – ihre Positionen vertraten«, wie Siglinde Bolbecher Anfang der 1990er Jahre kritisierte, was ein Grund dafür gewesen sein dürfte, »daß Frauen in der ersten Forschungsphase übersehen und übergangen wurden.«[8]

So fiel Hartwig-Manschingers Name seither nur sporadisch, etwa in der 2007 erschienenen Anthologie *In welcher Sprache träumen Sie?*, die Lyrik österreichischer Dichterinnen und Dichter zusammentrug und in die ihr Gedicht »Alte Frau« von 1970 aufgenommen wurde.[9] Allerdings ist darauf hinzuweisen, dass sie bereits in zwei literaturwissenschaftlichen Dissertationen Thema gewesen ist: Zum einen in der Studie *»Aber hier war alles anders …«* von Valerie Popp, die sich mit Amerikabildern in der deutschsprachigen Exilliteratur befasste, welche nach 1939 in den USA entstanden war, zum anderen in Katrin Wilhelms wissenschaftlicher Rekonstruktion von Mimi Grossbergs New Yorker Netzwerk deutschsprachiger Autorinnen und Autoren.[10]

In diesem Sinne ist die nun vorliegende Neuedition von *Rendezvous in Manhattan* nicht als bloße Erinnerung an die Urheberin des Romans zu verstehen, sondern als Beitrag zu einem übergangenen Stück Exilgeschichte. Dieses ergänzt das Interesse an Mela Hartwig um einen gewichtigen familienhistorischen Aspekt und würdigt eigenständig eine andere, zu Unrecht vergessene Autorin.

* * *

Margarethe Hartwig wurde am 19. April 1899 in Wien geboren – als jüngere Tochter von Theodor Hartwig und Käthe Hartwig (geb. Katharina Heß). Der Vater war Ende des 19. vom Judentum zum Katholizismus konvertiert, verließ die Familie und heiratete erneut, und stieg zu einem der wichtigsten Protagonisten der deutschsprachigen Freidenker-Bewegung auf.

Mit ihrer sechs Jahre älteren Schwester Mela wuchs

Grete Hartwig in einer, bedingt durch ihre Eltern, philosophisch wie musisch geprägten Umgebung auf, in der zum Selberdenken animiert wurde.[11] Nach der Schule strebte sie eine Theaterkarriere an, zunächst als Tänzerin, dann auch unter Einsatz ihrer Stimme und der Schauspielerei – die drei Komponenten vereinend, lange bevor dies am Broadway üblich werden sollte, wie sie rückblickend einmal betonte.[12] In den 1920er Jahren erschienen zudem erste kleinere, politische Schriften, so etwa das klassenkämpferisch gestimmte Stück »Straßendemonstration«, in dem es heißt: »Wir marschieren im Morgenwind. Bald kommt die Saat, bald kommt die Tat. Heut zeigen wir nur, wie viele wir sind.«[13]

1929 heiratete sie den drei Jahre jüngeren Komponisten Kurt Manschinger (1902–1968), der Zeit ihres Lebens an ihrer Seite blieb und mit dem sie alle kommenden politischen Umbrüche und existenziellen Nöte durchstand. Manschinger war 1918 mit seinen Eltern von Prag nach Wien gezogen, wo er der erste Privatschüler des Komponisten Anton von Webern wurde,[14] bei dem er mehrere Jahre studierte; später promovierte er mit einer Arbeit über Ferdinand Kauer.[15] Aus der Beziehung sollten über die Jahrzehnte zahlreiche Gemeinschaftsarbeiten hervorgehen, wobei es den »Manschingers«, wie Wilbur S. Broms einmal nach dem Tod der Eheleute schreiben würde, nie um Kunst um der Kunst willen gegangen sei, sondern um Unterhaltung und Aufklärung – dies bisweilen allerdings auch im Sinne einer Bewaffnung, wo eine solche im Dienste des Proletariats notwendig erschien.[16] Darüber hinaus arbeitete Hartwig-Manschinger weiterhin eigenständig an ersten schriftstellerischen Werken und fasste in den 1930er Jahren auch Hörspiele ab.[17] In manchen Kreisen sei sie auf

Grund ihrer genreübergreifenden Tätigkeit und ihres unverwechselbaren Stils als »la Hartwig« bekannt gewesen, wie sie sich – angesichts der damals desolaten ökonomischen wie politischen Lage nostalgiefrei – entsinnen sollte.[18]

* * *

1933 war für die gesamte Familie Hartwig Gefahr in Verzug, die immer näher rückte. In Österreich begann 1934 der Austrofaschismus, 1938 folgte der »Anschluss« an das nationalsozialistische Deutschland, dann die Besetzung des Sudetenlandes. Der in der Tschechoslowakei lebende Theodor Hartwig war als Konvertit nicht vor Verfolgung sicher, die ihm wegen seiner jüdischen Herkunft drohte, und als prominenter Vertreter der Freidenkerbewegung zudem auch in politischer Hinsicht überaus exponiert.

Mela Hartwigs vielversprechende schriftstellerische Karriere war bereits eingebrochen – von einer Publikation ihres Romans *Bin ich ein überflüssiger Mensch?* hatte Zsolnay schon zu Beginn der 1930er Jahre, d. h. noch vor dem Triumph der NSDAP, abgesehen, und 1933 dann eine offerierte Novellensammlung mit ausdrücklichem Hinweis auf die politische Entwicklung abgelehnt.[19] 1934 beendete sie ihre verstörende Novelle *Das Wunder von Ulm*, die zwei Jahre später im Pariser Exilanten-Verlag Éditions du Phénix erschien und hellsichtig prognostizierte, welchen Punkt der Erlösungsantisemitismus der Deutschen ansteuerte, was sie unweigerlich antisemitischer Aufmerksamkeit aussetzte.[20] Sie war zudem mit dem jüdischen Rechtsanwalt Robert Spira (1888–1967) verheiratet, der in Graz Prozesse gegen Nationalsozialisten geführt hatte.[21]

Auch Grete Hartwig-Manschinger und Kurt Manschinger waren in den Augen ihrer Feinde keine unbeschriebenen Blätter. »Beide Manschingers waren in den 1930er Jahren sehr rührig«, wie sich Mimi Grossberg später einmal lobend erinnern würde.[22] Manschinger war eine Zeit lang Herausgeber der Zeitschrift *Zwiebelfisch* gewesen, die sich zusehend antifaschistisch positioniert hatte.[23] Seine erste Oper *Madame Dorette und die Natur*, die Zuspruch seines Lehrers Webern erhalten hatte,[24] war 1937 noch von Erwin Kerber, dem Direktor der Wiener Staatsoper, für diese angenommen, nach dem »Anschluss« dann aber doch nicht aufgeführt worden.[25]

Das informelle Duo hatte zu Beginn der 1930er Jahre das antifaschistische Lied »Viele sind stark« komponiert, das in den kommenden Jahrzehnten lose dem Kanon sozialistischer Agitationslieder in deutscher Sprache zufallen und bis zum Ende der Blockkonfrontation in diversen Liedersammlungen wie auch auf Aufnahmen auftauchen würde.[26] Mit einem kleinen Kreis, dem auch Jura Soyfer angehörte, gründete das Paar zudem Kabarett »Die Seeschlange«,[27] das allerdings nur Anfang 1934 wirkte;[28] mit Soyfer verfasste Hartwig-Manschinger den zugehörigen »Seeschlangen-Fox«, zu dem Manschinger die Musik beisteuerte.[29] So blieb ihnen 1938 nur die Flucht – innert Stunden. Am selben Morgen, als die deutschen Truppen in Wien einmarschierten, retteten sie sich mit einem Zug in die Tschechoslowakei, von wo aus sie zunächst beinahe zurückgeschickt worden wären, durch die schauspielerischen Kompetenzen Hartwig-Manschingers, die einen hysterischen Ohnmachtsanfall vortäuschte, aber die Grenzbeamten überlisten konnten.[30]

Später gelang den Eheleuten einzeln die Ausreise nach Großbritannien. Dort trafen sie auf Robert Spira und Mela

Hartwig, die die Mutter hatte retten können. Theodor Hartwig versteckte sich derweil in Brno, wo er bei seiner dritten Gattin Berta Skribany lebte, deren Name ihn in den kommenden Jahren von der nationalsozialistischen Aufmerksamkeit abschirmte.

* * *

1939 gründete Martin Miller in London das Exil-Theater Laterndl, das zu einem wichtigen Knotenpunkt für die aus Österreich Geflohenen wurde. Der Name war dezidiert plakativ, eine Lichtquelle in der Finsternis meinend, und begeisterte das Publikum, in dessen Reihen sich auch Prominenz wie Stefan Zweig, Sigmund Freud oder H. G. Wells fand.[31] Nebst ebenfalls geflohenen Schauspielern wie Peter Preses, Jaro Klüger und Fritz Schrecker[32] wirkte Grete Hartwig-Manschinger dort als Schauspielerin in diversen Rollen,[33] während sich Kurt Manschinger musikalisch einbrachte.

In London entstand eine der vielen Gemeinschaftsarbeiten des Paares, »Wir« – »Ein Lied für die Freunde in der Emigration«, wie der Untertitel erklärte:

> Verjagt, verbannt, vertrieben und verfemt,
> die Freude ausgelöscht, der Mut gelähmt,
> so baut man sich in Zweifel, Hass und Leid
> ein Pseudo-Heim für diese Wartezeit.
>
> Ich hier, du dort, der Dritte irgendwo,
> doch keiner wird auf fremder Erde froh,
> nur scheinbar mit dem Alltag ausgesöhnt,
> so warten wir, bis das Signal ertönt.

Dann lassen wir das neugebaute Zelt,
wenn einst der Kampf beginnt: Welt gegen Welt,
von allen Seiten strömen wir herbei,
damit das Bataillon ein starkes sei.

Von hier, von dort, von fern, von irgendwo,
der Freiheit Fahne leuchtet lichterloh,
so gibt's ein Wiedersehn im heil'gen Krieg,
ein Wiedersehn, mein Freund, beim letzten Sieg!

Kurz darauf, am 1. September 1939, begann mit dem deutschen Überfall auf Polen der Zweite Weltkrieg. Als vorsorgliche staatliche Maßnahme für den Fall einer vermuteten Invasion wurden daraufhin ausgerechnet mehrere Tausend Flüchtlinge – darunter vornehmlich Juden und zahlreiche explizite Gegner des Nationalsozialismus – als sogenannte *enemy aliens* auf der Isle of Man interniert.[34] Unter ihnen waren auch Robert Spira und Kurt Manschinger.[35]

Die tatsächliche Bedrohung galt jedoch ihnen. Nach einem siegreichen militärischen Überfall der Deutschen wäre Hartwig-Manschinger schon auf Grund ihrer jüdischen Familienhistorie deportiert worden; ihr Status als »konfessionslos« hätte sie nicht vor dem nationalsozialistischen Rassenwahn schützen können. Hinzu kam, dass Manschinger eine Reputation als antifaschistischer Komponist hatte, Hartwig-Manschinger als antifaschistische Sängerin. Und darüber hinaus bestand noch eine andere, sehr konkrete Gefahr, denn auch für die SS war die Autorin keine Unbekannte: Ihr Name stand auf der 1940 im Reichssicherheitshauptamt verfertigten *Sonderfahndungsliste G. B.*, die im Englischen später als *Black Book* bekannt wurde.[36] Die mutmaßlich von Walter Schellenberg kompilierte Schrift führte 2820 in Großbritannien lebende Personen auf, die im Falle der als »Operation Seelöwe« geplanten deutschen Invasion gezielt von Einsatzgruppen hätten aufgespürt und festgesetzt werden sollen. Für Hartwig-Manschinger, die darin als »Stenotypistin« geführt wurde, war das »Referat IV A 1b« zuständig.

Nach Manschingers Freilassung reiste das Paar in die Vereinigten Staaten aus. 1940 erreichten die Eheleute Boston und zogen dann bald weiter nach New York, wo sie bis zu ihrem Tod bleiben würden.[37]

* * *

In den USA angekommene Österreicherinnen und Österreicher nannten sich selbst – auch in deutlicher Abgrenzung zu geflohenen Deutschen – »das österreichische Exil«.[38] Gleichwohl handelte es sich bei ihnen vor allem um Flüchtlinge,[39] mit sämtlichen damit einhergehenden Nöten, die der Bedeutsamkeit ausstrahlende Begriff »Exil« eher kaschiert denn hervorhebt.

Hartwig-Manschinger und Manschinger lebten in Manhattan und wahrten zunächst ihr klassenkämpferisches Bewusstsein. 1942 traten sie bei der 1. Mai-Feier des erst kurz zuvor gegründeten Austrian Labor Committee auf.[40] Manschinger vertonte zudem u. a. Lyrik des Anwalts Heinrich Steinitz, der 1938 nach Dachau verschleppt und 1942 in Auschwitz ermordet wurde,[41] sowie »Das deutsche Lied der Freiheit« des ebenfalls aus Österreich geflohenen Schriftstellers Fritz Brainin.[42]

Ungewissheit über den Verbleib der Angehörigen prägte

die ersten Jahre in den Vereinigten Staaten. Anfang 1943 schickte Berta Skribany über das Rote Kreuz den verdeckten Hinweis nach New York, dass Theodor Hartwig am Leben war.[43] Nach 1945 blieb die Familie allerdings weiter getrennt – Theodor Hartwig lebte mit Berta Skribany in Brno; Mela Hartwig, Robert Spira und Käthe Hartwig in London; Grete Hartwig-Manschinger und Kurt Manschinger in New York City. Für die beiden Paare dürfte der Entschluss, Großbritannien respektive die Vereinigten Staaten nicht zu verlassen, auch mit der Sorge zu tun gehabt haben, nach einer etwaigen Ausreise nicht wieder in die Länder zurückkehren zu dürfen, die ihnen für die Dauer des Krieges Schutz gewährt hatten. Aus dem vermeintlich temporären Aufenthalt wurde so eine dauerhafte Bleibe. Hartwig-Manschingers Einbürgerung erfolgte im April 1946.[44] Allen Kalamitäten, Entbehrungen und Herausforderungen zum Trotz arbeitete sie nun an ihrer amerikanischen Bühnenkarriere – und schrieb.

* * *

1948 erschien im Verlag Rudolf Cerny, der schon vor dem Krieg Schriften ihres Vaters verlegt hatte, Grete Hartwig-Manschingers einzige zu Lebzeiten publizierte große literarische Arbeit, der Roman *Rendezvous in Manhattan*. Vermutlich war der verlegerische Kontakt auch über Theodor Hartwig gelaufen. Ein Manuskript ist, soweit bekannt, nicht erhalten.[45] Das auf der Titelseite applizierte Cerny-Emblem zeigte eine die Aufklärung allegorisierende Fackel, welche die Devise »Fiat Lux« zierte; dass der Schrift diese Losung vorangestellt wurde, ist ein kleines, aber nicht unerhebliches verlegerisches Detail.

An der Diktion der Prosa – es fallen Begriffe wie »Schlemichl«, »Topfenauflauf« und »Watschen«, die vor dem Szenario in Manhattan oder in der Bronx recht skurril wirken – lässt sich ablesen, dass sie speziell für ein österreichisches Publikum geschrieben worden war. Diesem sollte die Lebenswirklichkeit in den Vereinigten Staaten näher gebracht werden. Dabei war der Aspekt der Wirklichkeit tatsächlich vordergründig und nicht die Bestätigung präexistenter, beispielsweise von Filmen vermittelter Bilder von Freiheit, die bereits im Bewusstsein etwaiger Leserinnen und Lesern zirkulierten. Hervorzuheben ist jedoch, dass die Schilderung Amerikas in dieser literarischen Arbeit wie auch in vielen anderen, die österreichische bzw. deutsche Exilierte abgefasst haben, »fest an die vorhergehende Erfahrung von Flucht und Verfolgung und an die private und berufliche Situation im Exilland selbst geknüpft«[46] gewesen sein dürfte, wie Valerie Popp einleitend in ihrer Studie zur Amerika-Rezeption in der deutschsprachigen Exilliteratur vermerkt.

Der Roman kreist um die Realität des migrantischen Proletariats in New York, hat zugleich aber auch einige zentrale Aspekte des US-amerikanischen Alltags und der damaligen Gesellschaft zum Sujet, darunter die Konventionen und Zwänge der Dating-Kultur, die Rassentrennung, das Cinderella-Motiv und die Anerkennung jener, die sich aus schlechten Verhältnissen kommend hocharbeiten. Dass sich die ersten Kapitel lesen wie ein Unterhaltungsroman ohne politische Ansprüche, der ein weibliches Publikum ansprechen soll, dürfte taktisch gut gewählt worden sein, denn im Handlungsverlauf wird zunehmend eine Form von Gesellschaftskritik entwickelt, mit der Hartwig-Manschinger – wenn auch nicht bruchlos – an jenen antifaschistischen Anspruch anschließt, mit dem sie in Österreich als junge Autorin wie Sängerin und Schauspielerin angetreten war – nur eben um die Erfahrung des nationalsozialistischen Massenmordens erweitert, und offenkundig darauf bedacht, denjenigen die Augen zu öffnen, die über vieles, was hier angerissen wurde, noch nie nachgedacht hatten. Ausmachen lassen sich auch literarisch verarbeitete Hinweise auf die Schwierigkeiten, die österreichische Exilierte mit den Vereinigten Staaten hatten, mit der Konsumkultur und mit der Geschwindigkeit des kapitalistischen Alltags, der sich gerade von der *Great Depression* erholt hatte und dessen Tempo in keinem Verhältnis zu dem stand, was sie beispielsweise aus Wien oder Prag, noch nicht einmal aus London kannten. Nicht minder geht es um den lügengetränkten Alltag, der die soziale Interaktion prägt und die angeblich klassenlose Gesellschaft der USA als tatsächliche Klassengesellschaft mit je eigenen Riten, Zugehörigkeitsmarkern und Distinktionsbedürfnissen ausweist, die diese Seite ihrer selbst allerdings konsequent verleugnet und das Selbstverständnis als Land der unbegrenzten Möglichkeiten mythologisiert. Leitend ist dabei die Frage, ob unter falschen Verhältnissen – Ausbeutung, Konkurrenz und geschlechtliche Hierarchien, die vom Arbeitsplatz über das Vergnügen bis hin zum Privatleben reichen – genuin lieben kann, wer proletarischer Herkunft ist. Denn für diejenigen, die das eigene Leben von faktisch äußerst begrenzten Möglichkeiten aus bewältigen müssen, wird das Begehren nicht zum persönlichen Refugium, sondern zur sozialen Bewährungsprobe.

Hartwig-Manschinger erörterte dies am Beispiel der jungen Fabrikarbeiterin Edna Scarlatti, die dem migrantischen

Milieu der Mercer Street in Manhattan entstammt und auf den Ingenieur Ray Garguin trifft, der aus einer alteingesessenen Familie kommt, was in einer Einwanderungsgesellschaft a priori Status ausstrahlt. Was zunächst als Schilderung des konventionellen bis trostlosen Lebens und Liebens der Arbeiterinnen beginnt, lässt mit einem sexuellen Übergriff die Gewalt erahnen, die hinter der sozialen Fassade lauert. Deren aufwändige Konstitution wird dann Schritt für Schritt eruiert, um gegen Ende explizit politische Äußerungen zu transportieren: über die Figur einer Arbeiterin, die ahnt, dass ein anderes Leben möglich ist – und an einem bestimmten Punkt angelangt bemüht ist, »ihr Milieu sogar aus ihrem eigenen Bewußtsein aus[zu]schalten« (S. 81) oder vom »altem Sklavendasein« spricht (S. 87) –, und von ihrem Gegenstück, dem Mittelschichts-Ingenieur, der durch die Konfrontation als Soldat mit dem nationalsozialistischen Horror in Europa zu einem profunden Verständnis von Ungerechtigkeit gelangt. Der Erkenntnisprozess beginnt mit kleinen Beobachtungen – »Wenn man arm geboren war, nie eine Chance hatte, nie ein bißchen Glück, niemanden, der einem half, dann war es schwer, sich hinauf zu arbeiten« (S. 9) – und Fragen – »Warum lebten andere Menschen in Glück und in Wohlstand und nur sie hatte nichts wie Entbehrungen und Demütigungen« (S. 21) –, geht zu ersten Ahnungen des eigenständigen Lebens über – »Noch nie im Leben hatte sie einen Raum für sich allein gehabt« (S. 49) – und kulminiert nach einigen Etappen in nichts anderem als in der revolutionären Forderung, »diese Welt neu auf[zu]bauen« (S. 250).

Dazwischen funkelt jedoch der blendende Schein der Waren, denen wie den Devotionalien eines Glaubens gehuldigt werden soll: »all dies teils ausgebreitet, teils aufgebaut, teils aufgehängt, auf Puppen montiert, wirbelnd, glitzernd, tanzend, mit Preistafeln, mit Wegweisern, mit Gebrauchsanweisungen versehen; der Raum hoch wie eine Kirche, gleißend wie ein Christbaum, Wünsche weckend, Träume erfüllend, Sinne berauschend; mitreißend, erschöpfend.« (S. 121) In der Sexualität wiederum wartet nicht die Erfüllung der Lust, sondern die Verfügbarkeit, wobei die Erinnerung an die eigene Herkunft besonders hämisch ausschlägt: »Konnte man sich denn nie befreien aus der Knechtschaft der Gosse? Würde denn Schmutz und Erniedrigung in der Erinnerung ewig mit ihr sein? War man denn für den Rest seines Lebens mit Scheußlichkeit behaftet, so sehr man auch trachtete, herauszukommen aus dem Morast der sozialen Niederungen?« (S. 135). Daraus ist zu schließen, dass eine Kette an Einsichten lange noch nicht zu einer konzisen Gesellschaftsanalyse führt; vielmehr sorgen die Verlockungen rascher, warenförmiger Bedürfnisbefriedigung stets, gar nicht erst zu einer solchen durchzudringen. »Sie wünschte, sie hätte ihn nie kennengelernt. Sie wünschte ihm den Tod. Sich selbst auch«, grollt Edna gegenüber ihrem zweiten Ehemann, der sie nicht liebt, sondern aus Funktions- und Repräsentationsgründen geheiratet hat: »Als er ihr aber am St. Valentin-Tag eine Brosche schenkte – ein Herz aus Gold mit einem Rubin in der Mitte –, da fand sie ihn wieder erträglich.« (S. 213) »Du dachtest, warum nicht in Reichtum vegetieren«, hält Ray Edna nach seiner Rückkehr folglich vor, »wenn denn schon vegetiert sein muß. Besser, man tut es in Luxus und Verwöhntheit.« (S. 240)

Wegen seiner geschlechterpolitischen Dimension, die diese Aspekte am Beispiel der US-amerikanischen Gesellschaft, aber aus merklich europäischer Perspektive vertieft, kommt *Rendezvous in Manhattan* eine literaturhistorische Sonderrolle zu. Bisweilen wirkt diese wie ein Bindeglied zwischen Irmgard Keuns 1931 erschienenem neusachlichem Roman *Gilgi, eine von uns,* dessen gleichnamige Protagonistin ein »Glanz« werden möchte – wobei es wie hier nur sozial ›oben‹ glänzt –, und Elfriede Jelineks 1975 veröffentlichtem ideologiekritischen Arbeiterinnen-Roman *Die Liebhaberinnen,* in dem es deshalb gar kein Entrinnen aus den falschen Verhältnissen mehr gibt, weil diese trickreich noch den letzten Winkel des Denkens in Beschlag nehmen.[47]

Aufschlussreich ist Hartwig-Manschingers Roman jedoch auch deshalb, weil er das Amerika der Vorbehalte schildert. Dieses reicht vom schlichten Ressentiment – »Ach, das rückständige Europa! Die sind eben nicht so weit entwickelt wie wir.« (S. 202) – bis hin zur lokalen Variante des Herrenmenschentums: »Die Japaner sollte man natürlich ausrotten, das war ja sowieso ein gelbes, minderwertiges Volk« (S. 173) Allerdings weist die Kritik der Autorin an der US-amerikanischen Wirklichkeit an genau diesem Punkt Grenzen auf. Die Überwindung der Rassentrennung beispielsweise ist kein sonderlich großer Belang in *Rendezvous in Manhattan* – und die brutale Realität des Rassismus war nichts, was die politische Kritik Hartwig-Manschingers am Land geschärft hätte. Ob dies dem Umstand geschuldet war, dass dieses ihr eigenes Leben und das zahlreicher anderer Menschen gerettet und ihr Heimatland militärisch befreit hatte, die Dankbarkeit sich also vor heikle Fragen vor Ort schob, bleibt Spekulation.

Ein finanzieller Erfolg wurde der Roman jedenfalls nicht, und die Gründe hierfür sind zu erörtern. Dass die Schriftstellerin nunmehr in New York lebte, ihre Arbeit gleichwohl lediglich in Österreich erschien, wird ein Faktor gewesen sein, ein anderer der freidenkerische Verlag, dessen Radius ein beschränkter war, ein dritter schließlich der Aspekt, dass die Handlung in den Vereinigten Staaten spielte und den gerade vergangenen Zweiten Weltkrieg mit zum Thema hatte, während sich mit dem »schaurigste[n] Kapitel der Weltgeschichte« (S. 222) nunmehr wenige befassen wollten – allen voran in Österreich, wo alsbald der Mythos aufstieg, das erste Opfer der Deutschen gewesen zu sein.[48] Damit war selbstredend eine Chance vertan worden, am Beispiel der US-amerikanischen Gesellschaft zu klären, was Antifaschismus nach 1945 hätte sein müssen.

Die Autorin des Romans ereilte zudem das gleiche publizistische Schicksal wie ihre Schwester Mela Hartwig (die ihren nach dem Zweiten Weltkrieg verfassten NS-Roman *Inferno* nicht veröffentlichen konnte) und zahlreiche andere Schriftstellerinnen, die zeit ihres Lebens nicht mehr an frühere Erfolge anschließen konnten.

* * *

Ab 1950 korrespondierte Grete Hartwig-Manschinger mit Mimi Grossberg. Die beiden Autorinnen freundeten sich an und wurden Kolleginnen, Weggefährtinnen und Vertraute; erstere spielte im literarischen Netzwerk letzterer eine kontinuierliche Rolle.[49]

Nach einer Reihe an Gelegenheitsjobs, die sie nach ihrer Ankunft in den Vereinigten Staaten aufgenommen hatte, war sie bereits 1946 mit einer eigenen »One Woman Show« aufgetreten.[50] Weil sich diese aber nicht selbst trug und somit auch nicht der Lebensunterhalt gedeckt werden konnte, wandte sie sich der Lehre zu.[51] Mittlerweile belegte sie Kurse an der Juilliard School, unterrichtete Gesang, verfasste Opernlibretti. Kurt Manschinger, familiär »Mully« gerufen, legte sich – wohl in der Hoffnung, damit seiner Karriere in den USA auf die Sprünge zu helfen – einen amerikanischen Bühnennamen zu, und komponierte fortan als »Ashley Vernon«. Eine seiner Opern, *The Barber of New York* – mit herrschaftskritischer, zu Zeiten der Amerikanischen Revolution spielender Handlung – hatte 1953 Premiere; tatsächlich schaffte er es trotz aller Schwierigkeiten, sich als Komponist zu behaupten.

Die Mutter, um die sich Mela Hartwig seit der Flucht gekümmert hatte, starb am 18. April 1956 in England, der Vater am 5. Februar 1958 in Brno.

Im selben Jahr schrieb Stefanie Kiesler im *Aufbau* über einen Auftritt von Hartwig-Manschinger Gesangsschülerinnen in einem Community Center, dass diese beim Publikum gut ankamen.[52] In den 1960er Jahren hegte Hartwig-Manschinger den Traum, einen literarischen Salon zu etablieren – mit ihr selbst als künstlerischer und sozialer »Hostess«, einem unkonventionellen Chanson-Programm, Gedichten, die getanzt werden sollten, sowie dem Einsatz einer Kammeroper.[53] Obschon sie diesen Wunsch nie realisieren konnte, bekundete sie dennoch, eine »happy person«[54] zu sein. Dies wird nicht zuletzt an ihrer künstlerisch ergänzenden Ehe gelegen haben, die nunmehr seit vier vollen Jahrzehnten bestanden und nicht nur allen Herausforderungen und Krisen getrotzt, sondern kontinuierlich gemeinschaftliche Arbeiten hervorgebracht hatte. Diese Form des Austauschs, der stets vom Politischen ausging, dieses aber nie der Kunst überstülpte, war in Zeiten größter Not selbst Ausdruck jenes proletarischen Liebens geworden, das in den zusammen erschaffenen Werken wie auch in den einzelnen Beiträgen der Eheleute gegen die Unzumutbarkeiten der Existenz in einer ungerechten Welt in Stellung gebracht wurde oder doch zumindest Trost zu spenden wusste.

Mela Hartwig starb am 24. April 1967, wenige Tage später nahm sich Robert Spira das Leben. Grete Hartwig-Manschinger schrieb daraufhin an Ernst Schönwiese: »Sie wissen, was fuer eine Dichterin Mela war; andere kannten sie als Schauspielerin und Malerin, aber was fuer eine Schwester sie war, weiss nur ich.«[55] Am 23. Februar 1968 starb auch Kurt Manschinger in New York. Für seine Witwe, die in den USA keine näheren Verwandten hatte, setzten finanzielle Nöte ein.[56] 1970 gab sie elf Chansons in Heftform heraus, zu denen ihr verstorbener Gatte die Musik beigetragen hatte.[57]

Im selben Jahr blickte Mimi Grossberg auf die New Yorker Szene der aus Österreich Geflohenen zurück, die während des Zweiten Weltkrieges in den USA Schutz gefunden hatten und nach dessen Ende geblieben waren. Dabei erwähnte sie auch *Rendezvous in Manhattan*, »dessen wenige noch vorhandenen Exemplare ganz zerlesen in den Regalen der New York Public Libraries stehen«,[58] als in Europa noch weniger verfügbar gewesen sein dürften.

Am 5. April 1971, kurz vor ihrem 72. Geburtstag, erlag Grete Hartwig-Manschinger in Florida einem Herzversagen.[59] Im *Aufbau* gedachte Grossberg der verstorbenen Gefährtin, die ihr vier Jahre zuvor, im Juni 1967, ein signiertes Exemplar des Romans[60] geschenkt hatte.[61] In derselben Ausgabe erschien auch eine Todesanzeige, die Wilbur S.

Broms in Auftrag gegeben hatte, der sich fortan um den Nachlass des Ehepaares kümmern würde.[62]

1972 veröffentlichte das Journal *German-American Studies* einen kleinen Nachruf des Politikwissenschaftlers Robert E. Ward, der sich zeitlebens für die österreichisch-amerikanischen Beziehungen eingesetzt hatte. Er bekundete, dass »eine Amerikas talentiertester deutscher Schriftstellerinnen einem Herzschlag zum Opfer« gefallen sei, und hob nochmals den »Arbeiter-Roman« *Rendezvous in Manhattan* hervor.[63] Grossberg bemühte sich zu dieser Zeit vergebens, den Europäischen Verlag dazu zu bringen, zumindest einen Teil des Werkes der Freundin herauszugeben.[64] 1975 erschien *The Barber of New York* in einer posthumen Ausgabe, mit der Broms seinen beiden toten Vertrauten gedachte. Hiernach verblich auf beiden Seiten des Atlantiks die Erinnerung an Kurt Manschinger und an Grete Hartwig-Manschinger.

Anmerkungen

1 Grete Hartwig, »Ein Mann hat Heimweh«, in: Mimi Grossberg (Hg.), *Kleinkunst aus Amerika. Gedichte, Chansons, Prosa von in Amerika lebenden Autoren*, Wien 1964, S. 43; Wiederabdruck in Mimi Grossberg (Hg.), *Geschichte im Gedicht. Das politische Gedicht der austro-amerikanischen Exilautoren des Schicksalsjahres 1938*, zweite Auflage, New York 1985, S. 75.

2 Siehe dazu Helmut F. Pfanner, »Was There an Austrian Literature in Exile?«, in: *Modern Austrian Literature*, Vol. 17, No. 3/4, 1984, S. 81–91, hier: S. 87f.

3 So Christine Backhaus-Lautenschläger, *... Und standen ihre Frau. Das Schicksal deutschsprachiger Emigrantinnen in den USA nach 1933*, Pfaffenweiler 1991, S. 226. Zu diesem Gedicht siehe auch Joshua Parker, »›Double Vision‹. Viennese Refugees in New York and Back Home Again«, in: Markku Salmela/Lieven Ameel/Jason Finch (Hg.), *Literatures of Urban Possibility*, Cham 2021, S. 213–230, hier: S. 214.

4 Der Geburtsname der Autorin lautete Margarethe Hartwig. Allerdings veröffentlichte sie nie unter ihrem eigentlichen Vornamen, erste Publikationen wurden mit Grete Hartwig gezeichnet, in den USA – wo sie nach dem Zweiten Weltkrieg als Margarethe Manschinger eingebürgert wurde – dann »Greta Manschinger«, in späteren Jahren »Greta H. Manschinger« bzw. »Greta Hartwig Manschinger«. Angesichts der europäischen Tradition erscheint Grete Hartwig-Manschinger die plausibelste Form für eine deutschsprachige Neuedition, weswegen im Folgenden diese Variante verwendet wird.

5 Johann Sonnleitner, »Begreifen und unterscheiden. Zu Marta Karlweis' Erzählungen«, in: Marta Karlweis, *Der Zauberlehrling*, Wien 2021, S. 223–263, hier: S. 223.

6 Vgl. Mela Hartwig, *Bin ich ein überflüssiger Mensch?*, Graz/Wien 2001; *Das Weib ist ein nichts*, Graz/Wien 2002; *Das Verbrechen. Novellen und Erzählungen*, Graz/Wien 2004; *Inferno*, Graz/Wien 2018.

7 Verbürgt ist etwa die Existenz eines Romanmanuskripts, das den Titel *Weekend mit Monika* trug. Hartwig-Manschinger schickte es in den 1930er Jahren an die deutsche Abteilung des Allert de Lange-Verlags, wo es Walter Landauer erreichte, von Hermann Kesten jedoch als

»Unterhaltungsroman ohne literarischen Wert« abgetan wurde. Vgl. Andreas Winkler, *Hermann Kesten um Exil (1933–1940). Sein politisches und künstlerisches Selbstverständnis und seine Tätigkeit als Lektor in der deutschen Abteilung des Allert de Lange Verlages*, Hamburg 1977, S. 227.

8 Siglinde Bolbecher, »Ariadne behält ihren Faden. Verdeckte Entwürfe antifaschistischer Strategien von Schriftstellerinnen«, in: Herbert Arl/Michael Ludwig (Hg.), *Literatur und Arbeiterbewegung*, Frankfurt am Main et al. 1992, S. 50–67, hier: S. 51.

9 Greta Manschinger, »Alte Frau«, in: Miguel Herz-Kestranek/Konstantin Kaiser/Daniela Strigl (Hg.), *In welcher Sprache träumen Sie? Österreichische Exillyrik*, Wien 2007, S. 338.

10 Valerie Popp, *»Aber hier war alles anders …«. Amerikabilder der deutschsprachigen Exilliteratur nach 1939 in den USA*, Würzburg 2008, S. 162–167; Katrin Wilhelm, *Mimi Grossberg (1905–1997) und ihr literarisches Netzwerk im New Yorker Exil*, Berlin 2017, S. 112–137.

11 University of Albany, SUNY, German and Jewish Intellectual Émigré Collections, Greta Hartwig Manschinger and Kurt Manschinger (Ashley Vernon) Papers, 1912–1995: Greta H. Manschinger, *Biographical Notes for Jean Evans*, September 1967, S. 1f.

12 Vgl. ebd., S. 2.

13 Grete Hartwig, »Straßendemonstration«, in: o. A. (Hg.), *Arbeiter Fest-Tage*, zweite Auflage, Wien 1928, S. 10–11, hier: S. 11.

14 Vgl. Hans Moldenhauer, »Webern as Teacher«, in: *Music Educators Journal*, Vol. 57, Nr. 3, November 1970, S. 30–33/101–103, hier: S. 40.

15 Vgl. Kurt Manschinger, *Ferdinand Kauer. Ein Beitrag zur Geschichte des Wiener Singspiels um die Wende des 18. Jahrhunderts*, Wien 1929.

16 Vgl. Wilbur S. Broms, »Ashley Vernon (1902–1968) and Greta Hartwig (1899–1971)«, in: Mercury Music Cooperation (Hg.), *The Barber of New York. Opera in One Act by Ashley Vernon*, Bryn Mawr o. J. [1975].

17 Zumindest in der frühen Bundesrepublik sollten diese noch erinnert werden, vgl. Werner Schuder (Hg.), *Kürschners Deutscher Literatur-Kalender 1963*, West-Berlin 1963, S. 411, wo die Hörspiele *Kurzschluß* (1934) und *Rettung durch Paganini* (1938) erwähnt werden.

18 Greta H. Manschinger, *Biographical Notes for Jean Evans*, S. 4.

19 Vgl. Sigrid Schmidt-Bortenschlager, »Exil und literarische Produktion: das Beispiel Mela Hartwig«, in: Charmian Brinson et al. (Hg.), *Keine Klage über England? Deutsche und österreichische Exilerfahrungen in Großbritannien 1933–1945*, München 1998, S. 88–99, hier: S. 92f.

20 Mela Hartwig, *Das Wunder von Ulm*, Paris 1936.

21 Vgl. dazu Mela Hartwigs Bemerkungen, zitiert in Hartmut Vollmer, Nachwort, in: Mela Hartwig, *Ekstasen. Novellen*, herausgegeben und mit einem Nachwort versehen von Hartmut Vollmer, Frankfurt am Main/Berlin 1992, S. 247–269, hier: S. 247.

22 Zitiert nach Katrin Wilhelm, *Mimi Grossberg*, S. 114, FN 372.

23 Vgl. Thomas Nietzel/Hans-Otto Hügel (Hg.), *Deutsche literarische Zeitschriften 1880–1945. Ein Repertorium*, Band 4: *2467–3341: Die Rampe – Zwölf Jahre*, München 1988, S. 1350f.

24 Vgl. Hans Moldenhauer/Rosaleen Moldenhauer, *Anton von Webern. Chronik seines Lebens und Werkes*, Zürich/Freiburg im Breisgau 1980, S. 461.

25 Vgl. die biographische Notiz in Greta Hartwig-Manschinger (Hg.), *Elf Chansons von Kurt Manschinger. Aus dem Originalrepertoire von Greta Hartwig*, o. O., o. J. [New York 1970], o. S.

26 Unter dem abgeänderten Titel »Volksfront« erschien es nach dem Zweiten Weltkrieg etwa in einer Sammlung namens *Neue Freiheitslieder* (o. O., o. J.); in den 1970er Jahren wurde es von Topsy Küppers gesungen, siehe deren LP *Immer Wieder Widerstand*, Preiser Records 1974.

27 Vgl. Horst Jarka, *Jura Soyfer. Leben, Werk, Zeit*, Wien 1987, S. 174.

28 Vgl. Katrin Wilhelm, *Mimi Grossberg*, S. 114.

29 Vgl. Ingeborg Reisner, *Kabarett als Werkstatt des Theaters. Literarische Kleinkunst in Wien vor dem Zweiten Weltkrieg*, Wien 2004, S. 421.

30 Vgl. Hans Moldenhauer/Rosaleen Moldenhauer, *Anton von Webern*, S. 625, EN 4.

31 Vgl. Katrin Wilhelm, *Mimi Grossberg (1905–1997) und ihr literarisches Netzwerk im New Yorker Exil*, S. 116.

32 Vgl. Peter Roessler/Konstantin Kaiser, *Dramaturgie der Demokratie. Theaterkonzeptionen des österreichischen Exils*, Wien 1990, S. 16.

33 Vgl. Oscar Teller, *Davids Witz-Schleuder: jüdisch-politisches Cabaret. 50 Jahre Kleinkunstbühnen in Wien, Berlin, London, New York, Warschau und Tel Aviv*, Darmstadt 1982, S. 294; Reinhard Hippen, *Satire gegen Hitler. Kabarett im Exil*, Zürich 1986, S. 131–137.

34 Siehe dazu Dave Hannigan, *Barbed Wire University. The Untold Story of the Interned Jewish Intellectuals Who Turned an Island Prison into the Most Remarkable School in the World*, Lanham 2021.

35 Siehe dazu Karen V. Kukil, »Teaching the Material Archive at Smith College«, in: Carrie Smith/Lisa Stead (Hg.), *The Boundaries of the Li-*

terary Archive. Reclamation and Representation, Abingdon/New York 2016, S. 171–181, hier: S. 182; Katrin Wilhelm, *Mimi Grossberg (1905–1997) und ihr literarisches Netzwerk im New Yorker Exil*, S. 128.

36 O. A. [Reichssicherheitshauptamt], *Sonderfahndungsliste G. B.*, o. O., o. J. [Berlin 1940], S. 130.

37 Katrin Wilhelm, *Mimi Grossberg (1905–1997) und ihr literarisches Netzwerk im New Yorker Exil*, S. 117.

38 Helmut F. Pfanner, »Was There an Austrian Literature in Exile?«, in: *Modern Austrian Literature*, Vol. 17, No. 3/4, 1984, S. 81–91, hier: S. 83.

39 Diese Unterscheidung macht Joshua Parker stark, der eine Sammlung an Gedichten zusammengestellt hat, die österreichische Autorinnen und Autoren in New York City verfasst haben. Vgl. Joshua Parker, *Blossoms in Snow. Austrian Refugee Poets in Manhattan*, New Orleans 2020, S. 25.

40 Vgl. die Ankündigung der Maifeier im Bulletin des ALC: *Austrian Labor Information*, Nr. 1, 20. 04. 1942, S. 1.

41 Vgl. Christina Pal, *Heinrich Steinitz – Anwalt und Poet. Eine Biographie*, Wien 2006, S. 77.

42 Vgl. Jörg Thunecke, »Fritz (Frederick) Brainin. Österreichischer Dichter in der Neuen Welt«, in: Dokumentationsarchiv des österreichischen Widerstandes (Hg.), *Jahrbuch 2003*, Wien 2003, S. 42–82, hier: S. 53, FN 61.

43 University of Albany, SUNY, German and Jewish Intellectual Émigré Collections, Greta Hartwig Manschinger and Kurt Manschinger (Ashley Vernon) Papers, 1912–1995: Berta Skribany, RK-Nachricht an Greta Manschinger, 18. 01. 1943.

44 Vgl. University of Albany, SUNY, German and Jewish Intellectual Émigré Collections, Greta Hartwig Manschinger and Kurt Manschinger (Ashley Vernon) Papers, 1912–1995: Margarethe Manschinger, Certificate of Naturalization, 01. 04. 1946.

45 Im Original ist die Kapitelnummerierung falsch. Kapitel V., das auf S. 180 beginnt, ist dort fälschlicherweise mit »IV.« betitelt, Kapitel VI. wiederum, das auf S. 226 anfängt, mit »V.«

46 Valerie Popp, »*Aber hier war alles anders ...*«, S. 9.

47 Irmgard Keun, *Gilgi, eine von uns*, Berlin 1931; Elfriede Jelinek, *Die Liebhaberinnen*, Reinbek 1975.

48 Siehe dazu Heidemarie Uhl, »Das ›erste Opfer‹. Der österreichische Opfermythos und seine Transformationen in der Zweiten Republik«,

in: *Österreichische Zeitschrift für Politikwissenschaft*, Band 30, Nr. 1/2001, S. 19–34.

49 Ausführlich dazu Katrin Wilhelm, *Mimi Grossberg (1905–1997) und ihr literarisches Netzwerk im New Yorker Exil*, S. 112–137.

50 Vgl. ebd, S. 118.

51 Vgl. Greta H. Manschinger, *Biographical Notes for Jean Evans*, S. 10.

52 Stefanie Kiesler, »Ein Abend in Pastell«, in: *Aufbau*, Nr. 17/1958, 25. 04. 1958.

53 Vgl. Greta H. Manschinger, *Biographical Notes for Jean Evans*, S. 10.

54 Ebd., S. 11.

55 Wienbibliothek im Rathaus, Nachlass Mela Hartwig: Grete Manschinger, Brief an Ernst Schönwiese, 11. 05. 1967.

56 Vgl. Katrin Wilhelm, *Mimi Grossberg (1905–1997) und ihr literarisches Netzwerk im New Yorker Exil*, S. 126.

57 Greta Hartwig-Manschinger (Hg.), *Elf Chansons von Kurt Manschinger. Aus dem Originalrepertoire von Greta Hartwig*, o. O., o. J. [New York 1970].

58 Mimi Grossberg, *Österreichs literarische Emigration in den Vereinigten Staaten 1938*, Wien/Frankfurt/Zürich 1970, S. 28.

59 Manche deutschsprachige Nachschlagewerke geben fälschlicherweise New York City als Sterbeort an, so etwa Susanne Blumesberger/Michael Doppelhofer/Gabriele Mauthe, *Handbuch österreichischer Autorinnen und Autoren jüdischer Herkunft, 18. bis 20. Jahrhundert*, München 2002, S. 518.

60 »Für Mimi und Norbert in Liebe«, steht darin: »Grete H. Manschinger Juni 1967«. Vgl. Peter Malina, »›The beloved scent of books‹. Die Bibliothek der Mimi Grossberg«, in: Susanne Blumesberger (Hg.), *Mimi Grossberg (1905–1997): Pionierin – Mentorin – Networkerin. Ein Leben zwischen Wien und New York*, Wien 2008, S. 97–122, hier: S. 119.

61 Vgl. Mimi Grossberg, »Greta Hartwig Manschinger«, in: *Aufbau*, Nr. 16/1971, 16. 04. 1971.

62 Wilbur S. Broms, »Greta Hartwig Manschinger« (Todesanzeige), in: ebd.

63 Robert E. Ward, »Greta Hartwig Manschinger in Memoriam«, in: *German-American Studies*, Vol. 5, 1972, S. 196.

64 Katrin Wilhelm, *Mimi Grossberg (1905–1997) und ihr literarisches Netzwerk im New Yorker Exil*, S. 133.

Maria Lazar (1895–1948)

LEBEN VERBOTEN!

Berlin 1931. Es hat sich ausgetanzt. Die Roaring Twenties sind vorbei. Nach dem großen Börsenkrach steht auch der bekannte Bankier Ernst von Ufermann kurz vor dem Bankrott. Auf dem Weg zum Flughafen wird ihm sein Gepäck gestohlen. Das Flugzeug nach Frankfurt hebt ohne ihn ab. Als es kurz nach dem Start abstürzt, glaubt alle Welt, dass auch er unter den Opfern ist. Ufermann packt die Gelegenheit beim Schopf und taucht in Wien unter. Ein rasantes Katz- und Mausspiel um Täuschung, Verrat und Lüge beginnt, bei dem nur eines sicher zu sein scheint: Für Ufermann bleibt das Leben verboten. Im Schatten des Hakenkreuzes ist die Welt der Kolportage plötzlich grausame Wirklichkeit geworden.

Eine todtraurige, wahnsinnig komische und äußerst unterhaltsame literarische Entdeckung!

– Denis Scheck, SWR2 lesenswert Quartett

Schnelle Szenenwechsel, temperamentvolle Dialoge und eine hämmernde Sprache, die an Slapstick erinnert und den Sarkasmus von Karl Kraus, machen »Leben verboten!« zu einem einzigartigen Zeitroman. Nach »Babylon Berlin« könnte man sich vorstellen, dass sogar eine Verfilmung erfolgreich wäre.

– Andrea Seibel, DIE WELT